O BEIJO DA SERPENTE

Título original:
Shake Hands Forever

© Ruth Rendell, 1975

Tradução: Mário Matos

Editado em 1991, na colecção "Álibi", com o número 31.
com o título *Sinistra Obsessão.*

Capa de Carlos Vieira Reis

Na capa: peitoral "Serpentes", de René Lalique
Museu Calouste Gulbenkian

1ª edição: 1991
2ª edição: 2004

ISBN: 972-44-1230-X
ISBN da 1ª edição: 972-44-0783-7

Depósito Legal nº 213738/04

Impresso e encadernado por
TIRAGEM - DEPARTAMENTO GRÁFICO LD.ª

Direitos reservados para língua portuguesa
por Edições 70

EDIÇÕES 70, Lda.
Rua Luciano Cordeiro, 123 - 2º Esqº - 1069-157 Lisboa / Portugal
Telefs.: 213190240 - Fax: 213190249
e-mail: edi.70@mail.telepac.pt

www.edicoes.pt

Esta obra está protegida pela lei. Não pode ser reproduzida,
no todo ou em parte, qualquer que seja o modo utilizado,
incluindo fotocópia e xerocópia, sem prévia autorização do Editor.
Qualquer transgressão à lei dos Direitos de Autor será passível
de procedimento judicial.

RUTH RENDELL

O BEIJO DA SERPENTE

edições 70

Para as minhas tias Jenny Waldorff, Laura Winfield
Margot Richards e Phyllis Ridgway
com amor

CAPÍTULO 1

A mulher que se encontrava junto ao painel das partidas de Victoria Station tinha um corpo muito direito e rectangular e um rosto duro e também rectangular. A cabeça estava coberta por um chapéu de feltro ondulado, castanho-claro, que parecia uma casca de noz; nas mãos, tinha umas luvas de algodão da mesma cor. Aos seus pés estava a mesma mala de viagem castanha, antiga mas pouco usada, que levara na sua viagem de núpcias, quarenta e cinco anos antes. O seu olhar perscrutava o corrupio dos comutadores do painel, ao mesmo tempo que a boca se lhe fechava cada vez mais firmemente, os lábios reduzindo-se à espessura de um cabelo.

Esperava o filho. Estava um minuto atrasado, e essa falta de pontualidade começava a permitir-lhe sentir uma vaga satisfação. Não tinha muita consciência desse pequeno prazer e, se a acusassem dele, tê-lo-ia negado, tal como negaria o prazer que qualquer erro ou pequeno deslize das outras pessoas lhe propocionavam. Mas aí estava, como uma sensação indefinida de bem-estar que acabou por se desvanecer quase no mesmo momento em que surgira, para ser substituída pelo seu mau humor habitual, logo que Robert apareceu, esbaforido. Robert estava tão próximo da hora marcada que quaisquer comentários acerca do seu atraso seriam absurdos; por isso, ela contentou-se em oferecer a face seca aos lábios dele, dizendo:

— Ora cá estás tu.

— Tem o seu bilhete? — perguntou Robert Hathall.

Não tinha. Sabia que o dinheiro dele não era muito, desde que, três anos antes, casara pela segunda vez. Mas isso era culpa dele; pagar o bilhete dela só poderia ser um estímulo.

— É melhor despachares-te e ires buscá-los — disse ela —, a não ser que queiras perder o comboio — e agarrou a mala de mão ainda com mais firmeza.

Robert demorou bastante a tratar dos bilhetes. Ela reparou que o comboio de Eastbourne, que parava em Toxborough, Myringham e Kingsmarkham, partia às seis e doze, e já eram seis e cinco. O pensamento vago e involuntário de que seria bom perder aquele comboio não chegou a entrar-lhe na mente, tal como não chegara a dizer a si própria, conscientemente, que seria agradável encontrar a sua nora lavada em lágrimas, a casa desarrumada e suja, a comida por fazer; mas, mais uma vez, as sementes de um ressentimento aprazível começavam a germinar. Ansiara por aquele fim-de-semana com um profundo contentamento, certa de que tudo iria correr mal. Nada poderia servir melhor os seus desejos do que as coisas começarem a correr mal logo à partida, se perdessem o comboio, mas não por culpa dela, e que o atraso tivesse como resultado uma briga entre Robert e Angela. Mas tudo isso passava em silêncio e sem análise sob a sua consciência mais imediata de que Robert estava, mais uma vez, a arranjar uma grande confusão.

Apesar de tudo, apanharam o comboio. Estava cheio e tiveram de ir em pé. Mrs. Hathall nunca se queixava. Preferia desmaiar a mencionar a sua idade e as suas veias varicosas como razões para que este ou aquele homem devessem dar-lhe o lugar. O es-toicismo comandava-a. Em vez disso, assentou o corpo maciço — que, assim envolvido por um casaco castanho todo abotoado e grosso, tinha a aparência de um armário — de tal forma que impedia o passageiro do lugar junto à janela de mexer as pernas ou de ler o jornal. Só tinha uma coisa para dizer a Robert, e essa podia esperar até que houvesse menos gente à sua volta. Achava difícil que Robert tivesse alguma coisa para lhe dizer. Não tinham passado, afinal de contas, todos os fins de tarde da semana juntos, nos últimos dois meses? Mas as pessoas, como notava com alguma surpresa, possuíam a mania de tagarelar quando não tinham nada para dizer. Até o seu próprio filho sofria desse mal. Ouvia-o, irritada, a falar sobre a bela paisagem que daí a pouco atravessariam, sobre as vantagens de Bury Cottage, e como Angela ia ficar contente por vê-la. Mrs. Hathall permitiu-se uma espécie de grunhido surdo, como resposta a essa última frase; um som com duas sílabas, feito algures na sua glote e que podia ser vagamente interpretado como uma gargalhadinha. Os seus lábios não se mexeram. Pensava na única vez em que vira a sua nora, naquele quarto em Earls Court, quando Angela cometera o ultraje de se referir a Eileen como «uma cabra gananciosa». Muita coisa teria de ser feita, muitos gestos compensadores teriam de surgir, até que essa ofensa pudesse ser esquecida. Mrs. Hathall recordou-se de como saíra imediatamente da sala e descera as escadas, decidida a nunca mais — nunca, em quaisquer circunstâncias — voltar a ver Angela. O facto de agora estar a caminho de Kingsmarkham só provava quanto era generosa.

Em Myringham, o passageiro que seguia junto à janela, com as pernas dormentes, arrastou-se para fora do comboio e Mrs. Hathall tomou o seu lugar. Bem via que Robert estava a ficar nervoso. Não admirava: ele sabia muito bem que aquela Angela não podia competir com Eileen, como cozinheira e nos trabalhos domésticos, e devia estar a interrogar-se até que ponto esta sua segunda mulher estaria abaixo das qualidades da primeira. As palavras que ele proferiu a seguir confirmaram a convicção dela de que era isso que estava a preocupá-lo.

— A Angela passou a semana a fazer uma limpeza profunda da casa toda, para ter tudo impecável para a receber.

Mrs. Hathall ficou chocada por alguém ser capaz de dizer tal coisa em voz alta e numa carruagem cheia de gente. Aquilo que gostaria de responder era, primeiro, que ele baixasse a voz e, segundo, que qualquer mulher decente tinha sempre a casa limpa, em todas as ocasiões. Mas limitou-se a dizer:

— Tenho a certeza de que não se deve ter esvaído por minha causa.

Depois, acrescentou, sem lhe dar tempo para responder, que era altura de ele tirar a mala dela para baixo.

— Ainda faltam mais cinco minutos — disse Robert.

Ela respondeu-lhe levantando-se e esforçando-se por tirar a mala da prateleira sozinha. Robert e outro homem acudiram imediatamente para a ajudarem; a mala quase caiu na cabeça de uma rapariga que tinha uma criança ao colo e, quando o comboio fez uma paragem em Kingsmarkham, fazendo-os desequilibrar-se e chocar uns com os outros, toda a carruagem estava a comentar baixinho aquele rebuliço.

Já na plataforma, Mrs. Hathall disse:

— Tudo aquilo podia ter sido evitado, se tivesses feito o que te pedi. Sempre foste tão teimoso.

Não conseguiu compreender por que razão ele não retaliou. Devia estar mais aflito do que ela julgara. Para o espicaçar ainda mais, perguntou-lhe:

— Suponho que vamos apanhar um táxi?

— A Angela vem buscar-nos de carro.

Nesse caso, não havia muito tempo para lhe dizer aquilo que queria. Empurrou a mala para ele e agarrou-lhe o braço com um gesto decidido de quem pode e manda. Não que precisasse do apoio dele, ou que ele lhe desse segurança, mas achava que era essencial que aquela nora — que perturbante e pouco respeitável era ter duas noras! — os visse, logo à primeira vista, assim unidos, de braço dado.

— A Eileen apareceu lá hoje de manhã — disse ela, enquanto entregavam os bilhetes.

Ele sacudiu os ombros, alheado.

— Não sei por que razão não vivem juntas.

— Isso dava-te muito jeito. Assim, já não precisavas de pagar a pensão — agarrou-lhe o braço, que ele tentara libertar, ainda com mais força. — Disse-me para te mandar um beijo e perguntar por que não apareces lá uma noite destas, enquanto estás em Londres.

— Deve estar a brincar comigo — respondeu Robert Hathall. Mas disse-o com ar desprendido e sem rancor. Perscrutava o parque de estacionamento.

Prosseguindo no seu tema, Mrs. Hathall começou a dizer:

— É mesmo uma pena...

Mas parou a meio da frase. Uma ideia maravilhosa começava a tomar conta dela. Conhecia bem o carro de Robert; reconhecê-lo-ia em qualquer lugar. Tinha-o havia muito tempo, graças aos apertos em que as mulheres o deixavam. Também ela deixou o olhar percorrer a praceta asfaltada e depois disse, com um ar de satisfação:

— Parece que não se dignou a vir ter connosco.

Robert pareceu pouco à vontade.

— O comboio chegou alguns minutos antes da hora.

— Chegou com três minutos de atraso — disse a mãe. Suspirou, feliz; Eileen teria lá estado para os receber, essa sim. Teria estado na plataforma, com um beijo para a sua sogra e a promessa alegre de que uma boa chávena de chá os esperaria, em casa. E a neta também... Mrs. Hathall murmurou, como que só para si, mas suficientemente alto para ele a ouvir.

— Probrezinha da Rosemary...

Não era provável que Robert, que saía muito à mãe, aceitasse um comentário daqueles sem dar resposta; mas, mais uma vez, não disse nada, a não ser:

— Não tem importância. Não é muito longe.

— Posso ir a pé — respondeu Mrs. Hathall com o tom de estoicismo de quem percebe que terá de suportar muita coisa bem pior e que os primeiros fardos, e os mais leves, têm de ser carregados com bravura. — Estou muito habituada a andar.

Começaram a caminhar ao longo do acesso à estação, passaram por Station Road, atravessaram Kingsmarkham High Street e seguiram por Stowerton Road. Era um magnífico fim de tarde de Setembro: o ar resplandecia, banhado pela luz do pôr-do-sol, as árvores estavam carregadas de folhagem e os jardins rebrilhavam com as últimas e mais belas flores do Verão. Mas Mrs. Hathall não reparou em nada. As suas expectativas tinham dado lugar a certezas. A depressão de Robert só podia querer dizer uma coisa. Aquela mulher dele, aquela ladra, aquela destruidora de um casamento feliz ia deixá-lo, e ele sabia-o.

Viraram para Wool Lane, um caminho de terra batida, sob as copas das árvores.

— Ora aí está uma bela casa — disse Mrs. Hathall. Robert olhou para a vivenda, do estilo de entre as duas guerras:

— É a única que há aqui, para além da nossa. Vive aqui uma mulher chamada Lake. Uma viúva.

— Pena que não seja a tua — respondeu a mãe, com um tom cheio de ambiguidade. — Ainda falta muito?

— É já depois da próxima curva. Não consigo perceber o que se terá passado com a Angela. Lamento muito tudo isto, mãe. Lamento mesmo muito.

Ficou tão surpreendida por ele se afastar tanto da tradição familiar, ao ponto de chegar a pedir desculpa por alguma coisa, que não teve resposta para dar e ficou em silêncio até que a vivenda surgiu à sua frente. Uma leve desilusão pôs fim à sua satisfação, porque aquilo era, de facto, uma casa decente, embora antiga, de tijolo castanho, com um telhado de telha negra.

— É esta?

Ele anuiu e abriu-lhe o portão. Mrs. Hathall reparou que o jardim não estava arranjado; os canteiros estavam cheios de ervas e a relva tinha muitos centímetros de altura. Sob uma árvore com ar de maltratada havia um grande número de ameixas meio apodrecidas espalhadas pelo chão. Disse «hmm», um ruído que lhe era característico e que significava que as coisas estavam a correr exactamente como esperara. Ele meteu a chave na porta da frente e disse:

— Venha daí, mãe.

Agora, sim, ele estava perturbado. Não havia dúvidas quanto a isso. Conhecia muito bem aquele jeito de ele comprimir os lábios enquanto um pequeno músculo estremecia na sua face esquerda. E havia indícios de nervosismo na voz dele, quando gritou:

— Angela, chegámos!

Mrs. Hathall seguiu-o até à sala de estar. Mal conseguia acreditar no que via. Onde estavam as chávenas sujas, os copos de *gin* cheios de dedadas, as roupas espalhadas, as migalhas e o pó? Parou pesadamente sobre a carpete impecavelmente limpa e, depois, rodou lentamente, procurando teias de aranha no tecto, manchas de gordura nos vidros das janelas e pontas de cigarro esquecidas nos cinzeiros. Um arrepio de desconforto percorreu-lhe o corpo. Sentia-se como o campeão que, confiante na sua vitória, convicto da sua superioridade, acaba de perder o primeiro desafio por dez a zero.

Robert regressou à sala e disse:

— Não consigo perceber onde terá ido a Angela. Não está no jardim. Vou à garagem, ver se o carro lá está. Quer ir subindo, mãe? O seu quarto é o grande, ao fundo.

Depois de se certificar de que a mesa de jantar não estava posta e de que não havia sinais de preparação de comida na cozinha imaculada, onde as luvas de borracha do trabalho doméstico estavam arrumadas junto ao lava-louças, Mrs. Hathall subiu as escadas. Deixou correr um dedo ao longo da moldura de um quadro: nem uma mancha; a madeira podia ter sido pintada de fresco. O quarto onde ia ficar estava tão impecavelmente limpo como o resto da casa. A cama estava aberta, mostrando lençóis às riscas, e uma das gavetas da mesa-de-cabeceira, também aberta, estava forrada com papel de lustro. Reparou em tudo, mas nem por um momento permitiu, à medida que as surpresas se sucediam, que aquelas provas de excelência de Angela mitigassem o seu ódio. Era pena que a sua nora se tivesse armado assim para o combate; uma pena, mas nada mais. Sem dúvida que os seus outros erros, como aquele de não estar ali presente para a receber, mais do que compensariam aquela pequena virtude.

Mrs. Hathall foi à casa de banho. As louças brilhavam, havia toalhas fofas e lavadas, sabonete de marca... Cerrou os lábios, irritada. O dinheiro não devia ser tão pouco como Robert lhe queria fazer crer. Disse a si própria que apenas a magoava que ele a enganasse, sem chegar a pôr em palavras pensadas o facto de estar a confrontar-se com uma segunda derrota: a de não poder atirar-lhes à cara a pobreza, e a razão para ela. Lavou as mãos e saiu para o corredor. A porta do quarto principal estava ligeiramente entreaberta. Mrs. Hathall hesitou. Mas a tentação de espreitar e de talvez encontrar uma cama desfeita, um monte de cosméticos esquálidos, foi demasiado forte. Entrou no quarto, cautelosamente.

A cama não estava desfeita, mas cuidadosamente composta. Sobre a coberta, estava deitada uma rapariga, de barriga para baixo, aparentemente num sono profundo. O cabelo escuro, desalinhado, espalhava-se pelos ombros, e o braço esquerdo pendia fora da cama. Mrs. Hathall disse «hmm», com todo o calor do prazer regressando sem freio. A mulher de Robert estava deitada, a dormir, talvez mesmo embriagada. Não se dera ao trabalho de descalçar os sapatos de lona antes de se deixar cair ali, e estava vestida exactamente da mesma forma que naquele dia em que a vira em Earls Court; provavelmente, vestia sempre assim, com umas calças de ganga coçada e um camiseiro vermelho. Mrs. Hathall pensou nos bonitos vestidos de noite de Eileen e no seu cabelo curto, sempre arranjado; Eileen, que só seria capaz de dormir durante o dia se estivesse às portas da morte. Depois, aproximou-se da cama e olhou para baixo, franzindo as sobrancelhas. Voltou a dizer «hmm», mas dessa vez um «hmm» de admoestação, destinado a anunciar a sua presença e a receber uma resposta imediata e envergonhada.

Mas não a teve. A ira genuína da pessoa que se sente insuportavelmente ultrajada apossou-se de Mrs. Hathall. Pôs uma mão no ombro da nora, para o abanar. Mas não o fez. A carne daquele pescoço estava fria como uma pedra e, levantando uma mecha de cabelo, viu um rosto inchado, pálido e azulado.

Qualquer outra mulher teria gritado. Mas Mrs. Hathall não fez qualquer ruído. O seu corpo empertigou-se ainda mais; ficou muito direita e levou uma mão magra e comprida ao seu coração palpitante. Muitas vezes, na sua longa vida, vira a morte: a dos pais, a do marido, a de tios e tias; mas nunca vira o que aquela marca arroxeada mostrava: morte violenta. Não teve nenhum pensamento de triunfo nem de medo. Não sentia nada, a não ser o choque. Pesadamente, arrastou-se para fora do quarto e começou a descer as escadas.

Robert esperava, lá em baixo. Tanto quanto lhe era possível amar, amava-o e, ao mesmo tempo que se lhe dirigiu e lhe colocou uma mão no braço, falou-lhe com uma voz surda e relutante, tão próxima da ternura quanto era capaz. E usou as únicas palavras que conhecia para dar aquele tipo de más notícias.

— Houve um acidente. É melhor subires e veres por ti próprio. É... é demasiado tarde para fazer alguma coisa. Tenta aceitar isto como um homem.

Ele ficou muito quieto. Não disse nada.

— Já não está connosco, Robert. A tua mulher morreu — repetiu as palavras, porque ele não parecia estar a assimilá-las. — A Angela está morta, filho.

Assaltou-a uma sensação indefinida e desconfortável de que devia abraçá-lo, dizer alguma coisa terna, mas esquecera havia muito como isso se fazia. Além disso, começara a tremer e o seu coração batia irregularmente. Ele não empalidecera nem enrubescera. Desviou-se dela com firmeza e subiu as escadas. Ela ficou ali à espera, impotente, abatida pelo choque, a esfregar as mãos e a sacudir os ombros. Depois, ele chamou lá de cima, numa voz calma, mas aguda:

— Telefone para a polícia, mãe, e diga-lhes o que aconteceu.

Ficou satisfeita por ter alguma coisa para fazer e, depois de encontrar o telefone debaixo de uma prateleira, numa mesinha, marcou o número da polícia.

CAPÍTULO 2

Era um homem alto, com peso insuficiente para a sua estrutura. E tinha um ar pouco saudável, com o estômago um pouco saliente e a pele cheia de manchas vermelhas. Embora ainda negro, o cabelo era seco e quebradiço, e os traços da sua fisionomia eram rudes e muito marcados. Estava sentado num cadeirão, abatido, como se tivesse sido ferido e, depois, atirado para ali. A mãe, em contrapartida, estava sentada muito direita, as pernas grossas e sólidas muito juntas, mãos postas no colo, os olhos fixos no filho, com mais severidade do que simpatia.

O inspector-chefe Wexford pensava naquelas mães espartanas que preferiam ver os filhos chegarem mortos a saber que estavam cativos. Não ficaria surpreendido se aquela mulher dissesse ao homem para se pôr direito, mas ela ainda não dissera uma palavra nem fizera qualquer gesto para ele ou para o inspector Burden, excepto um ligeiro menear com a cabeça quando lhe abrira a porta. Lembrava-lhe uma carcereira ao velho estilo ou uma governanta de uma grande casa.

Ouviam-se os passos dos outros polícias, lá em cima, andando de um lado para o outro. O corpo da mulher fora fotografado tal como estava, identificado pelo viúvo e removido para a casa mortuária. Mas os homens ainda tinham muito que fazer. Examinavam a casa, à procura de impressões digitais, da arma, de alguma pista que indicasse como a rapariga fora morta. E era uma grande casa, com cinco grandes divisões, para além da cozinha e da casa de banho. Estavam ali desde as oito, e já era quase meia-noite.

Wexford, que estava perto de uma mesa onde se encontravam a carta de condução, a mala e os objectos pessoais da mulher, examinava o passaporte. Identificava-a como súbdita britânica, nascida em Melbourne, Austrália, com trinta e dois anos de idade, doméstica, cabelo castanho-escuro, olhos cinzentos, um metro e sessenta e cinco de altura, sem marcas distintivas. Angela Margaret Hathall. O passaporte tinha três anos e nunca fora usado para passar qualquer fronteira. A fotografia ostentava tanta semelhança com a morta como as fotografias desse tipo costumam fazer em relação aos retratados.

— A sua mulher vivia aqui sozinha durante a semana, Mr. Hathall? — disse ele, afastando-se da mesa e sentando-se.

Hathall fez que sim com a cabeça. Respondeu numa voz muito baixa, pouco mais forte do que um suspiro:

— Eu trabalhava em Toxborough. Quando arranjei um emprego novo em Londres não podia passar a ir e vir todos os dias. Isto foi em Julho. Tenho vivido com a minha mãe durante a semana e venho a casa aos fins-de-semana.

— Chegou aqui com a sua mãe às sete e meia, segundo creio?

— Sete e vinte cinco — disse Mrs. Hathall, falando pela primeira vez. Tinha uma voz metálica e aguda. Sob o sotaque do sul de Londres, havia resquícios de origens nortenhas.

— Então, o senhor já não via a sua mulher desde... quando? Desde domingo? Segunda-feira?

— Domingo à noite — disse Hathall. — Fui para a casa da minha mãe, de comboio, no domingo à noite. A minha... A Angela levou-me à estação. Eu... Eu telefonava-lhe todos os dias.

Telefonei-lhe hoje mesmo. À hora de almoço. Estava bem.

Fez um ruído estranho, como se lhe faltasse a respiração, um soluço, e o seu corpo balançou-se para a frente.

— Quem pode ter feito uma coisa destas? Quem?... Quem havia de querer matar a *Angela?*

As palavras dele pareciam teatrais, tinham um tom falso, como se tivessem sido aprendidas com uma peça da televisão ou com um policial barato. Mas Wexford sabia que a dor, muitas vezes, só pode ser expressa através de lugares-comuns. Somos originais nos momentos de felicidade; a dor só tem uma voz, só um lamento.

Respondeu à pergunta com palavras igualmente banais:

— Isso é o que nós temos de descobrir, Mr. Hathall. O senhor esteve a trabalhar todo o dia?

— Marcus Flower, consultores de relações públicas. Half Moon Street. Sou contabilista — Hathall pigarreou. — Pode confirmar com eles que estive lá todo o dia.

Wexford não chegou a levantar as sobrancelhas. Passou a mão pelo queixo e olhou para o homem, em silêncio. A cara de Burden não deixou transparecer nada, mas sabia que o inspector estava a pensar o mesmo que ele. E, durante esse silêncio, Hathall, que pronunciara a última frase quase com ansiedade, deu um soluço mais forte e escondeu a cara entre as mãos.

Firme como uma rocha, Mrs. Hathall disse:

— Não te deixes abater, filho. Aguenta-te como um homem.

«Mas tenho de dar a impressão de um homem...» Quando esse excerto de *Macbeth* lhe veio à ideia, Wexford interrogou-se por que razão sentia tão pouca simpatia por Hathall, por que razão não se deixava comover. Estaria a tornar-se aquilo que sempre jurara que nunca havia de ser? Estaria, finalmente, a ficar duro e insensível? Ou haveria realmente algo de falso no comportamento daquele homem que contradizia os seus soluços e o seu abandono à dor? Provavelmente, estaria apenas cansado, a ver significados onde estes não existiam; provavelmente, a mulher engatara um estranho, e esse estranho matara-a. Esperou até que Hathall baixasse as mãos e levantasse a cabeça.

— O seu carro desapareceu?

— Não estava na garagem, quando cheguei.

Não havia lágrimas nas faces magras e duras. Seria o filho daquela mulher de expressão granítica capaz de chegar às lágrimas?

— Vou precisar de uma descrição do seu carro e da matrícula. O sargento Martin há-de pedir-lhe esses elementos daqui a pouco — Wexford levantou-se. — O doutor deu-lhe um sedativo, segundo creio. Sugiro-lhe que o tome e vá dormir. Gostaria de voltar a falar consigo, logo pela manhã. Não há muito mais que possamos fazer agora.

Mrs. Hathall fechou-lhe a porta num movimento rápido, como quem diz: «Não preciso de nada, obrigada!» a um vendedor de porta a porta. Wexford ficou por alguns momentos parado no jardim, examinando o local. A luz dos quartos de dormir deixava ver um par de relvados que não eram aparados havia meses e uma ameixoeira nua. O caminho até ao portão era de pedra, mas o arruamento que ia da parede da casa ao portão do lado direito era de cimento.

— Onde é essa garagem de que ele falou?

— Deve ser lá atrás — disse Burden. — Não havia espaço para construir uma garagem ao lado da casa.

Seguiram pelo arruamento, até darem a volta à casa. Foram ter a uma pequena construção que não podia ser vista da estrada.

— Se ela foi dar uma volta — disse Wexford — e trouxe alguém com ela, o mais provável é que tenham metido aqui o carro sem que ninguém os visse. Depois, terão entrado pela porta da cozinha. Teremos muita sorte se encontrarmos alguém que os tenha visto.

Em silêncio, olharam para os campos abertos, iluminados pelo luar, que se espraiavam até aos montes arborizados. Aqui e ali, na distância, uma luz brilhava por momentos. E, quando regressaram à estrada, deram-se conta de como a casa estava isolada, de como a estrada era deserta. As suas lombas, coroadas por árvores maciças cujas copas se uniam, tornavam-na um túnel escuro, à noite, e um corredor de verdura pouco frequentado, de dia.

— A casa mais próxima — disse Wexford — é aquela junto a Stowerton Road, e a única além dessa é Wool Farm. Fica a uns bons oitocentos metros lá para baixo — apontou através do túnel das árvores e meteu-se no carro. — Podemos dizer adeus ao nosso fim-de-semana. Vemo-nos amanhã de manhã.

A casa do inspector-chefe ficava a norte de Kingsmarkham, do outro lado de Kingsbrook. A luz do quarto ainda estava acesa e a sua mulher ainda estava acordada quando ele entrou. Dora Wexford era demasiado plácida e demasiado sensata para esperar pelo marido, mas tinha estado a tomar conta da neta e acabara de chegar a casa. Encontrou-a sentada na cama, a ler, com um copo de leite quente ao lado e, embora só se tivesse ausentado por poucas horas, foi ter com ela e beijou-a calorosamente. Era um beijo mais sentido do que o habitual, porque, feliz como era o seu casamento, contente com a sua sorte como se sentia, por vezes era necessário um acidente externo para o fazer dar-se conta da sua boa sorte e de como gostava da mulher. A mulher de um outro homem morrera, morrera tristemente... Sacudiu aquela pieguice do pensamento, a sua sensibilidade das horas mortas e, começando a despir-se, perguntou a Dora o que sabia sobre os ocupantes de Bury Cottage.

— Onde é Bury Cottage?

— Na Wool Lane. Vive lá um homem chamado Hathall. A mulher dele foi estrangulada esta tarde.

Trinta anos de casamento com um polícia não tinham conseguido abafar a sensibilidade de Dora Wexford, ou endurecido as suas palavras, ou feito dela uma pessoa menos meiga, mas era perfeitamente natural que não reagisse àquelas palavras com o mesmo horror de uma mulher comum.

— Meu Deus! — disse ela, convencionalmente. — Que horror. Vai ser um caso simples?

— Ainda não sei — a voz controlada dela ajudava-o sempre a recompor-se. — Alguma vez os encontraste?

— A única pessoa que alguma vez conheci de Wool Lane foi essa tal Mrs. Lake. Apareceu no Women's Institute meia dúzia de vezes, mas acho que estava mais ocupada com outras coisas para se preocupar com isso. É muito solicitada pelos homens, sabes?

— Não queres dizer que o Women's Institute a escorraçou? — disse Wexford com um horror fingido.

— Não sejas tonto, querido. Não somos pessoas mesquinhas. Afinal de contas, é uma viúva. Não percebo por que ainda não voltou a casar.

— Se calhar, é como o Jorge II.

— Nada disso. É muito bonita. Que queres tu dizer?

— É que ele prometeu à mulher, quando ela estava a morrer, que não voltaria a casar, que só aceitaria cortesãs.

Enquanto Dora ria, Wexford estudou a sua figura no espelho, encolhendo os músculos da barriga. No ano anterior, perdera vinte quilos, graças à dieta, ao exercício e ao terror que o médico lhe infundira; e, pela primeira vez nos últimos dez anos, conseguira apreciar a sua própria figura com satisfação, se não mesmo com prazer. Agora, sentia que valera a pena. A provação de continuar a viver sem tocar em nada do que gostava de comer e de beber tinha sido compensadora. *Il faut souffrir pour être beau.* Se ao menos houvesse outra coisa de que uma pessoa se pudesse privar, qualquer gesto que se pudesse fazer para remediar a queda do cabelo...

— Anda para a cama — disse Dora. — Se não deixas de te pavonear, começo a pensar que também vais arranjar cortesãs, e ainda nem sequer morri.

Wexford sorriu e meteu-se na cama. Desde o início da sua carreira, sempre dissera a si próprio que não devia pensar no trabalho durante a noite e raramente os seus problemas profissionais o mantinham acordado ou lhe perturbavam os sonhos. Mas, quando apagou a luz e se aconchegou a Dora — o que era muito mais fácil e agradável, agora que estava mais magro —, permitiu-se reflectir durante alguns minutos sobre os acontecimentos da noite. Angela Hathall era jovem e, provavelmente, agradável de ver. Não tivera filhos e, embora tivesse orgulho em manter a sua casa impecável, devia ter sentido o tempo a passar muito devagar durante aqueles dias e noites solitários. Seria de admirar que tivesse seduzido um homem e o tivesse trazido para Bury Cottage? Wexford sabia que não era preciso que uma mulher fosse ninfomaníaca, ou que estivesse desesperada, ou a meio caminho da prostituição para fazer isso. Nem sequer era preciso que tencionasse ser infiel. Porque as atitudes das mulheres, quanto ao sexo, e digam o que disserem as novas ideologias, são muito diferentes das dos homens. E ainda que seja verdade, em termos gerais, que um homem que sai com uma mulher desconhecida só vai «atrás de uma coisa» e que ela sabe disso, mesmo assim, ela agarrar-se-á à crença ingénua de que ele não procura mais do que uma boa conversa e, talvez, um beijo. Teria sido essa a crença de Angela Hathall? Teria ela metido um homem no carro, um homem que quisera mais do que isso e que a estrangulara por não conseguir? Tê-la-ia morto e deixado estendida na cama, para depois fugir no carro dela?

Podia ser. Wexford decidiu que ia trabalhar segundo essa perspectiva. Dirigiu o seu pensamento para assuntos mais agradáveis — os netos, as férias — e adormeceu.

CAPÍTULO 3

— Mr. Hathall — disse Wexford —, o senhor tem, com certeza, as suas próprias ideias quanto à forma como acha que um inquérito deste tipo deve ser conduzido. Talvez venha a considerar os meus métodos pouco ortodoxos, mas são os meus métodos e posso garantir-lhe que dão resultado. Não posso prosseguir a minha investigação só com base nas provas circunstanciais. É-me necessário saber o mais possível sobre as pessoas envolvidas; por isso, se puder responder às minhas perguntas com simplicidade e com realismo, poderemos avançar muito mais depressa. Posso assegurar-lhe que farei estas perguntas com a intenção pura e simples de descobrir quem matou a sua mulher. Se se ofender com elas, isso só poderá atrasar-nos. Se insistir em que determinados assuntos só dizem respeito à sua vida privada e se recusar a revelá-los, pode perder-se muito tempo precioso. Comprende isto e está disposto a colaborar?

Este discurso fora ocasionado pela reacção de Hathall ao primeiro interrogatório a que Wexford o submetera, às nove da manhã de sábado. Fora apenas um simples pedido de informação para se saber se Angela tinha por costume dar boleias a estranhos, mas Hathall, que parecia refrescado pela sua noite de sono forçado pelos barbitúricos, respondera com uma explosão de mau-humor.

— Que direito tem você de pôr em dúvida o carácter moral da minha mulher?

Wexford respondera calmamente:

— A maior parte das pessoas que dão boleias não tem outro pensamento senão o de ser prestável.

Depois, como Hathall continuava a olhá-lo fixamente, com um olhar cheio de rancor, proferira aquele sermão. O viúvo fez um gesto impaciente, sacudindo as mãos e estendendo-as:

— Num caso como este, eu pensava que vocês iam procurar as impressões digitais e... bem, esse tipo de coisas. Quero dizer, é óbvio que um homem qualquer deve ter entrado aqui e... deve ter deixado vestígios, com certeza. Já tenho lido sobre como estas coisas se processam. É uma questão de dedução, a partir de cabelos e pegadas e... bom, impressões digitais.

— Já lhe disse que estou certo de que deve ter as suas próprias ideias quanto à maneira como se deve conduzir uma investigação destas. Os meus métodos incluem tudo isso que disse. Viu, com os seus próprios olhos, como vasculhámos toda a casa, ontem à noite; mas não somos ilusionistas, Mr. Hathall. Não somos capazes de encontrar um cabelo à meia-noite e dizer-lhe de quem é no dia seguinte.

— Então, quando é que podem saber isso?

— Isso não lhe sei dizer. Decerto que mais para o fim do dia já deverei ter uma ideia mais concreta quanto a saber se, realmente, entrou algum estranho em Bury Cottage, ontem à tarde.

— Um *estranho*? Mas é claro que tinha de ser um estranho! Eu próprio lhe podia ter dito isso ontem, às oito horas. Um assassino psicopata que veio aqui, introduziu-se em casa, atrevo-me a supor, e... e depois roubou o meu carro. Já encontraram o meu carro?

Com muita frieza e calmamente, Wexford respondeu:

— Não sei, Mr. Hathall. Não sou Deus nem tenho o dom da visão interior. Ainda nem sequer tive tempo para contactar com os meus agentes. Se responder à pergunta que lhe fiz, deixo-o por uns momentos e vou falar com a sua mãe.

— A minha mãe não sabe seja o que for acerca disto. Nunca pôs os pés nesta casa, até ontem à noite.

— A pergunta que lhe fiz, Mr. Hathall.

— Não, ela não tinha o hábito de dar boleias a desconhecidos — exclamou Hathall, com o rosto contorcido e roxo. — Era demasiado tímida e nervosa até para fazer amigos aqui na vila. Eu era a única pessoa em quem ela confiava, o que, aliás, não admira, depois de tudo o que passou. O homem que aqui veio sabia disso, sabia que ela estava sempre sozinha. Se quer resolver o caso, trabalhe com isto. É a minha vida privada, como o senhor diz. Só estávamos casados há três anos e eu adorava a minha mulher. Mas deixava-a sozinha toda a semana porque não era capaz de enfrentar o caminho para lá e para cá todos os dias, e o resultado foi este. Ela tinha um medo terrível de ficar aqui sozinha. Eu disse-lhe que não seria por muito tempo e pedi-lhe que aguentasse isso por mim. Bom, não teve de aguentar muito tempo, pois não?

Atirou um braço por cima das costas da cadeira e enterrou a cara na concha do ombro, com o corpo a tremer. Wexford observou-o, pensativo, mas não disse mais nada. Dirigiu-se à cozinha, onde encontrou Mrs. Hathall junto ao lava-louças, lavando os pratos do pequeno-alomoço. Havia um par de luvas de borracha à sua frente, mas estavam secas e as mãos nuas de Mrs. Hathall estavam mergulhadas no detergente. Era o tipo de mulher, decidiu ele, que encarava o trabalho doméstico de uma forma masoquista; que usaria, provavelmente, uma vassoura em vez de um aspirador e que achava que as máquinas de lavar roupa não lavavam como deve ser. Reparou que, em vez de um avental, ela tinha uma toalha enrolada à cintura, e isso pareceu-lhe estranho. Obviamente, não ia trazer um avental na bagagem para uma visita de fim-de-semana, mas decerto uma pessoa tão asseada como

Angela devia ter vários aventais. No entanto, não fez comentários; deu os bons-dias e perguntou a Mrs. Hathall se não se importava de responder a umas perguntas, enquanto trabalhava.

— Hmm — respondeu Mrs. Hathall. Lavou as mãos e voltou-se, lentamente, para as enxugar a uma toalha. — Não vale a pena perguntar-me nada. Não sei o que ela fazia quando ele não estava cá.

— Creio saber que a sua nora era tímida e solitária, muito metida consigo, como se costuma dizer.

O ruído que ela fez fascinou-o. Era, em parte, um engasgar-se, em parte um soluço, misturados com um grunhido. Ele partiu do princípio de que era, na verdade, uma gargalhada.

— Não acha que ela fosse assim?

— Erótica — disse Mrs. Hathall.

— *Desculpe?*

Ela olhou-o com desprezo:

— Muito nervosinha. Mais para o histérico.

— Ah! — disse Wexford. Aquela utilização desapropriada da palavra era nova para ele, e ficou a saboreá-la. — E por que razão era ela assim... ah... neurótica?

— Isso não lhe sei dizer. Só a vi uma vez.

Mas estavam casados há três anos...

— Não sei se estou a compreendê-la, Mrs. Hathall.

Ela desviou o olhar para a janela, da janela para o lava-louças, e depois pegou noutro pano e começou a enxugar a louça. Aquele corpo sólido, direito como uma prancha, de costas para ele, era tão desencorajador como uma porta fechada. Ela limpou todos os copos, pratos, chávenas e talheres em silêncio, amontoou-os no escorredor, limpou o lava-louças e pendurou o pano com a concentração de quem executa um número muito complexo, ensaiado durante muitas horas. Mas, por fim, foi obrigada a voltar-se de novo e enfrentar a figura paciente, sentada atrás de si.

— Tenho as camas por fazer — disse.

— A sua nora foi assassinada, Mrs. Hathall.

— Tenho obrigação de saber isso. Fui eu que a encontrei.

— Pois. E como foi que as coisas se passaram?

— Já o disse. Já contei tudo — abriu a despensa, tirou um espanador e uma vassoura, instrumentos desnecessários numa casa tão limpa como aquela. — Tenho trabalho para fazer, se o senhor não tem...

— Mrs. Hathall — disse ele, mansamente —, já se deu conta de que vai ter de depor em tribunal? A senhora é uma testemunha vital. Terá de ser interrogada minuciosamente, e *não poderá* deixar de responder, nessa altura. Compreendo que nunca tenha tido contacto com a lei, num caso destes, mas devo dizer-lhe que há penas bastante graves para a obstrução ao trabalho da polícia.

Ela olhava-o com um ar amuado, só um pouco amedrontada.

— Nunca devia ter cá vindo — murmurou. — Bem tinha dito que nunca cá poria os pés; devia ter mantido o que disse.

— Porque veio?

— Porque o meu filho insistiu. Queria remediar as coisas.

Afastou-se pesadamente e parou a uns dois metros dele. Wexford lembrou-se de uma ilustração que vira num livro infantil de um dos seus netos, uma gravura que mostrava uma cabana com braços e pernas e um rosto quadrado.

— Digo-lhe uma coisa — continuou ela —, se a Angela era nervosa, era porque tinha vergonha. Envergonhava-se de ter dado cabo do casamento dele e de o ter empobrecido. E bem tinha de se envergonhar: arruinou a vida de três pessoas. É isso que eu vou dizer no tribunal. Não tenho problemas em dizê-lo seja a quem for.

— Duvido que lhe perguntem isso — disse Wexford. — Estou a perguntar-lhe sobre o que se passou ontem à noite.

Ela levantou mais a cabeça e respondeu, com petulância:

— Não tenho nada a esconder. Ele é que me preocupa, assim com a vida toda escancarada. Ela devia ter-nos ido buscar à estação, ontem à noite.

Um «hmm» seco escapou da última palavra.

— Mas estava morta, Mrs. Hathall.

Ignorando-o, ela continuou, disparando frases curtas muito rapidamente:

— Chegámos aqui e começámos a procurá-la. Ele chamou-a. Procurou-a aqui em baixo, no jardim e na garagem.

— E lá em cima?

— Ele não foi lá acima. Disse-me que subisse e desfizesse a mala. Entrei no quarto deles, e lá estava ela. Está satisfeito? Pergunte-lhe a ele, a ver se não lhe diz o mesmo.

Aquele armário maciço com pernas saiu da cozinha com passos pesados e as escadas gemeram enquanto as subia.

Wexford voltou para a sala onde deixara Robert Hathall, caminhando para a frente e para trás, nervosamente, mas sem fazer muito barulho. Wexford estivera na cozinha durante cerca de meia hora, e talvez Hathall julgasse que já tinha saído, porque recuperara muito rapidamente do seu abandono à dor e, no momento em que Wexford entrou, estava junto à janela, embrenhado na leitura de qualquer coisa que vinha na primeira página do jornal da manhã. A expressão do seu rosto seco e rude era de uma concentração extrema, intensa, talvez mesmo calculista, e as mãos estavam muito firmes. Wexford pigarreou. Hathall não se assustou. Voltou-se lentamente e a angústia que Wexford seria capaz de jurar que era real voltou a convulsionar-lhe a cara.

— Não vou incomodá-lo outra vez, Mr. Hathall. Estive a pensar nisto e creio que será melhor falar consigo noutro ambiente. Dadas as circunstâncias, este sítio talvez não seja o ideal para o tipo de conversa que temos de ter. Importa-se de passar pela esquadra, por volta das três, e perguntar por mim?

Hathall anuiu com a cabeça. Parecia aliviado.

— Desculpe-me por ter perdido a cabeça, há pouco.

— Não tem de quê. É natural. Antes de ir ter comigo, mais logo, importa-se de ver se falta alguma coisa da sua mulher?

— Com certeza. Os seus homens não vão querer revistar isto tudo outra vez?

— Não. Isso já não vai ser necessário.

Assim que Wexford chegou ao seu próprio gabinete, na esquadra de Kingsmarkham, viu os jornais da manhã e procurou aquele que Hathall estivera a ler, o *Daily Telegraph*. No fim da primeira página, nas últimas notícias, havia um parágrafo com cerca de um centímetro e meio que dizia: «Mrs. Angela Hathall, de trinta e dois anos, foi ontem encontrada morta em sua casa, em Wool Lane, Kingsmarkham, Sussex. Foi estrangulada e a polícia está a investigar o caso como homicídio.» Fora naquelas palavras que os olhos de Hathall se tinham fixado tão intensamente. Wexford hesitou por um momento. Se a sua mulher tivesse sido encontrada estrangulada, a última coisa que desejaria seria ler o que os jornais diriam sobre o caso. Exprimiu esse pensamento a Burden, que vinha a entrar, e acrescentou que não valia a pena projectar os seus próprios sentimentos nos outros, porque todas as pessoas são diferentes.

— Por vezes — disse Burden, muito solene —, acho que se toda a gente fosse como nós os dois, o mundo seria um lugar muito mais agradável.

— És um sacana arrogante. Já sabes alguma coisa da rapaziada das impressões digitais? O Hathall estava mortinho por saber disso. É uma daquelas pessoas que estão convencidas de que somos uma espécie de perdigueiros... mostrem-nos uma impressão digital ou uma pegada, que nós pomos o nariz no chão e seguimos o nosso faro durante duas horas até encontrarmos o nosso fugitivo.

Burden fungou. Atirou uma pilha de papéis para debaixo do nariz do inspector-chefe.

— Está aqui tudo — disse. — Já lhe dei uma vista de olhos e há alguns pontos interessantes, mas claro que a raposa não vai aparecer em duas horas, nem nada que se pareça. Seja lá quem for, está muito longe, e pode dizer isso ao seu pobre viúvo.

Sorrindo, Wexford disse:

— Ainda não há vestígios do carro, suponho?

— Provavelmente, vai aparecer no centro de Glasgow, lá para o meio da semana que vem. O Martin já falou com os patrões de Hathall, esses tais Marcus Flower. Falou com a secretária dele; chama-se Linda Kipling e diz que o Hathall esteve lá ontem durante todo o dia. Entraram ambos por volta das dez... meu Deus, quem me dera ter essa sorte... e, a não ser a hora e meia do almoço, o Hathall esteve lá até às cinco e meia.

— Lá porque eu disse que ele esteve a ler a notícia da morte da mulher não quis dizer que ache que ele a matou, sabes?

Wexford deu duas palmadinhas na cadeira que estava ao lado da sua e disse:

— Senta-te, Mike. E diz-me o que há aí nesse... nessa resma que me trouxeste. Faz-me um resumo. Depois, mais logo, eu leio.

O inspector sentou-se e pôs os óculos, recentemente adquiridos. Eram uns óculos elegantes, com uma armação preta e estreita, e davam a Burden o aspecto de um advogado bem-sucedido. Com a sua enorme colecção de fatos de bom corte, o cabelo cuidadosamente aparado e uma figura que não precisava de dietas para se manter elegante, nunca tivera ar de detective — um facto que sempre jogara a seu favor. A sua voz era baixa e precisa, um pouco mais tímida agora, porque ainda não se habituara aos óculos, que parecia ver como algo que mudava completamente a sua aparência e, mesmo, a sua personalidade.

— A primeira coisa que é preciso ter em conta, acho eu — começou a dizer —, é que havia menos impressões em toda a casa do que seria de esperar. Era uma casa excepcionalmente bem cuidada, tudo muito limpo e polido. Ela deve tê-la limpo energicamente, porque quase não havia impressões do próprio Hathall. Havia uma impressão de uma mão inteira na porta da frente e outras impressões nas outras portas e no corrimão, mas essas foram feitas, obviamente, depois de ele ter voltado para casa, ontem à noite. As impressões de Mrs. Hathall estavam na mesa da cozinha, no corrimão, no quarto do fundo, nas torneiras da casa de banho e no lavatório, no telefone e, estranhamente, nas molduras dos quadros do patamar.

— Não é assim tão estranho — disse Wexford. — Ela é o tipo de velha sogra que é capaz de passar o dedo por uma moldura para ver se a nora limpou o pó. E, se não estiver limpo, é capaz de escrever «porca» ou qualquer outra coisa igualmente provocatória no pó.

Burden ajustou os óculos, passou a ponta de um dedo por eles e limpou-os com o punho da camisa, impacientemente.

— As impressões de Angela estavam na porta de trás, na porta que dá da cozinha para o átrio, na porta do quarto e em diversos frascos e jarras do toucador. Mas não estavam em mais lado algum... Parece que usava luvas para fazer todos os trabalhos domésticos e, se as tirava quando ia à casa de banho, devia limpar tudo logo a seguir.

— Isso parece-me estupidamente obsessivo. Mas suponho que haja muitas mulheres com essas manias.

Burden, cuja expressão deixava perceber que até achava muito bem que houvesse mulheres com essas manias, respondeu:

— As únicas outras impressões encontradas na casa foram as de um homem desconhecido e de uma mulher também desconhecida. As do homem foram encontradas apenas em livros e no lado de dentro de uma porta de um armário, mas não no do quarto de dormir de Angela. Só há uma impressão isolada dessa outra mulher. Também é uma impressão de uma mão inteira, a mão direita, muito nítida, mostrando uma pequena cicatriz em forma de L no indicador, e foi encontrada na borda da banheira.

— Hmm — disse Wexford. E, porque o som lhe fez lembrar Mrs. Hathall, corrigiu-o para «hum». Fez uma pausa, pensativo.

— Suponho que nenhuma dessas impressões consta do ficheiro?

— Ainda não sei. Temos de lhes dar tempo.

— Claro. Não quero fazer a figura do Hathall. Mais alguma coisa?

— Três cabelos pretos, espessos, no chão da casa de banho. Não são de Angela; os dela eram mais finos. E desses, só encontraram alguns na escova dela, no toucador.

— E os outros, eram de homem ou de mulher?

— É impossível saber isso. Bem sabe como alguns tipos agora usam o cabelo comprido. — Burden passou a mão pelos seus próprios cabelos rapados e tirou os óculos. — Não saberemos nada da autópsia até logo à noite.

— Muito bem. Temos de encontrar o carro e temos de encontrar alguém que a tenha visto sair nele e voltar com o seu engate... se é que foi isso e se se passou assim. Temos de encontrar os amigos dela. Com certeza que tinha de ter alguns amigos.

Desceram no elevador e atravessaram o átrio, ladrilhado a preto e branco como um tabuleiro de xadrez. Enquanto Burden parava para trocar algumas palavras com o sargento de dia, Wexford seguiu até à porta que dava para os degraus da entrada e para o pátio. Estava uma mulher a subir os degraus; caminhava com segurança, com os modos de quem não conhece recusas. Wexford segurou a porta para ela passar e, quando ficaram frente a frente, ela parou e olhou-o nos olhos.

Não era nova. Não devia andar longe dos cinquenta anos, mas via-se imediatamente que era uma daquelas pessoas que o tempo não consegue fazer empalidecer, ou definhar, ou desvitalizar-se. Cada uma das linhas muito finas da sua cara parecia denunciar um sorriso e uma inteligência matreira, mas havia poucas dessas linhas à volta dos seus grandes olhos azuis, surpreendentemente jovens. Sorriu-lhe, com um jeito capaz de dar uma volta ao coração de qualquer homem, e disse:

— Bom dia. Chamo-me Nancy Lake. Quero falar com um polícia, mas um dos grandes, um que seja importante. Você é importante?

— Acho que devo servir — respondeu Wexford.

Ela observou-o, como nenhuma outra mulher o observara em mais de vinte anos. O sorriso tornou-se provocador, as sobrancelhas delicadas ergueram-se um pouco.

— Realmente, parece-me que serve — disse ela, entrando. — Mas temos de ser sérios. Vim cá para lhe dizer que julgo ser a última pessoa que viu a Angela viva.

CAPÍTULO 4

Quando uma mulher bonita envelhece, a reacção dos homens costuma ser reflectir sobre como deve ter sido adorável, em tempos. Não era esse o efeito que Nancy Lake provocava. Havia nela algo de muito «aqui e agora». Quando se estava com ela, era tão provável pensar-se na sua juventude e no facto de se estar a aproximar da velhice, como pensar na Primavera ou no Natal quando se está no fim do Verão. Pertencia sempre à estação em que estava, era uma mulher que lembrava as colheitas, as festas das vindimas, frutos frescos e noites longas e quentes. Esses pensamentos ocorreram a Wexford muito mais tarde. Enquanto a conduzia para o seu gabinete, só se dera conta de como era agradável aquela diversão, no meio de um caso de homicídio, de testemunhas recalcitrantes, impressões digitais e carros desaparecidos. Aliás, não era bem uma diversão. Feliz aquele que consegue juntar o útil ao agradável...

— Que sala tão bonita — disse ela. A voz era baixa, doce e cheia de vida. — Pensava que as esquadras da polícia eram todas castanhas e sujas, com fotografias de grandes brutos nas paredes, todos procurados por assaltos a bancos.

Lançou um olhar aprovador ao tapete, às cadeiras amarelas, à secretária de pau-rosa.

— Isto é mesmo simpático. E que vista esplêndida sobre todos esses telhadinhos deliciosos. Posso sentar-me?

Wexford já estava a segurar-lhe a cadeira. Lembrou-se do que Dora dissera acerca daquela mulher, que era muito «dada aos homens», e acrescentou a essa expressão uma outra, sua: que os homens seriam, de certeza, muito dados a ela. Era morena. O cabelo era abundante, de um castanho cor de noz, provavelmente pintado. Mas a pele mantivera um tom rosa e âmbar, a textura de uma maçã, e uma luz delicada parecia brilhar por debaixo da sua superfície, como por vezes se vê nos rostos de crianças ou rapariguinhas, mas que raramente perdura até à meia-idade. Os lábios vermelhos pareciam estar sempre a meio caminho para um sorriso. Era como se ela conhecesse um segredo extraordinário que estaria sempre a ponto de divulgar, mas sem nunca ir até ao fim. O vestido era precisamente aquilo que Wexford achava que deviam ser todos os vestidos de mulher: largo em baixo, justo na cintura, de algodão azul e lilás, com o decote a mostrar três ou quatro centímetros das curvas de um peito dourado. Ela percebeu que ele a apreciava e parecia divertida com o olhar examinador dele; estava deliciada e compreendia muito melhor do que ele o significado desse olhar.

Wexford desviou os olhos, subitamente.

— Vive na casa que fica na Wool Lane, do lado mais próximo de Kingsmarkham, segundo creio.

— Chama-se Sunnybank. Sempre me pareceu que soa a nome de manicómio. Mas foi o meu marido que o escolheu e lá deve ter tido as suas razões.

Wexford fez uma tentativa determinada e, por fim, bem sucedida para parecer solene.

— Era amiga de Mrs. Hathall?

— Ah, não — ele pensou que era muito capaz de dizer que não tinha amigas, o que lhe teria desagradado, mas não o fez. — Só lá ia por causa dos prodígios.

— Dos *quê?*

— Uma piada minha. Desculpe. Queria dizer os ovinhos amarelos.

— Ah, sim, as ameixas. — Era a segunda piada do dia, mas pensou que, naquele caso particular, se tratava de um erro deliberado. — Foi lá ontem apanhar ameixas?

— Vou sempre, todos os anos. Já era costume, no tempo de Mr. Somerset e, quando os Hathall vieram para cá, disseram que podia ficar com elas. Faço compota.

Teve uma súbita visão de Nancy Lake, numa cozinha cheia de sol, mexendo um panelão cheio de fruta dourada. Sentiu o odor, e viu a expressão dela, mergulhando um dedo no doce e levando-o àqueles lábios carnudos. A visão ameaçava tornar-se um devaneio. Afastou-a do pensamento.

— Quando foi lá?

O tom de voz, subitamente duro, fê-la levantar as sobrancelhas.

— Telefonei à Angela às nove da manhã e perguntei-lhe se podia lá ir apanhar as ameixas. Tinha visto que já começavam a cair. Pareceu-me muito satisfeita para o que era costume. Não era uma pessoa muito graciosa, sabe?

— Não sei, mas espero que me diga.

Ela moveu ligeiramente as mãos, na defensiva, distraidamente.

— Disse-me que fosse por volta do meio-dia e meia. Apanhei as ameixas e ela ofereceu-me um café. Acho que só me convidou a entrar para me mostrar como a casa estava impecável.

— Porquê, não era costume estar impecável?

— Santo Deus, não! Não é que isso me rale, era lá com ela. Eu própria também não sou muito dada ao trabalho doméstico, mas a casa dela era geralmente uma autêntica pocilga. Pelo menos, estava um pavor em Março quando lá passei na vez anterior. Disse-me que tinha limpo tudo para impressionar a mãe de Robert.

Wexford assentiu. Tinha de fazer um esforço enorme para continuar a interrogar aquela mulher naquele tom impessoal, porque ela parecia lançar um feitiço, a combinação mágica da delicadeza feminina com a sexualidade exacerbada. Mas tinha de fazer esse esforço.

— Disse-lhe se estava à espera de alguma outra visita, Mrs. Lake?

— Não, disse-me que ia sair com o carro, mas não referiu onde.

Nancy Lake esticou-se por cima da secretária, com um grande à-vontade, e pôs a cara a um palmo da dele. O seu perfume era capitoso e quente.

— Convidou-me para entrar e ofereceu-me um café, mas assim que acabei de beber uma chávena pareceu querer ver-se livre de mim. É o que quero dizer, quando digo que ela só me queria mostrar como a casa estava impecável.

— A que horas saiu?

— Deixe-me ver. Deve ter sido pouco antes da uma e meia. Mas só estive dentro de casa uns dez minutos. O resto do tempo, passei-o a apanhar os prodígios.

A tentação de ficar perto daquela face cheia de vida, expressiva e, por vezes, manhosa era grande, mas tinha de lhe resistir. Wexford fez rodar a cadeira com uma casualidade deliberada, apresentando a Nancy Lake um perfil grave e muito profissional.

— Não a viu sair de Bury Cottage ou voltar mais tarde?

— Não. Fui a Myringham. Estive lá toda a tarde e parte da noite.

Pela primeira vez, havia algo de reservado e secreto na sua resposta, mas ele não fez comentários.

— Fale-me de Angela Hathall. Que tipo de pessoa era?

— Brusca, seca, sem graça — encolheu os ombros, como se esse tipo de defeitos numa mulher estivesse para além da sua compreensão. — Talvez fosse por isso que ela e o Robert se davam tão bem.

— Davam? Eram um casal feliz?

— Oh, sim. Muito. Nenhum deles tinha olhos para mais ninguém — Nancy Lake deu uma gargalhadinha. — Eram unha com carne, percebe? Não tinham amigos, que eu saiba.

— O que ouvi deu-me a impressão de que era tímida e nervosa.

— Sim? Eu não diria isso. Dava-me a ideia de que ela estava sozinha porque gostava. Claro que andavam um bocado aflitos, até ele arranjar o emprego novo. Ela disse-me que tinham de viver só com quinze libras por semana, depois de todos os apertos por que ele passou. Andava a pagar a pensão, ou como chamam a isso, à primeira mulher — fez uma pausa e sorriu. — As pessoas fazem cada confusão nas suas vidas, não é?

Havia uma ponta de amargura na sua voz, como se ela própria tivesse passado por situações semelhantes na sua vida. Ele voltou a rodar a cadeira, porque uma ideia lhe aflorara ao espírito.

— Posso ver a sua mão direita, Mrs. Lake?

Ela estendeu-lhe a mão, sem hesitar; não a pousou na mesa, mas deitou-a, de costas para cima, na mão dele. Era quase um gesto de amantes, um gesto típico do início de uma relação entre um homem e uma mulher, aquele gesto de pôr uma mão noutra mão, uma aproximação, uma demonstração de confiança e de conforto. Wexford sentiu o calor daquela mão, observou como era suave e se abandonava na sua, reparou no brilho suave das unhas e no anel de diamante que rodeava o dedo médio. Deliciado, deixou-a ficar assim por uma fracção de segundo a mais do que o necessário.

— Se alguém me dissesse — disse ela, com os olhos a dançar — que havia de estar de mão dada com um polícia esta manhã, não teria acreditado.

Wexford pediu desculpa, precipitadamente, e voltou-lhe a mão. Não havia nenhuma cicatriz em forma de L na superfície macia da ponta do indicador, e ele deixou-lhe cair a mão.

— É assim que verificam as impressões digitais? Santo Deus, sempre pensei que fosse um processo muito mais complicado.

— E é — mas não o explicou. — Angela Hathall tinha alguma mulher que a ajudasse nas limpezas?

— Que eu saiba, não. Não tinham dinheiro para isso — estava a fazer o seu melhor para esconder o prazer que tinha no desconforto dele, mas ele viu os lábios dela descaírem e o prazer a desaparecer. — Posso ser-lhe útil em mais alguma coisa, Mr. Wexford? Não precisa de me tirar as impressões digitais ou fazer-me análises ao sangue, por exemplo?

— Não, obrigado. Não é necessário. Mas posso vir a precisar de falar consigo mais alguma vez, Mrs. Lake.

— Espero bem que sim.

Levantou-se, num gesto gracioso, e deu alguns passos em direcção à janela. Wexford, que se sentiu obrigado a levantar-se ao mesmo tempo, viu-se subitamente muito perto dela. Sabia que ela fizera de propósito, mas não podia deixar de se sentir lisonjeado. Quantos anos se teriam passado desde a última vez em que uma mulher o tentara seduzir e apreciara o toque da sua mão? Dora fizera-o, claro... Enquanto se recompunha, consciente da sua figura agora mais firme, lembrou-se da mulher. Lembrou-se de que não só era um polícia, mas também um marido que tinha de respeitar os seus votos de casamento. Mas Nancy Lake colocara uma mão no seu braço, levemente, e chamava-lhe a atenção para a luz do sol que resplandecia lá fora, reflectida nos automóveis que iniciavam a sua longa jornada até à costa.

— Está mesmo um tempo bom para passar o dia na praia, não está? — disse ela. E as palavras soavam como um convite.

— Que pena que tenha de trabalhar num sábado.

Pena, mesmo, era que o trabalho, as convenções e a prudência o impedissem de levar aquela mulher até ao carro e conduzi-la para um qualquer hotel sossegado. Champanhe e rosas, pensou ele; e, mais uma vez, aquela mão quente estendida por cima de uma mesa e repousando abandonada na sua...

— E o Inverno está quase aí... — continuou ela.

Decerto não tivera intenção de o dizer com duplo sentido... Que o Inverno chegaria em breve para ambos, a carne ganhando flacidez, o sangue esfriando...

— Não a faço perder mais tempo... — disse ele, com a voz tão fria como esse Inverno que estava para chegar.

Ela riu, nada ofendida, mas tirou a mão do braço dele e encaminhou-se para a porta.

— Podia, ao menos, dizer-me que foi bom eu ter cá vindo...

— E foi, de facto. Um gesto cheio de civismo. Bom dia, Mrs. Lake.

— Bom dia, Mr. Wexford. Apareça para tomar chá, um dia destes, que eu dou-lhe um pouco de compota de prodígios.

Ele chamou alguém para a acompanhar à saída. Em vez de se sentar de novo à secretária, voltou para perto da janela e olhou para baixo. Lá estava ela, atravessando o parque com a segurança de uma jovem, como se o mundo fosse eu. Não lhe ocorrera que ela podia voltar-se e olhar para cima, mas foi o que ela fez, subitamente, como se os seus pensamentos tivessem entrado em comunicação e exigissem esse breve olhar. Ela acenou-lhe. O seu braço erguera-se, muito direito, e a mão agitava-se num gesto de despedida. Podiam ter-se conhecido a vida inteira, tão caloroso, livre e íntimo era aquele gesto, como se terminasse um encontro que não seria menos agradável por ser habitual. Levantou o seu próprio braço, acenando vagamente e, depois, quando ela desapareceu entre a multidão que fazia as compras de sábado, também ele desceu para ir ao encontro de Burden, com quem ia almoçar.

O Carousel Café, frente à esquadra, encontrava-se sempre apinhado ao sábado, à hora do almoço, mas, pelo menos, a *jukebox* estava silenciosa. O verdadeiro barulho só começaria por volta das seis, quando chegassem os mais novos. Burden estava sentado na mesa do canto que tinha sempre reservada e, quando Wexford se aproximou, o dono do café, um italiano franzino, veio ter com ele, cheio de deferência e respeito.

— Recomendo-lhe o prato do dia, inspector: fígado com *bacon*.

— Muito bem, Antonio, mas nada das suas batatas recicladas, hem? E nada de glutamatos monossódicos.

Antonio parecia muito surpreendido:

— Isso não está no meu cardápio, Mr. Wexford.

— Pois não, mas está na comida, como um agente secreto, a quinta coluna da alimentação. Creio que não tem tido mais azares com os *speeds,* ultimamente...

— Graças a si, Mr. Wexford, não temos tido mais problemas.

Referia-se a um gesto de mau gosto refinado que um dos empregados mais novos de Antonio, que trabalhava em *part--time,* preparara algumas semanas antes: aborrecido com a extrema sobriedade da clientela, o rapaz introduzira no tanque de vidro do sumo de laranja, onde meia dúzia de laranjas em plástico flutuavam continuamente, cem comprimidos de anfetamina. O resultado fora uma sublevação divertida, com um homem de negócios que sempre primara pela circunspecção a dançar em cima de uma das mesas. Wexford, que aparecera lá por acaso e, devido à sua dieta, provara o sumo de laranja, localizou imediatamente a origem daquela efusividade quase dionisíaca e, simultaneamente, apanhara o brincalhão de serviço. Quando se lembrava de tudo isso, ria-se com prazer.

— O que tem assim tanta graça? — disse Burden, azedo. — Ou será que Mrs. Lake o animou?

Quando Wexford finalmente parou de rir, mas não respondeu, Burden continuou:

— O Martin arranjou um espaço no átrio da igreja, uma espécie de posto de inquirição e de informação ao público. As pessoas são notificadas, na esperança de que alguém que possa ter visto Angela na tarde de sexta-feira venha ter connosco e nos conte o que viu. Se ela não saiu de casa, também é possível que alguém tenha visto o visitante chegar.

— Ela saiu — disse Wexford. — Disse a Mrs. Lake que ia sair com o carro. Quem será a mulher da cicatriz em forma de L, Mike? Não é Mrs. Lake, e essa disse-me que Angela não tinha mulher-a-dias ou, já que se fala nisso, amigos.

— E quem é o homem que deixa marcas dos dedos no interior das portas dos armários?

A chegada do fígado com *bacon* e do *spaghetti bolognese* de Burden deixou-os em silêncio por alguns momentos. Wexford bebeu um sumo de laranja, pensando divertido em como seria agradável que aquele tanque de sumo também tivesse sido drogado e que Burden se tornasse, de repente, alegre e desinibido. Mas o inspector, comendo fastidiosamente, mantinha o aspecto resignado de quem sacrificou o fim-de-semana ao dever. Rugas profundas, que se estendiam desde a base das narinas até aos cantos da boca, tornaram-se mais carregadas quando Burden disse:

— Ia levar os miúdos à praia, hoje.

Wexford pensou em Nancy Lake, que devia ter óptimo aspecto em fato de banho, mas afastou a imagem do pensamento, antes que lhe surgisse a três dimensões e a cores.

— Mike, nesta fase dos acontecimentos, costumamos perguntar um ao outro se reparou em qualquer coisa estranha, quaisquer discrepâncias ou mentiras puras e simples. Deste por alguma coisa?

— Acho que não, a não ser a ausência de impressões digitais.

— Ela tinha dado uma volta à casa, para impressionar a velha, embora eu concorde ser estranho ter limpo tudo mais uma vez, antes de sair com o carro. Mrs. Lake tomou um café com ela, por volta da uma, mas as impressões digitais dela não estão em lado algum. E há outra coisa que me intriga ainda mais: a maneira como o Hathall se comportou quando entrou em casa, ontem à noite.

Burden afastou o prato vazio, contemplou o cardápio e, rejeitando a ideia de um doce, fez um sinal a Antonio, pedindo um café.

— Acha que foi estranho? — perguntou.

— Hathall e a mulher estavam casados há três anos. Durante esse tempo, a velha só tinha visto a nora uma vez e houve, evidentemente, grande antagonismo entre elas. Parece que isso teve qualquer coisa a ver com o facto de Angela ter provocado o fim do primeiro casamento dele. Seja como for... e quero saber mais sobre isso... Angela e a sogra parecem ter andado de candeias às avessas. No entanto, houve uma espécie de *rapprochement;* a velhota foi persuadida a vir passar cá o fim-de-semana e Angela estava-se a preparar para a receber bem, ao ponto de aprimorar a casa, muito acima do padrão normal. Ora, Angela devia ir buscá-los à estação, mas não apareceu. Hathall diz que ela era nervosa e tímida; Mrs. Lake diz que era brusca e sem graça. Tendo isso em conta, que conclusões seria de esperar que o Hathall tirasse, quando a mulher não apareceu na estação?

— Que ficou com medo. Que estava demasiado assustada com a perspectiva de se encontrar com a sogra.

— Exactamente. Mas que aconteceu quando ele chegou a Bury Cottage? Não encontrou Angela. Procurou-a no rés-do--chão e no jardim. Nem sequer chegou a ir ao primeiro andar. E, no entanto, nessa altura, já devia ter suspeitado do nervosismo de Angela e, certamente, já devia ter concluído que uma mulher nervosa se refugiaria no seu próprio quarto, e não no jardim. Em vez de ir, ele próprio, lá acima, *mandou a mãe,* precisamente a pessoa que ele devia saber que Angela temia. Aquela rapariga nervosa e tímida, que ele supostamente adorava, estava escondida no quarto... devia ele ter pensado... mas, em vez de subir e reconfortá-la, encorajá-la e depois trazê-la para baixo, para enfrentar a sogra, vai para o jardim. Isto, Mike, é muito estranho.

Burden anuiu:

— Beba o seu café — disse. — Disse que o Hathall aparecia às três. Talvez lhe dê uma resposta.

CAPÍTULO 5

Embora Wexford fingisse estudar a lista de artigos em falta — uma pulseira, um par de anéis e uma gargantilha — que Hathall lhe trouxera, estava, na verdade, a medir o homem. Entrara no gabinete de cabeça caída e agora estava sentado, em silêncio, com as mãos esquecidas no colo. Mas a combinação de uma pele seca com cabelos pretos dá um aspecto feroz a um homem. Apesar do desgosto, Hathall parecia irritado e ressentido. As suas feições rudes e toscas pareciam esculpidas em granito, as mãos eram grandes e vermelhas, e até os olhos, embora não estivessem raiados de sangue, tinham um brilho avermelhado. Wexford não o acharia atraente para as mulheres, mas tivera duas. Seria, talvez, que certas mulheres, muito femininas, ou nervosas, ou desequilibradas, o viam como um rochedo a que se podiam agarrar, um porto de abrigo onde encontravam segurança? Possivelmente, era aquela cor dele que denunciava paixão, tenacidade e força, para além de mau feitio.

Wexford pousou a lista na secretária e, olhando para cima, perguntou:

— Que acha que aconteceu ontem à tarde, Mr. Hathall?

— Pergunta-me a mim?

— É de presumir que o senhor conhecia a sua mulher melhor do que ninguém. Só o senhor poderá saber quem poderia visitá-la ou quem ela poderia ter ido buscar.

Hathall franziu as sobrancelhas, e esse trejeito ensombrou-lhe a expressão.

— Já lhe disse: algum homem se introduziu em casa com intuito de roubar. Pegou nessas coisas da lista e, quando a minha mulher o surpreendeu, matou-a. Que outra coisa poderia ter acontecido? É bastante óbvio.

— Não me parece. Creio que quem quer que tenha ido a sua casa se deu ao trabalho de apagar um número considerável de impressões digitais. Um ladrão não teria precisado de o fazer; teria usado luvas. E, ainda que pudesse ter morto a sua mulher, não a teria estrangulado. Vejo aqui que avalia os bens desaparecidos em menos de cinquenta libras. É verdade que há quem mate até por menos do que isso, mas duvido de que alguma mulher tenha sido estrangulada por essa razão.

Quando Wexford repetiu a palavra «estrangulada», Hathall abanou outra vez a cabeça.

— Que outra hipótese há?

— Diga-me quem costumava frequentar a sua casa. Que amigos ou conhecidos visitavam a sua mulher?

— Não tínhamos amigos — respondeu Hathall. — Quando viemos para aqui, estávamos quase na estaca zero, e é preciso dinheiro para fazer amigos num sítio destes. Não tínhamos dinheiro para entrar para clubes ou fazer jantares, nem sequer podíamos convidar alguém para tomar uma bebida. A Angela não via ninguém de domingo à noite até sexta-feira à noite. Quanto aos amigos que eu tinha antes de casar com ela... bem, a minha primeira mulher arranjou maneira de fazer que eu os perdesse — tossiu com impaciência e sacudiu a cabeça num gesto igual ao da mãe. — Olhe, acho que é melhor dar-lhe uma ideia daquilo por que Angela e eu passámos, e talvez assim o senhor perceba que esta conversa toda sobre amigos e visitas é um disparate pegado.

— Talvez seja melhor, sim, Mr. Hathall.

— Terei de lhe contar a história da minha vida — Hathall deu uma gargalhada seca e sem graça. Era o riso amargo do paranóico. — Comecei a vida como paquete numa firma de contabilidade, Craig & Butler, na Gray's Inn Road. Mais tarde, quando passei a escriturário, o sócio mais antigo quis que eu fizesse o bacharelato e persuadiu-me a estudar para o exame de admissão ao Instituto. Entretanto, tinha-me casado e estava a comprar uma casa em Croydon, com um empréstimo; por isso, um dinheiro extra vinha a calhar — olhou para cima, com outra expressão de agravo. — Acho que nunca, até agora, houve alguma altura em que eu tivesse uma quantidade de dinheiro razoável para viver; e, agora que o tenho, não me serve de nada.

«O meu primeiro casamento não foi feliz. A minha mãe pode estar convencida do contrário, mas quem está de fora não sabe. Casei-me há dezassete anos e, ao fim de dois, soube que tinha cometido um erro. Mas, nessa altura, já tínhamos uma filha, por isso não havia nada a fazer. Julgo que me teria aguentado e que teria tentado tirar o melhor partido da situação, se entretanto não tivesse conhecido a Angela numa festa lá do emprego. Quando me apaixonei por ela e soube que... bem, que o que eu sentia por ela era recíproco, pedi o divórcio à minha mulher. Eileen... é como se chama a minha primeira mulher... fez cenas pavorosas. Meteu a minha mãe no assunto, e até o fez com a Rosemary... uma miúda de onze anos... Não lhe consigo descrever como era a minha vida com ela, nem vou tentar.»

— Tudo isso foi há cinco anos?

— Há cerca de cinco anos, sim. Acabei por sair de casa e fui viver com Angela. Ela tinha um quarto em Earls Court e estava a trabalhar na biblioteca da Sociedade Nacional dos Arqueólogos.

Hathall, que acabara de dizer que não seria capaz de descrever como a sua vida fora difícil, começou imediatamente a fazê-lo:

— Eileen encetou uma campanha de... perseguição. Fazia cenas no meu escritório e no trabalho de Angela. Chegou mesmo a ir a Earls Court. Implorei-lhe o divórcio. A Angela tinha um bom emprego, e eu estava a ir bem. Pensei que poderia suportar o que quer que Eileen exigisse. Por fim, lá aceitou, mas, nessa altura, já o Butler me tinha posto na rua, por causa das cenas que Eileen fazia; pôs-me na rua, sem pestanejar. Foi uma injustiça vergonhosa. E, para cúmulo, a Angela teve de deixar a biblioteca. Estava à beira de um esgotamento nervoso.

«Arranjei um emprego em tempo parcial, como contabilista numa firma de brinquedos, a Kidd's & C.ª, de Toxborough, e a Angela arranjou um quarto lá perto. Estávamos a viver no arame. A Angela não podia trabalhar. O juiz do divórcio atribuiu a minha casa a Eileen, deu-lhe a custódia da minha filha, e ainda me obrigou a dar-lhe uma fatia injustamente grande do meu ordenado, que já de si era reduzido. Depois, tivemos algo que parecia ser um golpe de sorte. E já era tempo... A Angela tem um primo aqui, um homem chamado Somerset, que nos deixou ficar em Bury Cottage. A casa fora do pai dele, mas claro que não se punha a hipótese de não pagarmos renda... o homem não levou a generosidade até esse ponto, embora se tratasse de uma relação de sangue. E não posso dizer que tenha feito mais alguma coisa por nós. Nem sequer se deu ao trabalho de visitar a Angela, embora deva ter sabido como ela se sentia sozinha.

«As coisas foram andando assim, durante três anos. Estávamos a viver literalmente com quinze libras por semana. Eu ainda estava a pagar o empréstimo de uma casa onde não ponho os pés há mais de quatro anos. A minha mãe e a minha primeira mulher aproveitaram para envenenar a cabeça da minha filha contra mim. Qual é a vantagem de um juiz dar um acesso razoável a uma criança, se ela se recusa a chegar perto do pai? Lembro-me de que o senhor disse que queria conhecer a minha vida privada. Pois bem, era assim. Só perseguições e golpes baixos. A Angela era a única luz da minha vida, e agora... e agora está morta.»

Wexford, que acreditava que, com algumas excepções, um homem só é vítima de perseguição crónica e implacável se houver algo de masoquista na sua estrutura psicológica que deseje a perseguição, cerrou os lábios.

— Esse tal Somerset, alguma vez foi a Bury Cottage?

— Nunca. Mostrou-nos a casa quando no-la ofereceu e, depois disso, não voltámos a vê-lo, excepto uma vez em que o encontrámos por acaso na rua, em Myringham. Parecia que tinha alguma razão absurda para não gostar de Angela.

Havia muita gente que não gostava dela, ou que se sentia pouco à-vontade com ela. Wexford pensou que parecia ter sido uma pessoa tão inclinada para a paranóia como o marido. Em termos gerais, as pessoas normais não suscitam grandes reservas. E o tipo de conspiração em grande escala contra eles, que Hathall parecia querer dar a entender, nunca é exequível.

— O senhor diz que a antipatia dele para com Angela era absurda. E a da sua mãe, também era?

— A minha mãe tem uma grande admiração pela Eileen. É uma pessoa antiquada e rígida, e sempre teve preconceitos contra a Angela, por achar que ela me roubou à Eileen. É um disparate dizer que uma mulher pode roubar o marido de outra, se ele não quiser ser... bem, roubado.

— Só se viram uma vez, segundo creio. Esse encontro não foi bem sucedido?

— Persuadi a minha mãe a ir a Earls Court e conhecer Angela. Eu devia saber que não ia resultar, mas estava convencido de que quando ela a conhecesse realmente talvez pudesse deixar de a considerar como uma espécie de prostituta. A minha mãe pegou logo pelo que a Angela tinha vestido... estava com aquelas calças de ganga e aquela camisa vermelha... e quando a Angela disse qualquer coisa pouco lisonjeira acerca da Eileen, saiu imediatamente porta fora.

O rosto de Hathall tornara-se ainda mais rubro com a recordação desse momento. Wexford disse:

— Portanto, elas não se falavam, durante este seu segundo casamento?

— A minha mãe recusava-se a visitar-nos ou a permitir que a visitássemos. A mim, via-me, claro. Digo-lhe, com toda a franqueza, que gostaria de ter cortado relações com ela completamente, mas sentia que tinha uma dívida com ela.

Wexford tomava sempre esse tipo de afirmações de virtude com alguma reserva. Não conseguiu deixar de pensar se a velha Mrs. Hathall, que já devia andar pelos setenta anos, não teria umas poupanças para deixar.

— O que o levou a planear a reunião que estava prevista para este fim-de-semana?

— Quando consegui este emprego na Marcus Flower, onde, por falar nisso, ganho o dobro do que ganhava na Kidd's... decidi passar as noites de semana em casa da minha mãe. Ela mora em Balham, por isso não era muito longe de Victoria, onde estou a trabalhar. A Angela e eu andávamos à procura de um apartamento em Londres, portanto não era coisa para durar muito tempo. Mas, como de costume, a desgraça bateu-me à porta. Bom, mas como estava a dizer, passava todas as noites em casa da minha mãe, desde Julho, e tive oportunidade de lhe falar da Angela e de lhe dizer como gostaria que fossem amigas. Foram precisas oito semanas de persuasão, mas ela acabou por concordar em vir passar o fim-de-semana connosco. A Angela ficou muito nervosa com a ideia. Claro que estava ansiosa por a minha mãe gostar dela como eu próprio, mas também estava muito apreensiva. Virou a casa toda do avessso, esfregou tudo, de alto a baixo, para que a minha mãe não tivesse nada a apontar-lhe quanto a isso. Agora, ficarei sempre sem saber se a coisa teria resultado.

— Ora bem, Mr. Hathall, quando chegou à estação, ontem à noite, e viu que a sua mulher não estava lá para os receber, como tinham combinado, qual foi a sua reacção?

— Não estou a compreendê-lo — disse Hathall apressadamente.

— Como se sentiu? Alarmado? Aborrecido? Ou só desapontado?

Hathall hesitou:

— Aborrecido, não, de maneira nenhuma. Suponho que pensei que era uma maneira desastrada de começar o fim-de-semana. Parti do princípio de que Angela estava, afinal, demasiado nervosa para sair de casa.

— Estou a ver. E quando chegou a casa, que fez?

— Não sei onde quer chegar, mas suponho que tenha uma intenção qualquer por detrás disso — Hathall sacudiu mais uma vez a cabeça com impaciência. — Chamei pela Angela. Como não apareceu, procurei-a na sala de jantar e na cozinha. Não estava lá, por isso fui procurá-la no jardim. Depois, disse à minha mãe para subir, enquanto eu ia ver se o carro se encontrava na garagem.

— Terá pensado que, uma vez que vieram a pé e a sua mulher ia de carro, se tivessem desencontrado?

— Não sei o que pensei. Limitei-me, naturalmente, a procurá-la.

— Mas não a procurou no andar de cima, Mr. Hathall — disse Wexford calmamente.

— Não o fiz imediatamente. Mas tê-lo-ia feito.

— Não seria de esperar que uma mulher nervosa, com medo de se encontrar com a sogra, de todos os lugares da casa escolheria o seu próprio quarto para se esconder? Mas o senhor não foi logo lá, como seria de esperar. Foi à garagem e mandou a sua mãe subir.

Hathall, que poderia ter barafustado, que poderia ter dito a Wexford para exprimir logo claramente onde queria chegar, retorquiu, em vez disso, num tom de voz estranho e seco:

— Nem sempre conseguimos justificar plenamente as nossas atitudes.

— Não concordo. Creio que podemos, se procurarmos os nossos motivos com honestidade.

— Bom, suponho que terei pensado que se ela não tinha respondido quando a chamei era porque não estava em casa. Sim, foi isso que pensei. Pensei que ela devia ter saído com o carro e nos tínhamos desencontrado porque ela seguira por outro caminho.

Mas ir por outro caminho teria significado percorrer um quilómetro e meio, ao longo de Wool Lane, até ao cruzamento com a estrada de Pomfret para Myringham, depois seguir por essa estrada até Pomfret ou Stowerton, para depois voltar para trás, para a estação de Kingsmarkham, numa viagem de oito quilómetros, em vez de um. Mas Wexford não proferiu mais nada sobre isso. Um outro aspecto do comportamento daquele homem chamara subitamente a sua atenção, e queria ficar sozinho para pensar sobre isso, para tentar perceber se seria significativo ou se seria apenas o resultado de um carácter um pouco estranho.

Enquanto se levantava para sair, Hathall perguntou:

— Já agora, posso fazer-lhe uma pergunta?

— Com certeza.

Mas Hathall pareceu hesitar, como se quisesse continuar a adiar uma questão que lhe queimava a língua, ou escondê-la sob uma outra, menos urgente.

— Já soube alguma coisa do... bom, do patologista?

— Ainda não, Mr. Hathall.

O rosto vermelho e empedernido fechou-se ainda mais.

— E aquelas impressões digitais, já descobriu alguma coisa com elas, ou não? Não há pistas nenhumas?

— Muito poucas, tanto quanto conseguimos perceber.

— Parece-me um processo muito lento. Mas eu não percebo nada destas coisas. O senhor mantém-me informado, não será?

Falara com um tom paternal, como um director de uma grande companhia dirigindo-se a um estagiário.

— Assim que seja feita alguma detenção — disse Wexford —, pode ter a certeza de que não me esquecerei de o avisar.

— Isso é muito bonito, mas os jornais farão o mesmo aos seus leitores. O que eu gostaria de saber era desse... — mastigou o resto da frase, como se tivesse estado a dirigir-se para um assunto que não seria sensato abordar. — Gostaria de conhecer esse relatório da autópsia.

— Telefono-lhe amanhã, Mr. Hathall. Entretanto, tente manter-se calmo e descanse o máximo que lhe for possível.

Hathall deixou o gabinete, abanando a cabeça enquanto saía. Wexford não pôde deixar de pensar que ele o fizera só para impressionar o jovem polícia que o acompanharia à saída. No entanto, o desgosto do homem parecia real. Mas o desgosto, como

Wexford sabia, é muito mais fácil de simular do que a felicidade. Pouco mais é preciso do que uma voz embargada, a explosão ocasional de uma ira perfeitamente justificável, a reiteração da dor. Um homem como Hathall, que acreditava que o mundo lhe devia a vida e que sofria de um complexo de perseguição, não teria qualquer dificuldade em intensificar a sua atitude normal.

Mas por que razão não mostrara quaisquer sinais de choque? Por que razão, acima de tudo, nunca mostrara essa incredulidade espantada que é a reacção característica de uma pessoa que perdeu a mulher ou o marido, ou um filho, devido a uma morte violenta? Wexford reviu as três conversas que tivera com Hathall, mas não foi capaz de recordar um único momento em que ele parecesse não acreditar naquela terrível realidade. E recordou situações semelhantes, de maridos enlouquecidos que interrompiam as suas perguntas com gritos, dizendo que não podia ser verdade, viúvas que exclamavam que aquilo não podia estar a acontecer-lhes, que tinha de ser um sonho do qual em breve teriam de acordar. A descrença sobrepõe-se sempre, temporariamente, à dor. Por vezes, passam-se muitos dias até que o facto seja compreendido, quanto mais aceite.

Hathall compreendera e aceitara imediatamente. Parecia a Wexford, enquanto estava à espera dos resultados da autópsia, absorto nos seus pensamentos, que Hathall aceitara o facto até mesmo antes de ter entrado na sua própria casa.

— Então, ela foi estrangulada com um colar dourado — disse Burden. — Deve ter sido um bem forte.

Levantando os olhos do relatório, Wexford respondeu:

— Deve ser aquele que o Hathall pôs na lista. Diz aqui que tinha um banho de ouro. Alguns resquícios desse dourado ficaram na pele. Não havia tecidos do assassino debaixo das unhas dela, por isso, é de presumir que não houve luta. Hora da morte: entre a uma e meia e as três e meia. Bom, pelo menos, sabemos que não foi à uma e meia, porque foi a essa hora que Mrs. Lake a deixou. Parece ter sido uma mulher saudável, não estava grávida e não houve abuso sexual.

Wexford deu a Burden uma versão condensada do que Hathall lhe dissera:

— Tudo isto começa a parecer um pouco estranho, não é?

— Quer dizer que meteu na cabeça que o Hathall tem conhecimento de qualquer coisa de que se sente culpado?

— Sei que ele não a matou. Não o poderia ter feito. Quando ela morreu, ele estava nessa tal Marcus Flower com essa Linda não-sei-quantos, e sabe Deus quantas mais pessoas. E não vejo qualquer motivo para o fazer. Ele parece ter gostado muito dela, ainda que mais ninguém gostasse. Mas por que razão é que não foi lá acima, ontem à noite? Porque não está ele em estado de choque, e porque se preocupa tanto com as impressões digitais?

— O assassino deve ter ficado por lá, depois de ter feito a coisa, para apagar as impressões, sabe? Deve ter tocado em coisas dos outros quartos e, depois, esqueceu-se de *quais* as que tinha tocado, de forma que teve de fazer uma grande limpeza, por via das dúvidas. Caso contrário, as impressões de Angela e de Mrs. Lake estariam ainda na sala. Não acha que isso indica uma falta de premeditação?

— É provável. E acho que tens razão: não acredito, nem por um momento, que Angela fosse tão fanática ou estivesse tão assustada com a sogra ao ponto de ir limpar a sala toda depois de Mrs. Lake sair, se já o tinha feito antes.

— Mas é curioso que o assassino se tenha dado a todo esse trabalho e, no entanto, tenha deixado impressões no lado de dentro da porta de um armário, num quarto desocupado. E num armário que, aparentemente, nunca era usado.

— Se é que foi ele, Mike — disse Wexford. — Se é que foi ele. Acho que vamos acabar por descobrir que essas impressões são desse tal Somerset, o proprietário de Bury Cottage. Vamos ver em que sítio de Myringham é que ele mora e o melhor é irmos falar com ele.

CAPÍTULO 6

Myringham, onde se situa a Universidade do Sul, fica a cerca de vinte e cinco quilómetros de Kingsmarkham. Tem um museu, um outeiro e um castelo, e uma das melhores ruínas preservadas de uma *villa* romana de toda a Grã-Bretanha. E, embora um novo centro se tenha desenvolvido entre os edifícios da universidade e a estação ferroviária — uma zona de prédios altos, centros comerciais e parques de estacionamento com vários andares —, todos os edifícios de tijolo vermelho e de betão foram mantidos bem distantes do velho centro que perdura, intocado, nas margens do Kingsbrook.

Aí há ruas estreitas e travessas serpenteantes que trazem ao espírito dos visitantes os quadros de Jacob Vrel. As casas são muito antigas, e algumas — de tijolo castanho e madeira escura comida pelos vermes — construídas ainda antes da Guerra das Rosas, ou até, diz-se, antes de Azincourt. Nem todas essas casas estão habitadas pelos seus proprietários ou por inquilinos antigos, porque muitas delas chegaram a um tal ponto de decadência, a uma tal ruína, que os seus proprietários não têm capacidade financeira para as reparar. Vagabundos apoderaram-se delas, seguros dos seus direitos de usucapião contra a interferência da polícia, a salvo do despejo porque os seus «senhorios» estão proibidos, por lei, de demolirem as suas propriedades, e pela falta de dinheiro, de fazer obras de beneficiação.

Mas estas formam apenas uma pequena colónia dentro da Cidade Velha. Mark Somerset vivia na parte mais elegante, numa das casas antigas junto ao rio. Nos dias em que a Inglaterra era católica, fora a casa de um padre; num dos muros do jardim tinha uma bela janelinha com vitral, porque aquela era também uma das paredes da igreja de São Lucas. Os católicos de Myringham possuíam agora uma nova igreja na cidade nova, e o presbitério era um edifício moderno. Mas ali onde as paredes castanhas cercavam a igreja e o moinho, o século XV persistia.

Mark Somerset não tinha nada do século XV. Era um homem dos seus cinquenta anos, com ar de atleta; usava uns *jeans* pretos e uma camisola de manga curta, e Wexford só lhe percebeu a idade por causa das rugas à volta dos seus olhos azuis muito claros e das veias salientes das suas mãos possantes. O estômago do homem não sobressaía, o peito era musculoso, e tivera a boa sorte de conservar o cabelo que, tendo sido louro em tempos, era agora prateado.

— Ah, a bófia — disse Somerset, com um sorriso e um tom de brincadeira a retirar a rudeza à sua saudação. — Bem me parecia que haviam de aparecer.

— E não devíamos aparecer, Mr. Somerset?

— Sei lá. Isso, vocês é que têm de saber. Entrem, mas façam pouco barulho no *hall*, está bem? A minha mulher saiu do hospital hoje mesmo, de manhã, e acabou precisamente de adormecer.

— Nada de grave, espero? — disse Burden, cheio de pompa e, na opinião de Wexford, desnecessariamente.

Somerset sorriu. Era um sorriso feito de experiência e de tristeza, um sorriso de estoicismo, levemente temperado com desprezo. Respondeu quase num murmúrio:

— Está inválida há uns bons anos. Mas não foi para falar disso que cá vieram. Vamos entrar?

A sala tinha o tecto travejado a madeira e paredes forradas. Um par de portas envidraçadas — adição mais recente, mas feliz — abria para um pequeno jardim cujas traseiras davam para as árvores da margem do rio. A folhagem parecia negra, contra o brilho amarelado do pôr-do-sol. Ao lado dessas portas havia uma mesinha onde repousava uma garrafa de vinho branco, num balde de gelo.

— Sou treinador na universidade — disse Somerset. — O sábado à noite é a única altura da semana em que me permito tomar uma bebida. São servidos de um pouco de vinho?

Os dois polícias aceitaram e Somerset foi buscar três copos a um armário. O *Liebfraumilch* tinha a qualidade delicada que é peculiar em certos tipos de vinho branco alemão, que é a de saberem ligeiramente a flores liquefeitas. Estava gelado, era aromático e seco.

— É muito amável da sua parte, Mr. Somerset — disse Wexford. — Está a desarmar-me. Agora, até me custa pedir-lhe que nos permita tirar as suas impressões digitais.

Somerset riu-se.

— Podem tirar-me as impressões digitais à vontade. Suponho que tenham encontrado as impressões de um homem-mistério em Bury Cottage, não? Provavelmente, são minhas, embora já lá não vá há mais de três anos. Do meu pai é que não podem ser. Redecorei a casa toda depois de ele morrer.

Estendeu as mãos fortes, endurecidas pelo trabalho, com uma espécie de gesto de inocência voluntariosa.

— Creio que o senhor não se dava com a sua prima.

— Ora bem — disse Somerset —, em vez de os deixar interrogar-me e, provavelmente, fazer-me perder tempo com perguntas sinuosas, não acham que seria melhor eu dizer-lhes tudo o que sei sobre a minha prima e fazer uma espécie de história do nosso relacionamento? Depois disso, então, perguntam-me aquilo que quiserem.

— É isso mesmo que queremos — respondeu Wexford.

— Óptimo — Somerset tinha os modos sucintos e um pouco bruscos de todo o bom professor. — Não vos interessará que eu tenha qualquer rebuço em falar dos mortos, pois não? Não é que eu tenha muito mal a dizer de Angela. Lastimo o que lhe aconteceu. Achava-a débil, e não tenho grande interesse por pessoas débeis. A primeira vez que a vi foi há uns cinco anos. Acabava de chegar da Austrália e eu nunca a tinha visto antes. Mas era minha prima, disso não havia dúvida, a filha do falecido irmão do meu pai, por isso, não vale a pena porem-se à pensar que poderia ser uma impostora.

— O senhor tem andado a ler demasiados livros policiais, Mr. Somerset.

— Talvez... — Somerset sorriu e continuou. — Ela veio à minha procura porque eu e o meu pai éramos os únicos familiares que tinha neste país, e estava sozinha em Londres. Ou, pelo menos, foi o que disse. Acho que andava à espreita de quaisquer migalhas que pudesse apanhar. Pobre Angela, era uma rapariga gananciosa. Nessa altura, ainda não tinha conhecido o Robert. Quando o conheceu, deixou de aparecer por aqui e só voltei a vê-la quando já estavam para casar e não tinham lugar para onde ir. Eu escrevera-lhe a participar a morte do meu pai e ela, por falar nisso, nunca respondeu. Quando apareceu, foi para saber se eu os deixava ficar em Bury Cottage. Bom, como eu tinha intenção de a vender, mas não conseguia fazê-lo pelo preço que queria, concordei em alugá-la à Angela e ao Robert por cinco libras por semana.

— Uma renda modesta, Mr. Somerset — disse Wexford, interrompendo-o. — Podia ter conseguido, pelo menos, o dobro disso.

Somerset encolheu os ombros. Sem dizer nada, voltou a encher-lhes os copos.

— Pareceu-me que estavam num grande aperto e ela era minha prima. Eu tenho uma convicção velha e tonta de que o sangue é mais espesso do que a água, Mr. Wexford, e não consigo desfazer-me dela. Não me importei de os deixar ficar com a casa mobilada por uma renda pouco menos do que simbólica. Importei-me, sim, quando a Angela me mandou a conta da electricidade deles para eu pagar.

— Claro que não tinham estabelecido nenhum acordo quanto a isso?

— Evidentemente, não. Pedi-lhe que passasse por cá, para falarmos sobre isso. Bem, ela lá veio e começou a desfiar o velho rosário que eu já conhecia, de como eram pobres, que sofria dos nervos, que tivera uma adolescência infeliz, com uma mãe que não a deixou ir para a universidade... Sugeri-lhe que, se estavam assim tão mal de dinheiro, ela devia arranjar um emprego. Era uma bibliotecária qualificada e poderia facilmente empregar-se numa biblioteca em Kingsmarkham ou em Stowerton. Argumentou com o seu esgotamento nervoso, mas parecia-me perfeitamente saudável. Acho que era apenas preguiçosa. Seja como for, saiu daqui exaltada, a dizer-me que eu era mau; não voltei a vê-la, nem ao Robert, até há dezoito meses. Nessa ocasião não me viram. Fora com uma amiga a Pomfret, e vi-os através da janela de um restaurante. Era um restaurante caro e eles pareciam muito orgulhosos e prósperos, por isso tive de concluir que deviam estar mais desafogados. Só houve mais uma vez em que nos encontrámos mesmo. Foi em Abril. Demos de caras em Myringham, naquela monstruosidade a que os projectistas gostam de chamar centro comercial. Iam carregados de compras, mas pareceram-me deprimidos, apesar do facto de Robert ter arranjado aquele novo emprego. Talvez tivessem apenas ficado embaraçados por darem de caras comigo. Nunca mais voltei a ver a Angela. Escreveu-me há cerca de um mês para me dizer que queriam deixar Bury Cottage logo que arranjassem casa em Londres, e que isso seria, provavelmente, por volta do Ano Novo.

— Eram um casal feliz? — perguntou Burden, quando Somerset terminou.

— Muito, tanto quanto eu possa dizer — Somerset levantou-se para fechar as janelas, porque o sol estava a desaparecer e levantara-se uma ligeira brisa. — Tinham tantas afinidades... Serei demasiado maldoso se disser que o que tinham em comum eram a paranóia, a ganância e a ideia geral de que o mundo lhes devia tudo? Lamento que ela tenha morrido, como lamento se ouvir dizer que alguém morre daquela maneira, mas não posso dizer que gostasse dela. Os homens podem ser desajeitados ou brutos, que isso não me incomoda; mas gosto de ver um pouco de graciosidade numa mulher, vocês não? Não quero alargar-me muito, mas pensei, por vezes, que Robert e Angela se davam tão bem porque estavam unidos numa desforra contra o mundo.

— Foi muito útil para nós, Mr. Somerset — disse Wexford, mais por formalidade do que com sinceridade. Somerset dissera-lhe muita coisa que ele desconhecia, mas ter-lhe-ia dito alguma coisa que tivesse importância? — Não me leva a mal se lhe perguntar o que fez ontem à tarde, pois não?

Wexford seria capaz de jurar que o homem hesitara. Era como se já tivesse pensado no que havia de responder, mas ainda tivesse de se obrigar a dar essa resposta.

— Estive aqui, sozinho. Tirei a tarde para preparar as coisas para o regresso a casa da minha mulher. Lamento, mas estive sempre sozinho e, por isso, não posso dar nenhuma confirmação.

— Muito bem — disse Wexford. — Isso não se pode evitar. Por acaso não faz ideia de que amigos tinha a sua prima?

— Nenhuns. De acordo com ela, não tinha amigos. Todas as pessoas que conhecera, à excepção do Robert, tinham sido cruéis para ela, segundo dizia; portanto, fazer amigos era apenas estar a expor-se a mais crueldades — Somerset esvaziou o copo. — Mais um pouco de vinho?

— Não, obrigado. Já desbastámos suficientemente a sua ração de sábado à noite.

Somerset dirigiu-lhes o seu sorriso franco e simpático.

— Acompanho-os à porta.

Quando chegaram ao *hall*, uma voz esganiçada gritou, do primeiro andar:

— Marky, Marky, onde estás?

Somerset estremeceu, talvez devido ao diminutivo ridículo. Mas o sangue é mais espesso do que a água, e um marido e uma mulher são só um. Foi até às escadas, gritou para cima que ia já, e abriu a porta da frente. Wexford e Burden deram as boas-noites rapidamente, pois a voz lá do alto elevara-se num chamamento petulante e agudo.

De manhã, Wexford voltou, como prometera, a Bury Cottage. Tinha novidades, algumas das quais acabara justamente de receber, para Robert Hathall. Mas não tinha qualquer intenção de dizer ao viúvo aquilo que ele mais desejava saber.

Mrs. Hathall abriu-lhe a porta e informou-o de que o filho ainda estava a dormir. Conduziu-o para a sala e disse-lhe que esperasse aí, mas não lhe ofereceu chá ou café. Era o tipo de mulher, decidiu Wexford, que provavelmente raras vezes, se é que alguma, dispensava atenções a alguém que não fosse da sua própria família. Eram uma raça estranhamente reservada, aqueles Hathall, cujo isolacionismo afectava, aparentemente, as pessoas com quem casavam, porque quando perguntou a Mrs. Hathall se a antecessora de Angela alguma vez estivera em Bury Cottage, ela respondeu:

— A Eileen não se rebaixaria. É muito metida consigo.

— E Rosemary, a sua neta?

— A Rosemary veio cá uma vez; e uma vez bastou. Aliás, anda sempre demasiado ocupada com a escola para poder andar para cá e para lá.

— Não se importa de me dar o endereço de Mrs. Eileen Hathall, por favor?

As faces de Mrs. Hathall enrubesceram como as do seu filho, deixando-a tão vermelha como a pele enrugada do pescoço de um peru.

— Não, não lho dou! Não tem nada que meter a Eillen nisto. Descubra-o você, se quiser.

Fechou-lhe a porta com força e deixou-o sozinho.

Era a primeira vez que ficava ali sozinho, por isso aproveitou o tempo de espera para examinar a sala. A mobília, que ele supusera ser de Angela e que, por isso, o levara a crer que era uma pessoa com gosto, era, na verdade, do pai de Somerset. Era do estilo mais bonito do vitoriano tardio, com algumas peças anteriores, cadeiras com pernas torneadas e uma pequena mesa oval muito elegante. Perto da janela, havia um candeeiro a petróleo de vidro veneziano branco e vermelho que nunca fora adaptado à electricidade. Uma estante envidraçada continha, na sua maior parte, o tipo de obras que um homem de idade teria coleccionado e apreciado: uma colecção completa de Kipling, encadernada a couro vermelho, alguns H. G. Wells, o *Father and Son*, de Gosse, um pouco de Ruskin e muito Trollope. Mas na prateleira de cima, onde antes estivera, provavelmente, um ornamento qualquer, estavam os livros dos Hathall. Havia meia dúzia de *thrillers*, dois ou três trabalhos de arqueologia *pop*, um par de romances que tinham gerado controvérsia devido ao seu conteúdo sexual quando foram publicados, e dois volumes imponentes e elegantemente encadernados.

Wexford pegou num destes. Era um volume de gravuras coloridas de jóias do Egipto Antigo; quase não tinha texto, à excepção das legendas sob as gravuras, e tinha, na página de rosto, um carimbo que dizia que era propriedade da biblioteca da Sociedade Nacional dos Arqueólogos. Roubado, evidentemente, por Angela. Mas os livros, tal como os guarda-chuvas, as canetas e as caixas de fósforos, entram numa categoria de objectos cujo roubo é um crime muito desculpável, e Wexford não deu grande importância ao caso. Pôs o livro no lugar e tirou o último da prateleira. O título era *Of Men and Angels, A Study of Ancient British Tongues* e, quando o abriu, verificou que era um trabalho erudito, com capítulos sobre as origens do Galês, do Irlandês, do Gaélico escocês e sobre as suas origens célticas comuns. O preço era de cerca de seis libras e Wexford admirou-se com o facto de alguém tão pobre como os Hathall diziam ser gastar tanto dinheiro numa coisa que estava certamente tão acima das suas capacidades intelectuais como estava acima da sua própria.

Ainda tinha o livro na mão quando Hathall entrou na sala. Viu o olhar do homem pousar com aflição no livro e, depois, afastar-se resolutamente noutra direcção.

— Não sabia que era um estudioso de línguas célticas, Mr. Hathall — disse Wexford com afabilidade.

— Era da Angela. Não sei onde o arranjou, mas tinha-o há séculos.

— Isso é estranho, uma vez que o livro só foi publicado este ano. Mas não importa. Pensei que gostaria de saber que o seu carro foi encontrado. Foi abandonado em Londres, numa ruela próxima da estação de Green Wood. Conhece a zona?

— Não, nunca lá estive.

O olhar de Hathall insistia em fixar, com uma espécie de fascínio relutante, ou talvez com apreensão, o livro que Wexford ainda segurava. E, por essa mesma razão, Wexford estava determinado a não o largar e a não retirar o dedo que introduzira casualmente entre as páginas, como que para marcar uma passagem.

— Quando poderei recuperá-lo?

— Dentro de dois ou três dias. Depois de o termos examinado cuidadosamente.

— Examiná-lo para procurarem essas famosas impressões digitais de que anda sempre à procura, suponho.

— Ando, Mr. Hathall? Não estará o senhor, em vez disso, a projectar em mim aquilo que acha que eu devia pensar?

Wexford olhou-o inexpressivamente. Não, não ia satisfazer a curiosidade do homem, embora agora lhe fosse difícil dizer o que seria que Hathall mais desejaria... Uma revelação sobre o que as impressões digitais tinham mostrado? Ou que ele deixasse o livro em paz, casualmente, como se não tivesse qualquer importância?

— O que eu acho, neste momento, é que devia deixar de se preocupar com investigações que só nós podemos fazer. Talvez o alivie um pouco se lhe disser que a sua mulher não foi vítima de abuso sexual.

Ficou à espera de um qualquer sinal de alívio, mas só viu aqueles olhos, com o seu fulgor vermelho, dardejando mais uma vez para o livro. E não teve resposta quando disse, enquanto se preparava para sair:

— A sua mulher morreu rapidamente, talvez em menos de quinze segundos. É possível que quase não se tenha apercebido do que lhe estava a acontecer.

Levantou-se e retirou o dedo de entre as páginas do livro, mas colocou a badana da sobrecapa no mesmo local.

— Não se importa de me emprestar isto por uns dias?

Hathall encolheu os ombros, mas continuou sem dizer nada.

CAPÍTULO 7

A instrução do processo teve lugar na terça-feira de manhã e o júri exarou um veredicto de homicídio por pessoa ou pessoas desconhecidas. Depois da sessão, quando Wexford atravessava o parque, entre o edifício do tribunal e a esquadra da polícia, viu Nancy Lake dirigir-se a Robert Hathall e à sua mãe. Começou a falar com Hathall, talvez para apresentar as suas condolências ou para lhes oferecer boleia até Wool Lane. Hathall vociferou algo curto e incisivo para ela e, agarrando o braço da mãe, afastou-se rapidamente, deixando Nancy ali espeçada, com uma mão nos lábios. Wexford observou aquela pequena pantomima, que tivera lugar fora do seu alcance auditivo, e estava a chegar ao parque de estacionamento quando um carro se aproximou por detrás de si e uma voz vibrante e doce disse:

— Está muito ocupado, inspector-chefe?

— Porque pergunta, Mrs. Lake?

— Não é porque tenha quaisquer pistas fascinantes para lhe dar.

Pôs uma mão fora da janela e fez-lhe sinal para se aproximar. Era um gesto sedutor e malicioso. Ele achou-o irresistível e aproximou-se dela, baixando-se para a janela do carro.

— O facto é — disse ela — que tenho uma mesa para dois reservada no Peacock, em Pomfret, e o meu acompanhante teve o desplante de me deixar pendurada. Acharia demasiado despropositado da minha parte se o convidasse a si para almoçar?

Wexford estremeceu. Não havia dúvida de que aquela mulher rica, bonita e perfeitamente sedutora estava a fazer avanços para ele — *para ele!* Era atrevido, de facto; era mesmo quase sem precedente. Ela olhou-o calmamente, com os cantos da boca erguidos, os olhos a brilhar.

Mas não podia ser. Fossem quais fossem os caminhos fantasiosos por onde a sua imaginação o conduzisse, quaisquer que fossem as imagens de uma galeria erótica, não podia ser. Em tempos, no entanto, quando fora novo e sem compromissos, sem preocupações de prestígio nem pressões, poderia ter sido diferente. E, nesses dias longínquos, aceitara ofertas como aquela, ou fizera-as ele mesmo, sem apreciá-las devidamente, com pouca consciência das suas delícias. Ah, se pudesse ser um pouco mais novo e saber o que sabia agora...

— Mas é que eu também tenho uma mesa reservada para o almoço — respondeu — no Carousel Café.

— Não quer cancelar isso e ser meu convidado?

— Mrs. Lake, eu estou muito ocupado, como disse. Achar-me-ia, *a mim,* muito atrevido se lhe dissesse que isso me distrairia dos meus assuntos?

Ela riu-se, mas não foi um riso de alegria e os seus olhos deixaram de dançar.

— Já é qualquer coisa, ser uma distracção, suponho eu — disse ela. — Faz-me pensar se terei sido, alguma vez, mais do que uma... distracção. Adeus.

Ele afastou-se rapidamente e meteu-se no elevador para o gabinete, interrogando-se se teria sido estúpido, se alguma vez voltaria a ter uma oportunidade daquelas. Não deu qualquer significado especial às palavras dela, não pensou muito nelas, mas tentou interpretá-las, porque não conseguia pensar nela em termos intelectuais. Na sua mente, a cara dela acompanhava-o, tão sedutora, tão esperançosa, depois tão triste por ele ter recusado o convite. Tentou afastar essa imagem e concentrar-se no que tinha à sua frente, o relatório árido e técnico do exame ao carro de Hathall; mas estava sempre a voltar-lhe aquela imagem à mente e, com ela, a voz insinuante de Nancy, agora reduzida a um murmúrio apelativo.

Não havia nada de particularmente emocionante no relatório. O carro fora encontrado estacionado numa rua próxima de Alexandra Park, e descoberto por um polícia de giro. Estava vazio, à excepção de um par de mapas e de uma esferográfica dentro do guarda-luvas, e fora limpo por fora e por dentro. As únicas impressões eram as de Robert Hathall, encontradas no lado de dentro do *capot* e da porta da mala, e os únicos cabelos eram dois dos de Angela, encontrados no lugar do condutor.

Mandou chamar o sargento Martin, mas não ouviu dele nada de encorajador. Ninguém se apresentara alegando ser amigo de Angela, e ninguém, aparentemente, a vira sair ou regressar a casa na tarde de sexta-feira. Burden estava fora, inquirindo, pela segunda ou terceira vez, entre os trabalhadores de Wool Farm, por isso Wexford foi sozinho ao Carousel Café, para um almoço solitário.

Era cedo, pouco passava do meio-dia, e o café ainda se encontrava meio vazio. Estava sentado na sua mesa de canto havia talvez cinco minutos e encomendara a especialidade do dia a Antonio — borrego assado — quando sentiu um leve toque que era quase uma carícia no seu ombro. Wexford recebera demasiados choques na sua vida para se sobressaltar. Voltou-se lentamente e disse com um tom frio na voz, de que ele próprio não se apercebeu:

— Ora aí está um prazer inesperado.

Nancy Lake sentou-se ao seu lado. Fazia todo o café parecer miserável. O seu vestido de seda creme, o cabelo sedoso cor de noz, os diamantes e o seu sorriso tornavam sórdidos os talheres da Woolworth e o frasco de plástico em forma de tomate onde Antonio punha o molho.

— A montanha — disse ela — não vinha a Maomé...

Ele sorriu. Não fazia sentido fingir que não estava deliciado por vê-la.

— Ah, devia ter-me visto há um ano — disse ele. — Nessa altura, eu era, de facto, uma montanha. O que vai comer? O borrego é mau, mas sempre é melhor do que a torta.

— Não quero comer nada. Só vou tomar um café. Não se sente lisonjeado por eu não ter vindo aqui pela comida?

Sentia-se. Deitando um olhar ao prato cheio que Antonio lhe pusera à frente, disse:

— Mas não é lá grande elogio ao chefe. Café para a senhora, por favor.

Seriam os atractivos dela acentuados, interrogou-se ele, pela óbvia admiração que Antonio lhe dispensava? Ela tinha consciência de tudo aquilo, isso percebia ele, e nessa consciência, nessa sua aceitação experiente dos seus poderes, residia um dos poucos sinais da sua idade.

Ela ficou em silêncio por alguns momentos, enquanto ele comia, e ele reparou que a expressão dela era de um repouso forçado. Mas, de súbito, quando se preparava para lhe perguntar por que razão Robert Hathall a repelira tão violentamente, nessa manhã, ela olhou para cima e disse:

— Estou triste, Mr. Wexford. As coisas não me estão a correr bem.

Ele ficou bastante surpreendido.

— Quer dizer-me porquê?

Era estranho que a sua intimidade tivesse já chegado tão longe, ao ponto de lhe permitir fazer uma tal pergunta...

— Não sei... — respondeu Nancy. — Não, acho que não. Uma pessoa habitua-se a certas condições de secretismo e de discrição, mesmo que não veja, pessoalmente, grande sentido nisso.

— É verdade. Ou pode ser verdade, em certas circunstâncias.

Talvez as circunstâncias a que Dora se referira?

Mas ela estava à beira de lhe dizer. Talvez fossem apenas a chegada do seu café e os olhares admiradores de Antonio que a detivessem. Ela sacudiu levemente os ombros mas, em vez da conversa amena que ele esperava, disse uma coisa que o espantou. Era de tal maneira surpreendente e foi dito tão intensamente que afastou o prato e olhou-a directamente.

— Acha que é muito mau desejar que alguém morra?

— Não — respondeu Wexford —, se o desejo não passar disso mesmo. Quase todos nós desejamos isso, por vezes, e a maioria, felizmente, não deixa que o «vou fazer» se sobreponha ao «gostava de fazer».

— Como o pobre gato do adágio?

Ele ficou deliciado por ela apanhar a referência.

— Esse seu... inimigo está relacionado com esses hábitos de secretismo e de discrição?

Nancy anuiu com a cabeça.

— Mas eu não devia ter falado nisso. Foi uma tolice minha. Na verdade, tenho muita sorte, mas é que se torna muito duro, por vezes, isto de umas vezes ser rainha e outras vezes... uma distracção. Hei-de recuperar a minha coroa, este ano, para o ano, qualquer dia. Nunca hei-de abdicar. Meu Deus, tanto mistério! E você é demasiado esperto para deixar de adivinhar o que eu estou a tentar fazer, não é?

Desta vez, ele não respondeu.

— Mudemos de assunto — disse ela.

E assim, mudaram de assunto. Mais tarde, quando ela o deixou e ele deu consigo, divertido, especado no meio de High Street, dificilmente seria capaz de dizer de que tinham estado a falar; sabia apenas que fora agradável, demasiado agradável, e o deixara com sentimentos muito desagradáveis de culpa. Mas não voltaria a vê-la. Se fosse necessário, almoçaria na cantina da polícia, havia de evitá-la, nunca mais estaria a sós com ela, nem mesmo num restaurante. Era como se tivesse cometido adultério, o tivesse confessado e lhe tivesse sido dito «evita as ocasiões». Mas não cometera coisa alguma nem se comprometera. Limitara-se a falar e a ouvir.

Aquilo que ouvira tê-lo-ia ajudado? Talvez. Todos aqueles circunlóquios, aquelas sugestões acerca de um inimigo, as meias palavras sobre o secretismo e a discrição, tudo isso tinham sido alertas. Hathall, ele sabia-o, não admitiria nada, teria o ego fortalecido pela simpatia do magistrado. No entanto, apesar de saber tudo isso, seguiu pela High Street, em direcção a Wool Lane. Não suspeitava que aquela seria a sua última visita a Bury Cottage, e que, embora ainda houvesse de ver Hathall outras vezes, havia de se passar um ano até voltar a trocar uma palavra com ele.

Wexford esquecera completamente o livro sobre as línguas célticas; de facto, nem sequer se dera ao trabalho de o voltar a abrir, mas foi com um pedido de devolução imediata que Hathall o saudou.

— Amanhã mando entregar-lho — disse Wexford. Hathall pareceu aliviado.

— Há também a questão do carro. Preciso do meu carro.

— Pode tê-lo amanhã também.

A velha antipática estava decerto na cozinha, escondida por detrás de uma porta fechada... Mantivera a casa nas condições imaculadas em que a nora a deixara, mas já era evidente o toque de uma mão estranha e sem gosto. Na mesa oval do velho Somerset estava um vaso com flores de plástico. Que impulso teria levado Mrs. Hathall a comprá-las e a colocá-las ali? Um impulso festivo ou um impulso fúnebre? Flores *de plástico,* pensava Wexford, na estação da fruta madura, quando flores verdadeiras enchiam os jardins, as bermas das estradas e as lojas das floristas...

Hathall não lhe disse para se sentar nem se sentou ele próprio. Ficou de pé, com um cotovelo apoiado na lareira, o punho fechado enterrando-se na carne da face vermelha e empedernida.

— Então, não encontrou nada no meu carro que pudesse incriminar alguém?

— Eu não disse isso, Mr. Hathall.

— Bom, mas pergunto-lhe eu. Encontrou?

— Por acaso, não. Quem quer que tenha morto a sua mulher era muito esperto. Tenho a impressão de que nunca deparei com um criminoso que limpasse todos os vestígios de forma tão apurada, numa situação como esta.

Wexford deixou-se entusiasmar, colocando um tom de admiração na voz. Hathall ouvia-o. E, se exultante era uma palavra demasiado forte para descrever a sua expressão, parecia, pelo menos, satisfeito. Assumiu uma posição mais natural e relaxada, e inclinou-se para trás, contra a lareira, com um movimento que parecia quase arrogante.

— Parece que usou luvas para conduzir o seu carro — disse Wexford — e deu-lhe uma lavagem, pelo sim, pelo não. Ao que parece, ninguém o viu a arrumar o carro, e também ninguém o viu a conduzi-lo na sexta-feira. De momento, temos realmente muito poucas pistas que possamos seguir.

— Será que... que vai encontrar mais alguma?

Estava ansioso por saber, mas igualmente ansioso por esconder essa ansiedade.

— Ainda estamos no princípio, Mr. Hathall. Quem sabe?

Talvez fosse cruel, estar assim a brincar com o homem. Será que os fins justificam os meios? E Wexford nem sequer sabia qual era o fim onde queria chegar, ou onde havia de se agarrar a seguir naquele jogo de cabra-cega.

— Posso dizer-lhe que encontrámos as impressões de outro homem, para além das suas, nesta casa.

— E estavam... como se diz? Nos registos?

— Descobrimos que são as de Mr. Mark Somerset.

— Ah, bem...

Subitamente, Hathall pareceu mais caloroso do que Wexford alguma vez o vira. Talvez apenas uma certa inibição quanto ao contacto o impedisse de dar um passo em frente para dar uma palmadinha nas costas do inspector.

— Desculpe-me — disse. — Ainda não estou em mim. Devia ter-lhe dito para se sentar. Então, as únicas impressões que encontraram foram as de Mr. Somerset, foi? O querido primo Mark, o nosso senhorio unhas-de-fome.

— Eu não disse isso, Mr. Hathall.

— Bom, e as minhas e as de Angela, claro.

— Claro. Mas, para além dessas, encontrámos uma marca de uma mão inteira, de mulher, na sua casa de banho. É a impressão da mão direita e, na ponta do indicador, tem uma cicatriz em forma de L.

Wexford estava à espera de uma reacção. Mas acreditava que Hathall era tão controlado que essa reacção seria apenas mostrada como uma indignação renovada. Poderia talvez barafustar, perguntaria por que razão a polícia não tinha seguido essa pista; ou então, com um encolher de ombros, impaciente, sugeriria que era a impressão de uma amiga qualquer da sua mulher cuja existência, no seu sofrimento, se esquecera de mencionar. Mas, apesar de estar a pisar o terreno com todo o cuidado, Wexford nunca esperou que as suas palavras tivessem um efeito tão devastador.

Hathall ficou estarrecido. A vida parecia escorrer-se do seu corpo. Parecia que fora subitamente atacado por uma dor tão intensa que o deixara paralisado, ou que o forçara a conter-se, para proteger o coração e todo o seu sistema nervoso. Mas não disse nada, não fez o menor ruído. O seu autocontrolo era *realmente magnífico.* Mas o seu corpo, o seu ser físico, estava a vencer os seus processos mentais. Era um dos mais vivos exemplos do poder da matéria sobre a mente que a Wexford alguma vez fora dado observar. O choque atingira finalmente Hathall. O espanto, com a sua corte de descrença e de terror e a consciência do que o futuro teria de ser a partir daí, tudo aquilo que o devia ter abalado quando vira o corpo da sua mulher morta, só atingia os seus efeitos cinco dias depois. Estava arrasado por isso.

Wexford estava excitado, mas comportou-se com muita naturalidade.

— Talvez possa lançar alguma luz para se saber de quem é essa impressão digital...

Hathall respirava com dificuldade. Parecia ter uma verdadeira necessidade de oxigénio. Lentamente, abanou a cabeça.

Hathall continuou a abanar a cabeça, num gesto automático, semelhante a *robot*, como se estivesse a executar um qualquer programa cerebral terrível, mecânico. Wexford apercebeu-se de que o homem teria de agarrar a cabeça com ambas as mãos para fazer parar aquele movimento mecânico e lento.

— Uma impressão muito nítida, no bordo da sua banheira. Uma cicatriz em forma de L no indicador direito. Vamos, evidentemente, pegar nessa pista para a nossa linha principal de investigação.

Hathall levantou o queixo, desajeitadamente. Um espasmo percorria-lhe o corpo. Forçou uma voz aguda e constrita a passar por entre os lábios quase cerrados:

— Na banheira, diz o senhor?

— Na banheira. Tenho razão em pensar que o senhor pode dizer-me de quem é, não tenho?

— Não faço a menor ideia — respondeu Hathall, com uma voz fraca e trémula.

A sua pele adquirira uma palidez esquálida, mas o sangue começava a voltar e viam-se-lhe as veias da testa a pulsar. O pior momento do choque passara. Fora substituído por — o quê? Nem raiva nem indignação. Arrependimento, pensou Wexford, supreendido. O homem fora vencido, naquela recta final, pelo arrependimento...

Wexford não sentiu a menor vontade de ser indulgente.

— Reparei como o senhor tem andado ansioso ao longo de toda a investigação por saber o que eu terei deduzido a partir das impressões digitais. Na verdade, nunca conheci nenhum marido abalado com tanto interesse pela actividade forense. Por isso, não posso deixar de pensar que o senhor estava à espera de que eu encontrasse uma determinada impressão. Se é esse o caso e a encontrámos, tenho de o advertir de que estará a incorrer em obstrução ao processo se estiver a guardar para si informações que podem ser vitais.

— Não me venha com ameaças! — Embora as palavras fossem agrestes, a voz que as dissera era fraca e o tom amuado fora pateticamente assumido. — Não pense que me pode acusar!

— Eu é que o devo aconselhar, *a si,* a pensar no que lhe disse; depois disso, se for sensato, revelar-nos-á francamente aquilo que eu tenho a certeza de que sabe.

Mas, ao mesmo tempo que falava, olhando para a expressão lastimosa e chocada do homem, Wexford soube que uma tal revelação seria tudo menos sensata. Porque qualquer que fosse o álibi que ele pudesse ter, por muito grande que fosse o amor e a devoção que pudesse ter tido por Angela, Hathall matara a mulher. Enquanto saía da sala, dirigindo-se sozinho para a porta da rua, imaginou Robert Hathall arremessando-se para uma cadeira, respirando convulsivamente, sentindo o coração a rebentar, reunindo forças para sobreviver.

A revelação de que tinham encontrado uma impressão de uma mão de mulher pusera-o naquele estado. Por isso, sabia quem era essa mulher. Andara ansioso acerca das impressões digitais porque durante todo aquele tempo o aterrorizara a ideia de que ela pudesse ter deixado uma tal prova. Mas a sua reacção não fora a de um homem que apenas suspeita de alguma coisa ou que teme a confirmação de um facto que já pressentira. Fora a reacção de alguém que teme pela sua própria liberdade e pela sua paz, bem como pela liberdade e pela paz de mais alguém; e, acima de tudo, que teme que ele próprio e esse outro alguém já não possam gozar essa paz e essa liberdade em conjunto.

CAPÍTULO 8

A sua descoberta afastara da mente de Wexford as recordações daquele interlúdio da hora de almoço. Mas, quando regressara a casa pouco depois das quatro, voltaram-lhe à ideia, em cores menos alegres, com a sensação de culpa. E se não tivesse passado aquela hora com Nancy Lake, ou se tivesse sido menos agradável, talvez não desse a Dora um beijo tão efusivo e não lhe teria perguntado o que perguntou.

— Que tal se fôssemos passar dois dias a Londres?

— Queres dizer que tens de lá ir?

Wexford disse que sim com a cabeça.

— E não suportas estar sem mim?

Wexford sentiu-se corar. Porque tinha ela de ser tão perspicaz? Era quase como se lhe lesse os pensamentos. Mas, se fosse menos perspicaz, teria casado com ela?

— Adorava ir, querido — disse Dora, meigamente.

— Quando?

— Se o Howard e a Denise nos puderem dar guarida, assim que tenhas as malas feitas. — Ele sorriu, sabendo a quantidade de roupas que ela havia de querer levar consigo para passar dois dias com a sua sobrinha, que andava sempre na moda. — Assim uns... dez minutos?

— Dá-me uma horazinha — respondeu Dora.

— Está bem. Vou telefonar à Denise.

O superintendente-chefe Howard Fortune, director do CID de Kenbourne Vale, era filho da falecida irmã de Wexford. Durante anos, Wexford espantara-se com ele, um espanto misturado com inveja daquele sobrinho cujo nome era tão apropriado, em cujo colo tantas coisas boas tinham vindo cair, aparentemente sem esforço da sua parte: uma qualificação de primeira classe com distinção, uma casa em Chelsea, um casamento com uma belíssima modelo de alta moda, uma promoção muito rápida, ao ponto de o seu posto ultrapassar largamente o do tio. E aqueles dois tinham assumido, aos olhos de Wexford, o estatuto de gente do *jet-set,* entrando, embora ele mal os conhecesse, nessa categoria de gente rica que sempre desprezaria imediatamente pessoas como ele e Dora, gente que sempre troçaria deles, se se lhe desse demasiada confiança. Cheio de apreensão, fora uma vez passar uns dias com eles, após uma doença, e essa apreensão provara ser infundada, não passara de uma daquelas desconfianças tolas que nascem apenas do ressentimento. Howard e Denise tinham sido amáveis e hospitaleiros, e nada presunçosos. Quando Wexford ajudou Howard a resolver um caso de homicídio em Kenbourne Vale — Howard dissera que fora só o tio a resolver o caso — sentiu que se tinha desforrado e estabeleceu-se uma verdadeira amizade entre eles.

Até que ponto essa amizade se ia tornar sólida acabaria por ser demonstrado pelo prazer que os Fortune tinham em passar o Natal em casa de Wexford e pelo novo relacionamento entre o tio e o sobrinho. E essa amizade voltaria a revelar-se na forma como o inspector-chefe e a sua mulher foram recebidos, logo à saída do táxi que os levara até à casa de Teresa Street. Passava pouco das sete e um daqueles jantares muito elaborados de Denise estava já quase pronto.

— Mas está tão magro, tio Reg — disse Denise ao bei-
já-lo. — Andei para aqui a contar as calorias por sua causa e afinal parece que foi trabalho escusado. Está muito elegante.

— Obrigado, minha querida. Tenho de confessar que a
minha perda de peso me fez esquecer um dos meus principais
medos de Londres.

— Que medo era esse?

— O de ficar entalado numa daquelas engenhocas automá-
ticas do metro... aquelas que têm umas barras que giram quando
se introduz a moeda, sabes?... e de, depois, não ser capaz de sair
de lá.

Denise riu-se e conduziu-os à sala. Desde essa primeira visita,
Wexford vencera também o medo de tropeçar ou derrubar os
arranjos florais de Denise e o temor que sentira pelo frágil serviço
de café e pelos tapetes que tinha sempre a certeza de que, um dia,
haveria de encher de nódoas de café. A abundância de tudo, o
esplendor das coisas que funcionavam sempre bem e em suavi-
dade e o ar de vida elegante já não o intimidavam. Conseguia
sentar-se com à-vontade numa daquelas cadeiras que faziam círculo à volta de um sofá de cetim que lhe fazia lembrar fotografias
dos interiores dos palácios reais. Já se conseguia rir com o aque-
cimento central tropical, ou então, quando este estava desligado,
como era o caso agora, fazer comentários sobre o contraponto de
Verão que era o ar condicionado acabado de instalar.

— Faz-me lembrar — comentou — aquela descrição que o
Scott faz dos aposentos de Lady Rowena: «Os ornamentos
estremeciam sob os trovões da noite... as chamas das tochas
contorciam-se pelo ar como estandartes desfraldados.» Só que,
no vosso caso, não são as chamas que se contorcem, mas sim as
plantas.

Havia entre eles uma velha cumplicidade quanto às citações
literárias, porque, em tempos, Wexford usara-as como forma de
afirmar a sua igualdade em termos intelectuais, e Howard
respondera da mesma forma para — pelo menos era o que o tio
cria — manter discretamente à distância o assunto da sua profis-
são partilhada.

— Trocadilhos literários, Reg? — perguntou Howard, sorrindo.

— Só para quebrar o gelo. E vais mesmo ficar com gelo a sério nos vasos das tuas flores se continuares com isso ligado, Denise. Mas não quero falar convosco sobre o motivo que aqui nos trouxe. Isso pode ficar para depois do jantar.

— E eu a pensar que tinha cá vindo para me ver — disse Denise.

— E foi, minha querida, mas há uma outra jovem que me interessa bastante, neste momento.

— E que tem ela que eu não tenha?

Wexford pegou-lhe na mão, fingindo examiná-la cuidadosamente, e disse:

— Tem uma cicatriz em forma de L no indicador.

Quando estava em Londres, Wexford pensara sempre que toda a gente o tomaria por um londrino. Para sustentar essa ilusão, tomava algumas medidas, tais como manter-se sentado no seu lugar até o metro chegar mesmo à estação pretendida, em vez de se precipitar imediatamente para a porta, trinta segundos antes da paragem, como é hábito dos não-londrinos. E coibia-se de perguntar aos outros passageiros se o comboio em que seguia ia mesmo para o destino indicado no painel extremamente confuso. Em resultado disso, deu por si, um dia, em Uxbridge em vez de 'Harrow-on-the-Hill. Mas não há maneiras simples de ir de Chelsea para o West End de metro, por isso Wexford metera-se no autocarro 14, que era um velho amigo.

Em vez de uma pessoa, Marcus Flower revelou ser duas: Jason Marcus e Stephen Flower; o primeiro parecia um Ronald Colman jovial e de cabelos compridos, e o outro parecia um Mick Jagger de cabelo curto e já bem rodado. Wexford recusou uma chávena de café forte que os dois homens estavam a beber — ao que parecia, como remédio para uma ressaca — e disse que estava ali para falar com Linda Kipling. Marcus e Flower empenharam-se imediatamente num duplo número de farsa, declarando que Miss Kipling era muito mais interessante de ver do que eles, que nunca ali aparecia ninguém senão para olhar para as miúdas; depois, tornando-se subitamente graves em simultâneo, disseram quase em uníssono o quanto lamentavam o sucedido ao «pobre velho Bob», coisa que os deixara «absolutamente varados».

Wexford foi então conduzido por Marcus através de uma série de gabinetes que eram estranhamente luxuosos e sórdidos ao mesmo tempo; salas em que o mobiliário era de metal e de napa, colocado num ambiente de reposteiros de veludo e de carpetes de pêlo alto. Nas paredes, havia quadros abstractos do estilo molho de tomate borrifado e aranhas a copular.

E em mesas baixas havia revistas de uma pornografia tão suave que quase tinham a consistência de uma *bavaroise,* pela estrutura e pela essência. As secretárias eram três e estavam todas numa sala azul-veludo: a que o tinha recebido, uma ruiva e Linda Kipling. Havia mais duas, disse Linda, mas uma estava no cabeleireiro e a outra fora a um casamento. Tal era o género de empresa...

Ela conduziu-o para um gabinete vazio e sentou-se num banco de metal e napa do tipo que se encontra nas salas de espera dos aeroportos. Tinha o ar de um manequim na montra de uma loja muito cara, realista mas não real, como se fosse feita de plástico de alta qualidade. Contemplando as suas unhas, que eram verdes, disse-lhe que Robert Hathall telefonara todos os dias, à hora do almoço, à sua mulher, desde que fora para lá trabalhar; umas vezes fazia ele a ligação, outras pedia-lhe a ela que a fizesse. Sempre achara aquilo «bestialmente amoroso», embora agora, evidentemente, fosse «bestialmente trágico».

— Você diria, portanto, que ele tinha um casamento feliz, não é, Miss Kipling? Ele falava muito da mulher, tinha a fotografia dela na secretária, esse tipo de coisas?

— Tinha, realmente, a fotografia dela, mas a Liz dizia que era horrendamente burguês fazer coisas dessas; por isso ele escondeu-a. Nunca foi muivo *vivo,* não era como o Jason e o Steve, ou alguns dos outros vivaços.

— Como estava ele na sexta-feira passada?

— Como de costume. *Exactamente* o mesmo. Já disse isto a um polícia. Não percebo qual é o interesse de estar sempre a dizer a mesma coisa. O Robert estava igual a todos os dias. Entrou um pouco antes das dez e esteve aqui toda a manhã a ver os pormenores de uma espécie de esquema de saúde privativo para os elementos do pessoal que quiserem. Um seguro, sabe? — Linda mostrou o seu desprezo pelos executivos que não podiam dar-se ao luxo de pagar a sua própria saúde privada. — Telefonou à mulher um pouco antes das onze e depois foi almoçar a um *pub* com o Jason. Não se demoraram muito. Sei que já cá estava outra vez por volta das duas e meia. Ditou-me três cartas.

Pareceu ressentida com essa recordação, como se se tivesse tratado de uma tarefa injustamente desumana...

— Depois saiu, às cinco e meia, para ir buscar a mãe e levá-la lá para onde quer que seja que ele mora, algures no Sussex.

— Ele costumava receber aqui chamadas de mulheres ou de uma mulher?

— A mulher nunca lhe telefonava a *ele*.

O sentido da pergunta só depois lhe surgiu, e ficou a olhar para ele. Era uma daquelas pessoas tão tacanhas e com uma imaginação tão limitada que quaisquer sugestões relativas a qualquer coisa no campo do sexo, ou da conduta social, ou das emoções as deixam a dar gargalhadinhas nervosas. Estava a dar gargalhadinhas, envergonhada.

— Uma amante, quer você dizer? Ninguém lhe telefonava que se parecesse com isso. Ninguém lhe telefonava, nunca.

— Tinha algum fraquinho por alguma das raparigas daqui?

Ela pareceu espantada e empertigou-se um pouco.

— Das raparigas *daqui?*

— Bom, há aqui cinco raparigas, Miss Kipling, e se as três que já vi não são nada de deitar fora, você também não é propriamente repulsiva. Mr. Hathall tinha alguma amizade especial com alguma rapariga daqui?

As unhas verdes agitaram-se no ar.

— Quer dizer, uma amizade mesmo? Quer saber se ele andava a *dormir* com alguém?

— Se quiser dizer assim. No fim de contas, ele era um homem solitário, temporariamente separado da mulher. Suponho que todas vocês estavam aqui na sexta-feira à tarde. Nenhuma tinha ido ao cabeleireiro ou a um casamento?

— Claro que estávamos cá todas! E quanto a essa história de o Bob Hathall ter um caso com alguma de nós, talvez seja melhor que você saiba que a June e a Liz são casadas, a Clara está comprometida com o Jason e a Suzanne é filha de Lord Carthew.

— Isso impede-a de dormir com um homem?

— Impede-a de dormir com um homem como o Bob Hathall. E o mesmo se aplica a todas nós. Talvez não sejamos «propriamente repulsivas», como você diz, mas ainda não descemos *tão baixo!*

Wexford desejou-lhe um bom dia e saiu, sentindo-se arrependido até de lhe ter dado esse cumprimento, mesmo meio entredentes. Em Piccadilly, foi a uma cabina e marcou o número de Craig & Butler, Contabilistas, de Gray's Inn Road. Mr. Butler, segundo lhe disseram, estava ocupado naquele momento, mas teria muito gosto em recebê-lo às três horas nessa tarde. Como haveria de passar esse tempo? Embora tivesse descoberto o endereço de Mrs. Eileen Hathall, Croydon ficava demasiado longe para poder ser visitado entre aquela hora e as três. Porque não descobrir mais qualquer coisa sobre Angela, mais alguns pormenores desse casamento que toda a gente dizia ter sido feliz, mas que acabara em assassínio? Percorreu a lista e encontrou: Biblioteca da Sociedade Nacional dos Arqueólogos; Trident Place, 17, Knightsbridge SW 7. Em passos rápidos, dirigiu-se para a estação do metro de Piccadilly Circus.

Trident Place não era fácil de encontrar. Embora tivesse consultado o seu *Guia de Londres de A a Z* na privacidade da cabina, acabou por ter de o voltar a consultar mesmo à vista de uns quantos londrinos sofisticados. Enquanto dizia a si próprio que era um velho tonto, por ser assim tão envergonhado, foi recompensado com a visão de Sloane Road onde, de acordo com o *Guia*, desembocava Trident Place.

Era uma rua larga, de prédios com quatro andares do estilo vitoriano, todos elegantes e bem conservados. O número sete tinha um par de portas pesadas de vidro encaixilhado em mogno, através das quais Wexford passou para um *hall* cheio de fotografias a sépia de ânforas e retratos de solenes pesquisadores do passado; daí passou, através de outra porta, para a biblioteca. A atmosfera era igual à de todas as bibliotecas: completamente silenciosa, académica, a abarrotar de livros antigos e modernos. Havia pouca gente. Um dos membros da Sociedade estava a consultar um dos pesados catálogos encadernados a carneira, um outro assinava o recibo dos livros que pedira. Duas raparigas e um jovem estavam ocupados, de uma forma estudiosa e em silêncio, por detrás do balcão de carvalho encerado, e foi uma dessas raparigas que se dirigiu a Wexford e o levou ao andar de cima. Pelo caminho, mais retratos, mais fotografias, a sala de leitura, imersa num silêncio sepulcral. Finalmente, chegou ao gabinete da bibliotecária-chefe, Miss Marie Marcovich.

Miss Marcovich era uma senhora de idade, muito pequena, presumivelmente de origem judaica, da Europa Central. Falava um inglês fluente e académico com um ligeiro sotaque. Tão diferente de Linda Kipling quanto uma mulher pode ser diferente de outra mulher. Pediu-lhe que se sentasse e não mostrou surpresa pelo facto de ele a interrogar sobre um caso de homicídio, ainda que, ao princípio, não tivesse relacionado a rapariga que costumara trabalhar consigo com a mulher morta.

— Ela deixou-vos, claro, antes de se casar — disse Wexford. Como a descreveria: como seca e sem graça, ou nervosa e tímida?

— Bem, era sossegada. Podia dizer-lhe que... mas não, a pobre rapariga está morta. — Após essa breve hesitação, Miss Marcovich prosseguiu apressadamente: — Não sei mesmo o que lhe poderei dizer sobre ela. Era uma pessoa vulgaríssima.

— Gostaria que me dissesse tudo o que sabe.

— Uma boa aquisição, embora fosse, de facto, muito vulgar. Veio trabalhar para cá há cerca de cinco anos. Não é prática desta casa empregar pessoas sem graus universitários, mas a Angela era uma bibliotecária qualificada e tinha alguns conhecimentos de arqueologia. Não possuía experiência prática, mas eu também não, se formos a isso.

A atmosfera livresca lembrou a Wexford um livro que ainda tinha na sua posse.

— Ela interessava-se por línguas célticas?

Miss Marcovich pareceu surpreendida.

— Que eu saiba, não.

— Não tem importância. Continue, por favor.

— Não sei lá muito bem como continuar, inspector-chefe. A Angela fazia o seu trabalho de forma satisfatória, embora faltasse muitas vezes, com a justificação um pouco vaga dos problemas de saúde. Tinha problemas de dinheiro... — Wexford notou a hesitação de novo. — Quero dizer, acho que não se conseguia manter só com o salário dela e queixava-se de que era mal paga. Percebi que pedia pequenas quantias a outras pessoas daqui, mas eu não tinha nada a ver com isso.

— Segundo creio, já trabalhava cá havia alguns meses, antes de conhecer Mr. Hathall?

— Não sei ao certo quando ela conheceu Mr. Hathall. Primeiro, era muito amiga de Mr. Craig, que fez parte do nosso pessoal, mas que se foi embora desde essa altura. Na verdade, todos os membros da equipa dessa época se foram embora, excepto eu. Nunca cheguei a conhecer Mr. Hathall.

— Mas chegou a conhecer a primeira Mrs. Hathall?

A bibliotecária cerrou os lábios e cruzou as mãos, pequenas e enrugadas, no colo.

— Isto parece mais uma reportagem para um jornal de escândalos — disse ela, muito digna.

— Grande parte do meu trabalho é isso mesmo, Miss Marcovich.

— Bom... — Miss Marcovich deu um sorriso inesperado, luminoso e quase com malícia. — Perdida por um, perdida por mil, não é? Conheci de facto a primeira Mrs. Hathall. Por acaso estava na biblioteca quando ela entrou. Já reparou que isto é um sítio muito sossegado. Ninguém levanta a voz, os movimentos são cuidadosos; é uma atmosfera que convém tanto aos membros da Sociedade como aos funcionários. Tenho de confessar que fiquei realmente muito zangada quando aquela mulher me entrou de rompante pela biblioteca, correu para o balcão onde estava a Angela e começou a descompô-la. Foi impossível que os membros não percebessem que ela estava a admoestar a Angela por aquilo a que chamava roubar o marido dela. Pedi a Mr. Craig para se desembaraçar da senhora tão silenciosamente quanto possível e, depois, levei a Angela para cima comigo. Quando ela se acalmou, disse-lhe que, embora não tivesse nada a ver com a vida particular dela, não poderia permitir que cenas como aquela se repetissem.

— E não se repetiram?

— Não, mas o trabalho de Angela começou a ressentir-se. Era do tipo que se vai logo abaixo quando está sob pressão. Tive pena dela, mas não mais do que isso, quando me disse que teria de deixar o emprego a conselho do médico.

A bibliotecária calou-se. Parecia ter dito tudo o que tinha para dizer e levantou-se. Mas Wexford, em vez de se levantar também, retorquiu com uma voz seca:

— Perdida por um, Miss Marcovich?

Ela corou e riu-se, embaraçada.

— É muito perspicaz, inspector-chefe! Bom, sim, há mais uma coisa. Acho que deve ter notado as minhas hesitações. Nunca disse isto a ninguém, mas... bom, vou dizer-lhe — voltou a sentar-se e os seus modos tornaram-se mais pedantes. — Tendo em conta o facto de que os membros da Sociedade pagam uma quota bastante pesada... vinte e cinco libras por ano... e são, por natureza, cuidadosos com os livros, não costumamos cobrar multas quando ficam com eles para além do tempo normal, que é um mês. No entanto, como é natural, não fazemos alarde disto e há muitos membros recentes que tiveram a grata surpresa de descobrir, quando entregaram livros que mantiveram consigo durante três ou quatro meses, que não lhes foi cobrada a multa. Há cerca de três ou quatro anos, pouco depois de a Angela nos ter deixado, calhou que eu estivesse a dar uma ajuda no balcão das entregas quando um dos membros me devolveu três livros que eu vi que estavam atrasados seis semanas. Eu não teria sequer mencionado o facto, não fora o caso de o senhor me apresentar uma libra e oitenta, que me garantiu ser a multa devida pelo atraso dos três livros: dez *pence* por semana, por livro. Quando o informei de que nunca cobrávamos as multas nesta biblioteca, disse-me que só era membro havia um ano e que só por uma outra vez se tinha atrasado com a devolução de um livro. Dessa vez, «a jovem» que estava ao balcão pedira-lhe uma libra e vinte, e ele não protestara, achando que era justo. Claro que fiz logo uma investigação entre o pessoal e todos me pareceram perfeitamente inocentes; mas as duas raparigas disseram-me que outros membros também já lhes tinham querido pagar as multas, o que elas tinham recusado, explicando as regras aos membros.

— Pensa que Angela Hathall foi a responsável por isso?

— Quem mais poderia ser? Mas ela já se tinha ido embora, não havia grande prejuízo e não me dei ao trabalho de levantar a questão durante a reunião com os administradores, porque isso poderia ter levado a grandes complicações e talvez mesmo a um processo, com os membros a serem chamados para depor como testemunhas e por aí fora. Aliás, a rapariga andava sob uma grande tensão e era uma pequena fraude. Duvido de que tenha feito mais de dez libras com a jogada, na melhor das hipóteses.

CAPÍTULO 9

Uma pequena fraude... Wexford não esperara encontrar fraude alguma, e aquilo era, provavelmente, irrelevante. Mas a figura difusa de Angela Hathall começava agora, como uma forma que se desenha por entre o nevoeiro, a tomar contornos mais definidos. Uma personalidade paranóica com tendência para a hipocondria; inteligente, mas incapaz de preservar um emprego certo; um estado mental facilmente abalado pela menor adversidade; instável financeiramente e sem escrúpulos em fazer um dinheiro extra por meios fraudulentos. Mas, então, como conseguira ela administrar a casa com as quinze libras por semana que eram tudo o que ela e o marido tinham para viver, por um período de três anos?

Saiu da biblioteca e apanhou o metro para Chancery Lane. Craig & Butler, Contabilistas, tinham os escritórios no terceiro andar de um velho edifício próximo do Royal Free Hospital. Fixou o sítio e foi a um café onde comeu uma salada e um sumo de laranja e, às três menos um minuto, apareceu no gabinete do sócio maioritário, William Butler. A sala era antiquada e quase tão silenciosa como a biblioteca; Mr. Butler era quase tão vetusto quanto Miss Marcovich. Mas tinha um sorriso franco, a atmosfera era mais de negócios do que académica, e o único retrato era um óleo de um homem idoso em fato de cerimónia.

— O meu anterior sócio, Mr. Craig — disse William Butler.

— Suponho que tenha sido o filho que apresentou Robert Hathall a Angela?

— Não, na verdade, foi o sobrinho. Paul Craig, o filho, tem sido meu sócio desde que o pai se reformou. Quem trabalhava naquilo dos arqueólogos era o Jonathan Craig.

— Creio que as apresentações tiveram lugar durante uma festa aqui nos seus escritórios.

O velhote deu uma gargalhadinha aguda e rouca:

— Uma festa *aqui?* E onde púnhamos a comida e as bebidas, para não falar das pessoas? Além disso iam-se todos lembrar dos impostos e ficavam deprimidos e sombrios. Não, essa festa foi em casa de Mr. Craig, em Finchley, para assinalar a sua reforma da firma, após quarenta e cinco anos de trabalho.

— Conheceu Angela Hathall aí?

— Foi a única vez que a vi. Criatura com bom aspecto, embora com um pouco daquele ar de pónei de Shetland que agora tantas por aí têm. E usava calças, também. Pessoalmente, acho que uma mulher deve pôr uma saia para ir a uma festa. O Bob Hathall ficou babadinho por ela logo à primeira vista, isso notava-se.

— Isso não deve ter agradado a Mr. Jonathan Craig.

Mais uma vez, Mr. Butler deu uma gargalhada que o fazia parecer uma rabeca desafinada.

— Ele não tinha intenções sérias em relação a ela. Casou-se depois disso, por acaso. A mulher dele não é nada que se veja, mas tem muito dinheiro, meu caro, montanhas dele. Essa Angela nunca poderia cair bem naquela família; não são tão desempoeirados como eu. Repare que até eu fiquei de pé atrás quando a vi dirigir-se ao Paul e dizer-lhe que ele tinha um óptimo emprego, o ideal para saber dar a volta aos impostos e fugir ao fisco. Ora, dizer isto a um contabilista é o mesmo que dizer a um médico que tem sorte porque pode deitar a mão a frascos de heroína. — Mr. Butler fungou, divertido: — Também conheci a primeira Mrs. Hathall, sabe? Essa era toda vivaça. Tivemos aqui uma destas cenas! Ela para aí aos gritos, a querer apanhar o Bob, e ele fechado à chave no gabinete. Tem cá uma voz, quando se irrita! Outra vez, sentou-se nas escadas durante um dia inteiro, à espera que ele saísse. Só Deus sabe quando foi para casa. No dia seguinte, voltou a aparecer e começou aos gritos para mim, para eu o fazer voltar para ela e para a filha. Bela cena que aquilo foi. Nunca me hei-de esquecer.

— Em resultado de tudo isso — disse Wexford —, despediu-o.

— Eu? Não! É isso que ele diz?

Wexford assentiu.

— Raios o partam. Robert Hathall foi sempre um mentiroso. Eu digo-lhe o que aconteceu e você acredita se quiser. Depois de todas estas confusões, chamei-o aqui e disse-lhe que era melhor que ele começasse a orientar a sua vida privada de uma forma um pouco mais cuidadosa. Acabámos por entrar em discussão e o resultado foi que ele ficou fora de si e despediu-se. Tentei dissuadi-lo. Tinha começado aqui como paquete e foi aqui que adquiriu todos os seus conhecimentos. Eu disse-lhe que se ele se ia divorciar, ia precisar de todo o dinheiro a que pudesse deitar a mão, e que seria aumentado no fim do ano. Mas não serviu de nada, só dizia que estava toda a gente contra ele e essa tal Angela. E pronto, foi-se embora e arranjou um empregozeco em *part-time*, que até é bem feito.

Lembrando-se da fraude de Angela e do comentário que ela fizera acerca do trabalho de Paul Craig, e comentando para si mesmo que pássaros do mesmo ninho cantam sempre da mesma maneira, Wexford perguntou a Mr. Butler se Robert Hathall alguma vez fizera alguma coisa que se pudesse dizer, ainda que muito vagamente, como estando na zona de sombra da lei. Mr. Butler pareceu chocado.

— De maneira nenhuma. Como lhe disse, ele nem sempre era estritamente sincero, mas para lá disso, era honesto.

— Susceptível às mulheres, não?

William Butler deu outra risada seca e sacudiu a cabeça com veemência.

— Tinha quinze anos quando começou a trabalhar aqui, mas já nessa altura andava com aquela que depois foi a sua primeira mulher. Estiveram noivos durante já não sei quantos anos. Digo-lhe mais: o Bob era tão tacanho e ela controlava-o de tal maneira que ele nem sabia que havia outras mulheres no mundo. Tivemos cá uma dactilógrafa muito bonita, mas pela atenção que ele lhe dava até podia ter sido apenas uma máquina de escrever. E foi por isso que ele depois exorbitou com aquela Angela, ficou apanhado por ela como um rapazinho do liceu na fase romântica. Acordou e as vendas caíram-lhe dos olhos. Acontece muitas vezes: esses que só despertam muito tarde são os piores.

— Será que, depois de ter acordado, ele começou a querer mais?

— Talvez. Mas aí já não o posso ajudar. Está a pensar que ele pode ter-se desembaraçado da Angela para arranjar outra?

— Penso que isso não o deve preocupar, Mr. Butler — disse Wexford, preparando-se para sair.

— Pois não. Pergunta parva, não foi? Pensei que ele matasse a outra, a primeira, isso garanto-lhe. Foi aí mesmo que ela esteve sentada todo aquele tempo, nesse degrau em que está agora. Nunca me hei-de esquecer, nunca, em toda a minha vida...

Howard Fortune era um homem alto e magro, esqueleticamente magro, apesar do seu enorme apetite. Tinha o cabelo claro da família Wexford, cor de papel castanho envelhecido pelo sol, e os mesmos olhos claros, azuis-acinzentado, pequenos e sagazes. Apesar da diferença das suas compleições, sempre fora parecido com o tio e, agora que Wexford perdera tanto peso, essa parecença era ainda mais evidente. Assim sentados, frente a frente, no escritório de Howard, podiam ser tomados por pai e filho, porque, para além das parecenças, Wexford conseguia agora falar ao seu sobrinho com a mesma facilidade com que falava com Burden, e Howard respondia-lhe sem as delicadezas e o tacto um pouco embaraçado dos primeiros tempos.

As mulheres tinham saído. Depois de passarem o dia nas compras, haviam ido ao teatro, e o tio e o sobrinho tinham jantado sós. Agora, enquanto Howard bebia um *brandy* e Wexford se contentava com um copo de vinho branco, o inspector-chefe desenvolvia a teoria que delineara na noite anterior.

— Tanto quanto eu consiga perceber — disse ele — a única forma de justificar o horror de Hathall, e era horror mesmo, Howard, quando eu lhe disse que tínhamos encontrado a impressão da mão, é que ele preparou o assassínio de Angela com a ajuda de uma cúmplice.

— Com quem teria um caso amoroso?

— Presumivelmente. O motivo seria esse.

— Um motivo um pouco vago nos tempos que correm, não é? O divórcio é relativamente fácil, e eles nem sequer tinham crianças a complicar as coisas.

— Não estás a chegar onde eu quero — Wexford falou com um tom que em tempos teria sido impossível. — Nem mesmo com este novo emprego que arranjou, Hathall conseguiria sustentar duas ex-mulheres. Ele é o tipo de homem que é capaz de achar que o assassínio é perfeitamente justificado, se o livrar de perseguições futuras.

— Então, essa amiga dele foi à *cottage* nessa tarde...

— Ou foi a própria Angela que a foi buscar.

— Isso é que já não percebo, Reg.

— Uma vizinha, Mrs. Lake, informou-me que Angela lhe disse que ia sair — Wexford sorveu a sua bebida para esconder a ligeira perturbação que a simples menção do nome de Nancy Lake lhe provocava. — Tenho de ter isso em conta.

— Bom, talvez. A rapariga estrangulou Angela com um colar que não foi encontrado; depois, limpou a casa toda de impressões, mas deixou uma na borda da banheira. É isso que estás a pensar?

— A ideia é essa. Depois disso, meteu-se no carro do Robert Hathall e veio até Londres, onde o abandonou, em Wood Green. Sou capaz de lá ir amanhã, mas não tenho grandes esperanças. O mais provável é que ela viva o mais longe possível de Wood Green.

— E depois, então, vais à tal fábrica de brinquedos em Toxborough? Não consigo perceber por que estás a deixar isso para o fim. Afinal, ele trabalhou lá desde que se casou até Julho deste ano.

— E é precisamente por essa razão — disse Wexford. — É muito possível que ele tenha conhecido essa mulher *antes* de conhecer a Angela, embora também a possa ter conhecido muito depois de ter casado com esta. Mas não há dúvida de que estava profundamente apaixonado por Angela, toda a gente o diz... Seria, assim, provável que ele tenha começado uma nova relação logo nos primeiros tempos deste segundo casamento?

— Não, tens razão. Mas terá de ser alguém que ele tenha conhecido no emprego? Não poderia ser um conhecimento feito numa festa ou num acontecimento social? Ou a mulher de um amigo?

— É que parece que ele não tinha amigos nenhuns, o que nem sequer é muito difícil de compreender. Durante o primeiro casamento, tal como eu o vejo, ele e a mulher deviam ter muitos casais amigos. Mas sabes como são estas coisas, Howard. Nestes casos, os amigos de um casal são normalmente os vizinhos ou as amigas da mulher e os respectivos maridos. Não será provável que, na altura do divórcio, toda essa gente se tivesse unido à volta de Eileen Hathall? Por outras palavras, devem ter continuado a ser amigos dela. A ele, abandonaram-no.

— Essa mulher desconhecida pode ser alguém que ele tenha apanhado na rua ou com quem tenha metido conversa num *pub*, já pensaste nisso?

— Claro. Se assim for, as minhas hipóteses de a encontrar são muito reduzidas.

— Bom, então amanhã lá vais para Wood Green. Eu vou tirar um dia de folga. Tenho de fazer uma palestra num jantar, em Brighton, e pensei fazer um passeio sossegado por lá antes disso. Mas talvez dê primeiro um salto a Toxborough contigo.

O toque do telefone interrompeu o agradecimento de Wexford perante aquela oferta. Howard pegou no auscultador e as suas primeiras palavras, ditas com cordialidade, mas sem grande familiaridade, indicaram ao seu tio que quem estava do outro lado era alguém que Howard conhecia socialmente, mas não muito bem. Depois, o sobrinho passou-lhe o telefone e Wexford ouviu a voz de Burden.

— Primeiro, as boas notícias — disse o inspector —, se é que se podem chamar boas.

Burden disse-lhe que, finalmente, aparecera alguém a dizer que vira o carro de Hathall a passar na direcção de Bury Cottage às três e cinco da tarde da sexta-feira anterior. Mas apenas vira a condutora, que foi descrita como uma jovem de cabelo escuro, com uma blusa ou uma camisa vermelha aos quadrados. A pessoa estava convicta de que havia mais alguém no carro, e que era, quase de certeza, uma mulher, mas fora incapaz de dar mais pormenores. Na altura, essa pessoa passeava de bicicleta por Wool Lane, em direcção a Wool Farm, e por isso estivera do lado esquerdo da estrada, o lado que lhe permitiria naturalmente ver o condutor do carro, mas não necessariamente o acompanhante. O automóvel parara, porque ele tinha a prioridade, e presumira, uma vez que o pisca da direita estava ligado, que o carro ia virar para o portão de Bury Cottage.

— E porque não apareceu este ciclista antes?

— Estava aqui de férias — disse Burden — e diz que só hoje é que pegou num jornal.

— Há pessoas que vivem como crisálidas — resmungou Wexford. — Se isso são as boas notícias, quais são as más?

— Pode ser que não sejam más, ainda não consegui perceber. Mas o superintendente andou aqui à sua procura e quer vê-lo às três em ponto, amanhã.

— Esta agora põe um ponto final na nossa visita a Wood Green — disse Wexford, pensativo, para o sobrinho, a quem explicou o que Burden lhe acabara de dizer. — Tenho de regressar e tentar passar por Croydon ou por Toxborough de caminho. Mas não vou ter tempo para as duas coisas.

— Olha, Reg, porque é que eu não te levo a Croydon e depois a Kingsmarkham, passando por Toxborough? Ainda me sobrariam três horas, ou mais, até ter de estar em Brighton.

— Seria um bocado cansativo para ti, não?

— Não, pelo contrário. Deixa-me dizer-te que estou ansioso por ver essa megera, essa primeira Mrs. Hathall. Regressas comigo e a Dora pode ficar cá. Sei que a Denise quer que ela cá esteja na sexta-feira para uma festa qualquer a que vai.

E Dora, que chegou dez minutos depois, não precisou de grande encorajamento para ficar até domingo em Londres.

— Mas ficas bem, só por tua conta?

— Eu fico. Espero que tu também. Cá por mim, inclino-me para pensar que vais perecer com o frio deste maldito ar condicionado.

— Ora, querido, eu tenho as minhas gorduras subcutâneas para me manterem quente.

— Ao contrário de si, tio Reg — disse Denise que, ao entrar, ouvira a última frase. — Todas as suas gorduras derreteram na perfeição. Suponho que isso seja *mesmo* resultado da dieta. Estive a ler um livro, aqui há dias, e dizia que os homens que têm sucessivos casos amorosos mantêm a linha porque, inconscientemente, um homem encolhe sempre o estômago cada vez que corteja uma mulher.

— Então agora já sabemos o que pensar — disse Dora.

Mas Wexford, que nesse momento encolhera o estômago inconscientemente, não chegou a corar, como teria feito no dia anterior. Estava a interrogar-se sobre o assunto que teria levado o seu superior hierárquico a procurá-lo, e quase adivinhava uma resposta desagradável.

CAPÍTULO 10

A casa que Robert Hathall comprara na altura do seu primeiro casamento era uma dessas moradias geminadas que proliferaram, às dezenas de milhares, nos anos trinta. Tinha uma varanda fechada na sala da frente, uma empena sobre a janela do quarto que dava para a frente e um alpendre em madeira sobre a porta, do tipo que se vê por vezes a abrigar a plataforma das estações de caminho-de-ferro da província. Havia cerca de quatrocentas casas iguais na mesma rua, uma rua larga ao longo da qual o tráfego se dirigia para o sul.

— Esta casa — disse Howard — foi construída por cerca de seiscentas libras. O Hathall deve ter pago por ela umas quatro mil, acho eu. Quando se casou ele?

— Há dezassete anos.

— Quatro mil seria o preço certo. Agora, render-lhe-ia dezoito.

— Só que ele não pode vendê-la — disse Wexford. — Acho que dezoito mil lhe fariam um jeito enorme.

Saíram do carro e foram até à porta da casa.

Ela não possuía nenhum dos sinais exteriores de uma megera. Teria uns quarenta anos, era baixa e trigueira, com a figura redonda e generosa entalada à força num vestido verde muito justo. Era uma daquelas mulheres que, tendo sido em tempos uma rosa, se tornam depois uma couve. Resquícios da rosa eram ainda visíveis nos traços obscurecidos pela gordura; na pele, que ainda estava em boas condições, e no cabelo arruinado que, em tempos, fora louro. Levou-os para a sala que tinha a varanda fechada. A decoração não apresentava o gosto da de Bury Cottage, mas a casa parecia tão limpa quanto a outra. Havia algo de opressivo naquela arrumação e na falta de qualquer objecto que não fosse totalmente convencional. Wexford procurou, em vão, qualquer artigo — talvez uma almofada bordada à mão, um desenho original ou uma planta em crescimento — que pudesse exprimir a personalidade da mulher e da rapariga que ali viviam. Mas não havia nada, nem um livro, nem uma revista, nenhum indício de um passatempo qualquer. Era como a montra de uma loja de móveis antes de o empregado lá colocar aquelas pequenas coisas que vão dar um ar de conforto caseiro. Para além de uma fotografia emoldurada, o único quadro que havia era uma reprodução de uma cigana espanhola com um chapéu preto sobre os caracóis e uma rosa entre os dentes, que Wexford já vira em centenas de bares e salas de hotel. E mesmo aquela figura estereotipada tinha em si mais vida do que qualquer outra coisa naquela sala; a boca da cigana parecia assumir um sorriso desdenhoso ao contemplar o ambiente estéril em que estava destinada a passar o seu tempo.

Embora estivessem a meio da manhã e Eileen Hathall tivesse sido avisada da sua visita, não lhes ofereceu nada para beber. Ou os modos da sua sogra a tinham conquistado, ou então a sua própria falta de hospitalidade fora um dos traços que a tinham tornado tão querida aos olhos da velha senhora. Mas essa Mrs. Hathall sénior fora enganada em certos outros aspectos que cedo se revelaram: longe de ser «metida consigo», Eileen estava pronta a ser amargamente expansiva sobre a sua vida privada.

Ao princípio, no entanto, estava um pouco receosa. Wexford começou por lhe perguntar como passara a sexta-feira anterior, e ela respondeu num tom calmo e razoável que estivera em casa do pai, em Balham, e que aí ficara até ao fim do dia porque a filha fora numa excursão de um só dia a França, com a escola, e da qual só regressou por volta da meia-noite. Deu a Wexford a morada do pai, viúvo, que Howard, conhecendo bem Londres, imediatamente reparou ser na rua ao lado daquela onde morava Mrs. Hathall sénior. Foi o que bastou: Eileen mudou de cor e os seus olhos faiscaram com o rancor que era agora, provavelmente, o sentido dominante da sua vida.

— Crescemos juntos, o Bob e eu. Andámos na mesma escola e não se passava um dia sem que nos víssemos. Depois de casarmos não houve uma única noite que não tivéssemos passado juntos, até que aquela mulher apareceu e mo roubou.

Wexford, que acreditava ser impossível a um estranho romper um casamento seguro e feliz, não fez qualquer comentário. Muitas vezes se interrogara também sobre a atitude que leva a encarar as pessoas como objectos e os parceiros de um casamento como coisas que podem ser roubadas, como uma televisão ou um colar de pérolas.

— Quando foi a última vez que viu o seu marido, Mrs. Hathall?

— Não o vejo há três anos e meio.

— Mas suponho que, embora a senhora tenha a custódia da sua filha, ele tem um acesso razoável a Rosemary?

O rosto dela tornara-se mais amargurado, como se os vermes tivessem começado a devastar a rosa emurchecida.

— Ele tem permissão de a ver domingo sim, domingo não. Eu costumava mandá-la para casa da mãe dele e ele ia buscá-la e levava-a consigo durante esse dia.

— Mas não o via nessas ocasiões?

Ela baixou os olhos, talvez para esconder a humilhação:

— Ele disse que não iria buscá-la se eu lá estivesse.

— A senhora diz que ele «vinha buscá-la», Mrs. Hathall. Quer dizer com isso que esses encontros entre pai e filha pararam?

— Bom, ela é quase maior, não é? Tem idade suficiente para ter as suas ideias. Eu e a mãe do Bob sempre nos demos bem, ela tem sido uma segunda mãe para mim. A Rosemary sempre percebeu a maneira como nós víamos as coisas... quero dizer, já tinha idade para perceber quanto eu sofri por causa do pai dela, e é natural que tenha ficado sentida com o pai. — A megera começara a aparecer e o tom de voz era aquele que Mr. Butler dissera que jamais poderia esquecer: — Ela virou-se contra ele. Achou que o que ele tinha feito era muito mau.

— E, por isso, deixou de o ver?

— Ela não o queria ver. Disse que tinha coisas melhores para fazer aos domingos, e eu e a avó achámos que tinha toda a razão. Só foi uma vez lá à *cottage* e, quando voltou, vinha num estado lastimoso, chorava baba e ranho, e não sei que mais. E não me admiro. Onde é que já se viu um pai deixar a filhinha vê-lo a beijar outra mulher? Foi isso que aconteceu. Quando chegou a hora de ele a trazer de volta, ela viu-o abraçar essa mulher e beijá-la. E não foi um beijo desses vulgares. Foi daqueles que se vêem na televisão, disse a Rosemary, mas não vou entrar em pormenores. Mas lá que fiquei chocada, isso garanto-lhes. O resultado foi que a Rosemary agora não pode com o pai, e eu não a censuro. Só espero que isto não lhe faça mal à cabeça, como essa gente das psicologias diz para aí.

A vermelhidão da sua pele estava no auge, e os olhos faiscavam. E agora, enquanto o peito se lhe erguia e ela lançava a cabeça para trás, tinha algo em comum com a cigana do quadro.

— Ele não gostou. Implorou-lhe que o deixasse vê-la, escreveu-lhe cartas e muitas outras coisas. Mandou-lhe presentes e queria que ela passasse as férias com ele. Logo ele, que dizia que não tinha um tostão para mandar cantar um cego. Tive de lutar com unhas e dentes para ficar com esta casa e um pouco do dinheiro dele para viver. Ah, mas ele tem dinheiro que chegue, quando quer gastá-lo; tem dinheiro para gastar com toda a gente, menos comigo.

Howard estivera a olhar para aquela fotografia emoldurada e perguntou se se tratava de Rosemary.

— É, é a minha Rosemary — ainda quase sem fôlego, devido à catadupa de invectivas, Eileen falava aos soluços. — Essa foi tirada há seis meses.

Os dois polícias olharam para o retrato de uma rapariga bastante desengraçada, de rosto quadrado, que usava uma cruz em ouro pendurada por cima da camisa, cujo cabelo escuro e liso caía pelos ombros, e que era extremamente parecida com a avó paterna. Wexford, que seria incapaz de mentir descaradamente e dizer que a rapariga era bonita, perguntou o que ela iria fazer quando deixasse a escola. Foi um bom passo, porque teve um efeito calmante sobre Eileen, cuja amargura cedeu, embora só por instantes, ao orgulho.

— Vai seguir os estudos até à faculdade. Todos os professores dizem que ela tem uma cabeça óptima, e não vou ser eu a opor-me. Não há nada que a obrigue a deixar os estudos para ir ganhar dinheiro. O Bob há-de ter muito para poupar, *agora*. Já lhe disse que não me importo se ela tiver de estudar até aos vinte e cinco. Vou dizer à mãe dele para lhe pedir que dê um carro à Rosemary, quando ela fizer dezoito anos. No fim de contas, isso hoje em dia é como ter vinte e um, não é? O meu irmão tem andado a ensiná-la a conduzir, e ela há-de fazer o exame assim que fizer dezassete anos. É obrigação dele dar-lhe um carro. Lá porque deu cabo da minha vida, não tem de dar cabo da vida dela, pois não?

Quando iam a sair, Wexford estendeu-lhe a mão. Ela estendeu-lhe a sua com bastante relutância, mas isso era provavelmente apenas mais uma parte dessa falta de graça que parecia ser uma característica de todos os Hathall e das suas relações. De olhos baixos, ele segurou-lhe a mão durante o tempo suficiente para ter a certeza de que não havia nenhuma cicatriz no indicador.

— Louvemos as nossas mulheres — disse Howard com devoção quando regressaram ao carro e se dirigiram para sul.

— De uma coisa podemos ter a certeza: não foi para voltar para esta que ele matou a outra.

— Reparaste que ela não mencionou, uma única vez, a morte de Angela? Nem mesmo para dizer que não lamentava que ela tivesse morrido. Nunca tinha dado com uma família que alimentasse tantos ódios.

Wexford pensou, subitamente, nas suas próprias filhas, com cuja educação ele gastara dinheiro de bom grado e sem restrições porque elas o adoravam e ele as adorava.

— Deve ser bem tramado ter de suportar alguém que se detesta e comprar presentes para alguém que foi ensinado a detestar-nos — disse.

— De facto, deve ser. E de onde teria vindo o dinheiro para esses presentes e para aquelas férias projectadas, Reg? Decerto não vinha das quinze libras por semana.

Faltava um quarto para o meio-dia quando chegaram a Toxborough. Wexford tinha entrevista marcada na fábrica Kidd's ao meio-dia e meia, por isso tomaram um almoço rápido num *pub* dos arredores antes de irem à procura da fábrica. A fábrica Kidd's era uma caixa de betão branco e era a fonte de muitos brinquedos que Wexford vira muitas vezes anunciados na televisão. O gerente, Mr. Aveney, disse-lhe que tinham trezentos trabalhadores fixos, muitos dos quais eram mulheres com horários parciais. O pessoal administrativo era reduzido e era formado por ele próprio, pelo director de pessoal, o contabilista em *part-time,* que sucedera a Hathall, a sua secretária, duas dactilógrafas e uma rapariga para os recados.

— Quer então saber como era a nossa equipa feminina, quando Mr. Hathall estava a trabalhar connosco? Percebi isso por aquilo que me disse ao telefone e fiz o meu melhor para lhe dar uma lista de nomes e moradas. Mas a maneira como elas vão e vêm é ridícula, inspector-chefe. Hoje em dia, as raparigas têm a mania de trocar de emprego de dois em dois meses. Já não está cá nenhuma das que se encontravam quando Hathall trabalhou aqui, e ele só de cá saiu há dez semanas. Isto quanto às raparigas, quero eu dizer. O director de pessoal está connosco há cinco anos, mas o gabinete dele é lá em baixo, na fábrica, e não creio que alguma vez se tenham encontrado.

— Lembra-se se ele era particularmente chegado a alguma delas?

— Lembro-me de que não era — disse Mr. Aveney. — Era louco pela mulher dele, essa que foi morta. Nunca vi nenhum homem que falasse da sua mulher da mesma maneira como ele falava da dele. Via nela uma espécie de Marilyn Monroe, de imperatriz da Pérsia e de Virgem Maria, todas misturadas numa só.

Mas Wexford estava cansado de ouvir falar da paixão funesta de Robert Hathall. Deu uma olhadela à lista, formidavelmente longa, e lá estavam os nomes, aqueles nomes que todas elas pareciam ter, por estarem na moda: Janes e Junes, Susans e Lindas e Julies. Todas tinham vivido em Toxborough, ou perto, e nenhuma ficara na Kidd's por mais de seis meses. Wexford teve uma visão horrível de semanas de trabalho em que meia dúzia de homens teriam de vasculhar os arquivos das juntas de freguesia, à procura daquela Jane, daquela Julie ou daquela Susan, e guardou a lista na sua mala.

— O seu amigo disse que gostaria de dar uma vista de olhos pela fábrica; se quiser acompanhar-me descemos e vamos ter com ele.

Encontraram Howard entregue aos cuidados de uma outra Julie que o guiava por entre as bancadas onde mulheres de bata e barrete eliminavam as rebarbas das bonecas de plástico. A fábrica era arejada e agradável, excepto quanto ao cheiro a celulose, e de um par de altifalantes derramava-se a voz de Engelbert Humperdinck, que implorava às suas ouvintes que o libertassem e o deixassem amar outra vez.

— Tempo perdido, isto aqui — disse Wexford, depois de se terem despedido de Mr. Aveney. — Já esperava que fosse assim. Mas, pelo menos, terás muito tempo até ao teu jantar. Daqui a Kingsmarkham é menos de meia hora. E eu também chegarei muito a tempo de ser prontamente lançado aos crocodilos. Queres que te indique o caminho pelas estradas secundárias, de forma a fugirmos aos engarrafamentos e a que eu possa mostrar-te um ou dois sítios com interesse?

Howard concordou, e o tio indicou-lhe o caminho para a estrada de Myringham. Atravessaram o centro da cidade e passaram pelo centro comercial cuja fealdade tanto ofendia Mark Somerset e onde este encontrara os Hathall num dia de euforia consumista.

— Segue as indicações para Pomfret, em vez das de Kingsmarkham, que eu depois oriento-te até lá, via Wool Lane.

Obedientemente, Howard seguiu as indicações e, daí a dez minutos, encontravam-se em estradas rurais. Ali estava o campo imaculado, o suave Sussex com os seus pequenos montes coroados por anéis de árvores, com grandes extensões de mata de pinheiro e pequenas quintas de telhados castanhos, aninhadas em clareiras de vegetação. Era altura das colheitas, e onde o trigo já fora cortado os campos revestiam-se de um tom dourado pálido, brilhando como folhas metálicas sob o sol.

— Quando venho para o campo — disse Howard — sinto a verdade daquilo que Orwell queria dizer quando escreveu que todos os homens sabem, no fundo dos seus corações, que a melhor coisa que há para fazer no mundo é passar um bom dia no campo. E quando estou em Londres, concordo com Charles Lamb.

— Queres dizer que preferes ver uma fila de gente à espera para o teatro do que um estúpido rebanho de ovelhas nos vales de Epsom?

Howard riu-se e abanou a cabeça:

— Suponho que devo evitar aquele desvio que diz Sewingbury?

— Tens de virar à direita para Kingsmarkham, daqui a perto de um quilómetro. É uma pequena estrada de desvio que acaba por se tornar na Wool Lane. Penso que a Angela deve ter vindo por aqui com o seu passageiro, na sexta-feira passada. Mas de *onde* terá ela vindo?

Howard voltou à direita. Passaram por Wool Farm e viram a seta que indicava Wool Lane, a partir de onde a estrada se tornava um túnel estreito. Se se cruzassem com outro carro, o condutor deste ou Howard teria de sair para a berma, para que o outro pudesse passar; mas não viram nenhum outro carro. Os condutores evitavam aquele caminho estreito e perigoso e poucos forasteiros percebiam sequer que se tratava de uma estrada.

— Bury Cottage — disse Wexford.

Howard abrandou um pouco. Precisamente quando o fez, Robert Hathall surgiu por detrás da casa com uma tesoura de podar nas mãos. Não levantou os olhos, mas começou a cortar os botões das margaridas *Michaelmas*. Wexford interrogou-se se a mãe de Hathall o teria forçado àquela tarefa tão pouco habitual.

— É ele. Viste-o?

— Vi o suficiente para ser capaz de o reconhecer se o voltar a ver — disse Howard. — Embora não creia que alguma vez tenha de o voltar a ver.

Separaram-se na esquadra. O *Rover* do chefe já se encontrava no parque de estacionamento. Estava adiantado para a reunião, mas Wexford também estava. Não havia necessidade de subir a correr, para chegar sem fôlego e com ar de penitente; por isso, levou o seu tempo, entrando na esquadra quase com ar distraído, a caminho do local onde os lobos engravatados o esperavam.

— Já estou a ver do que se trata, *sir*. Hathall tem andado a fazer queixas.

— O facto de você adivinhar do que se trata — disse Charles Griswold — só torna as coisas ainda piores.

Fez uma careta e empertigou-se um pouco, mostrando toda a sua altura, que era um pouco mais do que o próprio metro e oitenta de Wexford. O chefe tinha uma estranha semelhança com o general De Gaulle, cujas iniciais partilhava, e devia ter consciência desse facto. Um acaso da natureza pode bastar para uma semelhança física com um homem famoso; mas só a consciência dessa semelhança, e o facto de ela ser constante-mente relembrada por amigos e inimigos, pode dar origem a semelhanças de uma personalidade com a outra. Griswold adquirira o hábito de falar do Mid-Sussex, a sua área, quase nos mesmos modos com que o antigo estadista falava de· *La France.*

— O homem mandou-me uma carta de reclamação em termos muito fortes. Diz que tem andado a tentar rasteirá-lo, usando métodos pouco ou nada ortodoxos. Rosnou qualquer coisa sobre uma impressão digital e depois saiu daqui sem sequer esperar pela resposta. Tem algum fundamento para pensar que ele matou a mulher?

— Não com as suas próprias mãos, *sir*. Estava no escritório, em Londres, à hora em que o crime foi cometido.

— Então, que raio de jogo é o seu? Tenho orgulho no Mid--Sussex. O trabalho de toda a minha vida foi dedicado ao Mid--Sussex. Sempre me orgulhei da rectidão dos meus agentes no Mid-Sussex, confiante em que a sua conduta não só estaria acima de qualquer suspeita, mas que seria vista como estando acima de qualquer suspeita.

Griswold suspirou pesadamente. Daí a pouco, pensou Wexford, estaria a dizer *«L'état, c'est moi»*.

— Porque anda você a molestar este homem? Ele diz que se trata de uma perseguição.

— Perseguição — disse Wexford — é o que ele sempre chama a tudo o que lhe fazem.

— E isso quer dizer o quê?

— É um paranóico, *sir*.

— Não me venha com essa prosápia de médico para malucos, Reg. Tem alguma coisa que se pareça com uma prova concreta contra o tipo?

— Não. Apenas tenho uma sensação pessoal e muito forte de que ele matou a mulher.

— Sensação? *Sensação?* Ouve-se falar de mais de sensações, hoje em dia, e com a sua idade já devia ter arranjado um raio de uma conversa mais convincente. Que quer você dizer, afinal? Que ele teve um cúmplice? Tem alguma *sensação* que lhe diga quem é esse cúmplice? Tem alguma prova da existência dele?

Que poderia Wexford dizer, senão: «Não, *sir,* não tenho.» Mas acrescentou, com mais firmeza:

— Posso ver a carta dele?

— Não, não pode — respondeu Griswold imediatamente. — Já lhe disse o que lá diz. Deve ficar muito agradecido por eu lhe poupar os reparos muito pouco corteses que ele faz acerca das suas maneiras e das suas tácticas. E diz que você lhe roubou um livro.

— Por amor de Deus!... Acredita numa coisa dessas?

— Bom, Reg, não... não acredito. Mas veja se lho devolve, e bem depressa. E deixe de o incomodar, para já, faço-me entender?

— Deixo de o incomodar? — respondeu Wexford, irritado. — Tenho de falar com ele. Não há mais nenhuma ponta por onde pegar.

— Já lhe disse que o deixe em paz. É uma ordem. Não quero mais conversa sobre este assunto. Não estou disposto a sacrificar a reputação do Mid-Sussex pelas suas *sensações*.

CAPÍTULO 11

Foi assim que Wexford terminou a sua investigação oficial sobre a morte de Angela Hathall.

Mais tarde, ao olhar para trás, teve consciência de que as três e vinte da tarde de quinta-feira, 2 de Outubro, fora o momento em que quaisquer esperanças de resolver o caso de uma forma directa, e de acordo com as regras, tinham morrido. Mas, na altura, não se apercebeu disso. Apenas sentira raiva e ficara magoado, e resignara-se aos atrasos e às irritações que seriam a consequência de não poder ir atrás de Hathall de forma directa. Continuara a pensar que havia caminhos abertos para descobrir a identidade da mulher sem fazer muitas ondas com Hathall. Podia delegar. Burden e Martin podiam fazer aproximações de uma natureza mais comedida. Podia pôr alguns homens na pista daquelas raparigas da lista de Aveney. A coisa podia ser feita de maneira discreta. Hathall traíra-se, Hathall era culpado: logo, o crime poderia acabar por ser devolvido a Hathall.

Mas estava desencorajado. No regresso a Kingsmarkham, considerara a hipótese de telefonar a Nancy Lake, para aproveitar — pondo a questão em termos directos — a ausência de Dora. Mas mesmo um jantar com ela perdera, dadas as circunstâncias, o sabor que antes poderia ter tido. Não lhe telefonou. Também não telefonou a Howard. Passou um fim-de-semana próprio de um viúvo solitário, indignando-se com a boa sorte de Hathall e censurando-se pela sua tolice na forma como lidara, descuidadamente, com uma personalidade irritável e tão susceptível.

Devolveu *Of Men and Angels,* acompanhado por um cartão-de-visita onde escrevera uma nota delicada, lamentando tê-lo retido por tanto tempo. Não teve resposta de Hathall, que devia estar, pensou Wexford, a esfregar as mãos de contente.

Na segunda-feira, de manhã, voltou à fábrica Kidd's, em Toxborough.

Mr. Aveney pareceu satisfeito por vê-lo — aqueles que não podem ser incriminados têm normalmente um prazer virtuoso no seu envolvimento nos inquéritos da polícia — mas não podia dar grande ajuda.

— Outras mulheres que Mr. Hathall pudesse ter conhecido aqui? — perguntou.

— Estava a pensar no pessoal de vendas. Ao fim e ao cabo, os senhores fazem brinquedos.

— O pessoal de vendas está todo na dependência do nosso escritório de Londres. Só há uma mulher nas vendas e ele nunca a conheceu. Então e os nomes da lista que lhe dei? Não servem de nada?

Wexford abanou a cabeça.

— Até agora, não conseguimos nada.

— E dificilmente conseguirão. Não há aí nada por onde pegar. Só restam as mulheres da limpeza. Temos uma que já cá está há seis anos, mas tem sessenta e dois anos. Claro que tem duas raparigas a ajudá-la, mas essas estão sempre a mudar, como o resto do pessoal. Acho que lhe *podia* dar outra lista de nomes. Nunca as vejo, e Mr. Hathall também não as devia ver. À hora a que chegamos, já elas saíram. A única de que me consigo lembrar é uma que me ficou na memória por ser tão honesta. Ficou aqui à espera, uma manhã, para me entregar uma nota de uma libra que tinha encontrado debaixo de uma secretária.

— Não se preocupe com a lista, Mr. Aveney — disse Wexford. — É óbvio que não vamos encontrar aí nada.

— Está com uma *hathallite* — disse Burden quando a segunda semana depois da morte de Angela chegou ao fim.

— Isso soa-me a mau hálito.

— Nunca o vi tão... bem, ia a dizer de cabeça perdida. Não tem uma única prova de que o Hathall tenha sequer andado com outra mulher, quanto mais de que tenha conspirado para ela matar a Angela.

— Aquela impressão de uma mão — disse Wexford obstinadamente — e aqueles cabelos pretos, e a mulher que foi vista com a Angela no carro...

— *Pareceu-lhe* ser uma mulher. Quantas vezes não vimos já alguém do outro lado da rua que não conseguimos decidir se é rapaz ou se é rapariga? Costuma dizer-se que a maçã-de-adão é a única marca segura para fazer a destrinça. Será que um ciclista que olha de relance para dentro de um carro consegue perceber se o passageiro tem uma maçã-de-adão? Já verificámos todas as raparigas da lista, excepto a que está nos Estados Unidos e a que se encontrava no hospital no dia 19. A maior parte delas mal se conseguia lembrar de quem era o Hathall.

— Então qual é a tua ideia? Como explicas aquela impressão encontrada na banheira?

— Eu digo-lhe. Foi um vadio que matou a Angela. Estava sozinha e engatou-o, como disse ao princípio. Ele estrangulou-a, talvez acidentalmente, enquanto tentava tirar-lhe a gargantilha. Porque havia ele de deixar impressões digitais? Porque havia de tocar no que quer que fosse, a não ser em Angela? Mesmo que tivesse tocado em mais alguma coisa, teria limpo tudo. A mulher que deixou a impressão da mão nem sequer tem nada a ver com o assunto. É capaz de ter sido alguém que calhou a passar por ali, talvez alguém cujo carro tenha avariado e que pediu para usar o telefone...

109

— E a casa de banho?

— Porque não? Essas coisas acontecem. Uma coisa semelhante aconteceu ontem na minha própria casa. A minha filha estava sozinha e um rapaz que não conseguiu arranjar uma boleia bateu-lhe à porta e pediu um copo de água. Ela deixou-o entrar... claro que tive de lhe dar um raspanete por causa disso, como calcula... e também o deixou ir à casa de banho. Felizmente, o rapaz era certinho e não aconteceu nada. Mas porque não há-de ter acontecido alguma coisa parecida em Bury Cottage? A mulher ainda não se apresentou porque nem sequer sabe o nome da casa de onde telefonou nem o nome da mulher que a deixou entrar. As impressões digitais dela não estão no telefone nem em mais lado algum, porque Angela ainda estava a limpar a casa quando ela lá foi. Não será isto mais razoável do que essa ideia de uma conspiração que não tem o menor fundamento?

Griswold gostou da teoria. E Wexford viu-se encarregue de uma investigação baseada num postulado em que nunca poderia acreditar. Foi obrigado a dar o seu apoio a uma autêntica campanha nacional com a finalidade de encontrar uma mulher amnésica e um ladrão que teria morto inadvertidamente para roubar um colar sem valor. Nenhum deles foi encontrado, nenhum tomou contornos mais definidos do que aqueles que Burden lhes inventara, mas Griswold e Burden e os jornais falavam deles como se existissem. E Robert Hathall, segundo Wexford veio a saber mais tarde, fizera uma série de sugestões valiosas quanto a diversas pistas a seguir. O chefe da polícia não conseguia perceber o que teria dado origem à ideia de que o homem sofreria de um complexo de perseguição ou de que tinha mau génio. Ninguém poderia ter sido mais cooperante, a partir do momento em que Wexford foi afastado de quaisquer contactos directos com ele.

Wexford pensou que dentro de pouco tempo acabaria por ficar completamente farto daquela situação. As semanas arrastavam-se e não surgia nada de novo. Ao princípio, é sempre irritante ver-se aquilo de que se tem a certeza ser contrariado e posto a ridículo. Depois, à medida que novos interesses e novos trabalhos vão surgindo, torna-se apenas aborrecido; por fim, acaba por ser apenas uma coisa entediante. Wexford teria ficado feliz se pudesse encarar Hathall como um mero aborrecimento. Ao fim e ao cabo, não há ninguém que consiga resolver todos os casos de assassínio. Há-os às dúzias, e haverá sempre os que não têm solução. Claro que se deve fazer tudo o que for possível e a justiça tem de ser implacável, mas o elemento humano torna isso impossível. Alguns conseguem sempre escapar, e Hathall ia evidentemente ser um deles. Por essa altura, já devia ter sido relegado para a gaveta dos aborrecimentos, porque não era um homem interessante, mas apenas e essencialmente um aborrecimento irritante e sem humor. Mas Wexford não conseguia pensar nele nesses termos. Em si mesmo, Hathall podia ser uma pessoa entediante, mas aquilo que fizera não o era. Wexford queria saber por que razão o fizera, e como, e com a ajuda de quem, e com que meios. E, acima de tudo, sentia uma indignação extrema por um homem matar a sua própria mulher, trazer a mãe para descobrir o corpo e, mesmo assim, ser considerado pelas *altas instâncias* como «muito cooperante».

Não podia deixar que tudo aquilo se tornasse uma obsessão. Lembrou a si mesmo que era uma pessoa razoável e sensata, um polícia com uma missão para cumprir, e não um caçador de cabeças lançado numa perseguição com qualquer motivação política ou por uma causa religiosa. Talvez tivessem sido aqueles meses de dieta rigorosa que o tinham abalado, roubando-lhe a sua firmeza de espírito habitual, a sua equanimidade. Mas só um tolo poderia ter alguma coisa a ganhar com uma mente desequilibrada. Lembrando essa excelente máxima a si próprio, Wexford manteve-se calmo quando Burden lhe disse que Hathall tencionava rescindir o contrato de arrendamento de Bury Cottage, e respondeu com sarcasmo, em vez de com irritação.

— Suponho que me será permitido saber para onde ele vai.

Burden fora considerado por Griswold como uma pessoa cheia de tacto e fora, por isso, ao longo de todo o Outono, o elemento de ligação com Hathall. Wexford chamava-lhe o «enviado do Mid-Sussex», acrescentando que imaginava que «o nosso homem» em Wool Lane por certo estaria a par de um segredo tão importante como esse.

— Por agora, vai ficar em casa da mãe, em Balham, e diz que depois vai arranjar um apartamento em Hampstead.

— O vendedor vai enganá-lo — disse Wexford com amargura —, o serviço de transportes públicos há-de ser extremamente caro; vai ter de pagar uma renda incrível pela garagem para o carro e há-de haver alguém que construa uma torre de apartamentos mesmo ao lado e que lhe vai estragar a paisagem. Em suma, vai ser muito feliz.

— Não sei por que acha que o homem é assim tão masoquista.

— Acho que ele é um assassino, isso sim.

— O Hathall não assassinou a mulher. Só tem é um feitio desajeitado que o levou a tomá-lo de ponta.

— Um feitio desajeitado! Porque não havemos de ser directos e dizer que o tipo tem ataques? É alérgico a impressões digitais. É só dizer-lhe que tem uma impressão digital na banheira e ele tem logo um ataque epiléptico.

— Dificilmente poderá dizer que isso é uma prova, não é? — disse Burden com frieza. Depois, pôs os óculos, sem outra razão, pensou Wexford, que não fosse a de lançar um olhar reprovador através deles para o seu superior.

Mas a ideia da partida de Hathall e do seu começo de uma nova vida, como tinha planeado e pela qual matara a mulher, era perturbadora. Que isso lhe fosse permitido, era algo que se devia quase inteiramente à forma desajeitada como conduzira a investigação. Estragara tudo por ter sido duro e rude com um tipo de pessoa que nunca poderia responder a esse estilo de tratamento. E agora já não podia fazer nada, porque a pessoa de Hathall era sacrossanta e qualquer pista para a descoberta da identidade da mulher desconhecida estava fechada a sete chaves na sua sacrossanta cabeça. Serviria de alguma coisa saber o novo endereço de Hathall? Se não lhe era permitido falar com ele em Kingsmarkham, que esperanças poderia acalentar de vir a ter uma oportunidade para invadir a sua privacidade em Londres? Durante bastante tempo, o seu orgulho pessoal impediu-o de perguntar a Burden o que quer que fosse sobre Hathall, e Burden também não disse nada, até que um dia, na Primavera, quando estavam a almoçar no Carousel, o inspector inseriu, casualmente, o endereço de Hathall no meio da conversa, prefaciando o assunto com um «por falar nisso», como se estivesse a falar de um qualquer conhecido comum, de algum homem em quem nenhum deles poderia jamais ter um interesse mais do que simplesmente passageiro.

— Então, agora é que ele me diz... — afirmou Wexford para o frasco do molho em forma de tomate.

— Não me parece que haja qualquer razão por que não deva saber.

— Deram-te o OK do Ministério do Interior, foi?

Ter o endereço, na realidade, não ajudava nada, e o local também não significava nada para Wexford. Estava pronto a deixar o assunto morrer ali, pois sabia que falar com Burden sobre Hathall só serviria para que ambos se sentissem desconfortáveis. Estranhamente, quem insistiu no tema foi Burden. Talvez não tivesse ligado à piada sobre o Ministério do Interior ou, mais provavelmente, talvez lhe desagradasse a ideia do significado que isso poderia dar à sua comunicação, se o deixasse passar sem mais comentários.

— Sempre pensei — disse Burden —, embora nunca o tenha dito, que havia uma falha de princípio na sua teoria. Se o Hathall tivesse tido uma cúmplice com essa cicatriz no dedo, teria insistido em que usasse luvas. Porque se ela deixasse uma só impressão que fosse, ele nunca poderia viver com ela, ou casar com ela, ou sequer vê-la. E diz que ele matou a Angela para poder viver com ela. Por isso, não pode tê-la morto. É simples, quando se pensa nisso.

Wexford não disse nada. Não traiu qualquer sinal de entusiasmo. Mas nessa noite, quando chegou a casa, estudou o mapa de Londres, fez um telefonema e passou algum tempo a examinar o seu mais recente extracto de conta bancária.

Os Fortune tinham vindo passar o fim-de-semana. Tio e sobrinho passeavam ao longo de Wool Lane e pararam frente à casa, que ainda não fora arrendada de novo. A árvore dos «prodígios» estava carregada de flores brancas e, por detrás da casa, pastavam algumas ovelhas na colina cujo topo era coroado por um círculo de árvores.

— O Hathall também não prefere os estúpidos rebanhos de ovelhas — disse Wexford, relembrando uma conversa que tinham tido perto daquele local. — Pôs-se tão longe de Epsom Downs quanto é possível, embora seja um londrino do sul. Agora está em West Hampstead, na Dartmeet Avenue. Sabes onde é?

— Sei. É entre a Finchley Road e a West End Lane. Porque escolheu ele Hampstead?

— Porque é o que fica mais longe de South London, que é onde estão a mãe dele, a ex-mulher e a filha. — Wexford arrancou uma flor da árvore e sentiu o seu leve cheiro a mel. — Ou, pelo menos, é o que eu acho.

O ramo voltou à sua posição, espalhando pétalas sobre a erva.

— Parece que leva uma vida celibatária — continuou Wexford. — A única mulher com quem tem sido visto é a mãe.

Howard pareceu intrigado.

— Queres dizer que tens um... um espião?

— Não é grande espião — admitiu Wexford — mas era o melhor e o mais seguro que consegui encontrar. Por acaso, é irmão de um velho cliente meu, um tipo chamado *Monkey* Matthews. O nome deste é *Ginge;* assim chamado por causa da cor do cabelo, evidentemente (*). Vive em Kilburn.

Howard riu-se, mas com simpatia.

— E qual é o papel deste *Ginge?* Segue o Hathall?

— Não propriamente. Mas mantém-no debaixo de olho. Pago-lhe uma avença. Do meu próprio bolso, claro.

— Não tinha percebido que estavas assim tão determinado.

— Não sei se alguma vez estive tão determinado em qualquer coisa, em toda a minha carreira.

(*) *Ginge:* diminutivo de *ginger,* gengibre; ruivo ou arruivado. *(N. do T.)*

Voltaram para trás. Um vento ligeiro começara a fazer-se sentir e estava a ficar fresco. Howard lançou um olhar para trás, para a entrada do túnel de vegetação que já começava a escurecer, e disse em voz baixa:

— Que esperas encontrar, Reg?

O tio não respondeu logo. Passaram pela casa isolada onde o carro de Nancy Lake estava parado no caminho para a garagem; só depois Wexford falou. Estivera embrenhado nos seus pensamentos, tão silencioso e preocupado que Howard pensou que talvez o tio se tivesse esquecido da pergunta, ou que não teria resposta. Mas, ao chegarem a Stowerton Road, Wexford disse:

— Durante bastante tempo, intrigou-me o facto de Hathall ficar tão horrorizado... e isto é uma maneira suave de o dizer... quando lhe falei da impressão digital. Era porque ele não queria que se descobrisse quem era a mulher, claro. Mas não demonstrava só medo. O que ele demonstrava era qualquer coisa que estava mais próxima de um arrependimento terrível... depois de ter recuperado, quero eu dizer. E cheguei à conclusão de que a reacção dele se explicava porque arranjara maneira de se livrar da Angela só para poder estar com esta mulher. E porque agora sabia que nunca mais poderia atrever-se a vê-la. Depois, reflectiu sobre o assunto. Escreveu aquela carta de protesto a Griswold para se livrar de mim, porque sabia que eu sabia. Mas ainda era possível que houvesse hipótese de ele se safar e conseguir o que queria, que era uma vida com essa mulher. Não como ele a planeou. Não poderia ser só uma fuga para Londres, seguida de uma amizade inocente, ao fim de algumas semanas, com uma rapariga: o viúvo solitário à procura de consolação com uma nova amizade feminina, alguém com quem, com o passar do tempo, poderia acabar por casar. Mas agora não, já não pode ser assim. Embora tenha atirado areia para os olhos de Griswold, agora já não se atreve a prosseguir com esse plano. A impressão digital foi encontrada e, por muito que pudéssemos parecer ignorá-lo, ele não poderia esperar começar um noivado e depois casar com uma mulher cuja mão a trairia. Que a trairia perante qualquer pessoa, Howard, e não apenas perante um perito.

— Então, que pode ele fazer?

— Tem duas alternativas — disse Wexford bruscamente. — Ele e a mulher podem ter concordado em separar-se. É de presumir que, mesmo que uma pessoa esteja loucamente apaixonada, a liberdade é preferível às delícias do amor. Sim, são capazes de se ter separado.

— «Dizemos um adeus para sempre, anulamos todos os nossos votos...»

— Os versos seguintes ainda são mais apropriados.

— «E se nos voltarmos a encontrar um dia, que não se veja nos nossos olhares que retemos uma só gota do nosso amor antigo.»

— Ou — continuou Wexford — digamos mesmo grandiloquentemente que a sua paixão decidiu por eles, porque esse amor é superior às suas simples pessoas, podem ter decidido encontrar-se apenas clandestinamente. Não mais viver juntos, nem sequer encontrarem-se em público, mas prosseguir a vida como se cada um deles tivesse um outro parceiro ciumento e desconfiado.

— O quê? Ficar assim para sempre?

— Talvez. Até que as coisas passem por si mesmas ou até encontrarem outra solução qualquer. Mas acho que é isto que estão a fazer, Howard. Se assim não fosse, porque teria ele escolhido ir viver para o norte de Londres, onde ninguém o conhece? Porque não ficou na margem sul do rio, onde tem a mãe e a filha? Ou em qualquer sítio mais próximo do emprego. Agora está a ganhar bem; poderia facilmente pagar um apartamento no centro de Londres. Mas preferiu esconder-se, de forma a poder dar umas escapadelas, à noite, para ir ter com *ela*... Vou tentar encontrá-la — concluiu Wexford, pensativo. — Vai custar-me algum dinheiro e vai ocupar-me uma boa parte do meu tempo livre, mas estou decidido a ir até ao fim.

CAPÍTULO 12

Ao descrever *Ginge* Matthews como um espião de segunda categoria, Wexford subestimava-o. Os parcos recursos de que dispunha amarguravam-no. Estava perpetuamente irritado com a relutância de *Ginge* em usar o telefone. *Ginge* orgulhava-se do seu estilo literário, que era decalcado do estilo «banco das testemunhas» que os polícias mais novos e de cabeça oca usavam nos tribunais e cujas perífrases ele ouvira mais de uma vez, sentado no banco dos réus. Nos relatórios de *Ginge,* as investigações nunca chegavam a lado algum, mas estavam sempre em prossecução; a sua casa era o seu «domicílio» e, em vez de dizer que ia para casa, dizia sempre que se retirava ou que se recolhia. Mas, para ser justo com *Ginge,* Wexford tinha de admitir que, embora não tivesse descoberto nada sobre a mulher-mistério nos últimos meses, aprendera muita coisa sobre a maneira de viver de Hathall.

Segundo *Ginge,* a casa onde Hathall residia era grande, tinha três andares e, lendo nas entrelinhas, percebia-se que era de estilo eduardiano. Hathall não dispunha de garagem e deixava o carro na rua. Seria por falta de dinheiro ou por não ser capaz de descobrir um espaço para alugar numa garagem colectiva? Wexford não podia saber, e *Ginge* não seria capaz de lho dizer. Hathall saía para trabalhar por volta das nove da manhã e, ou ia a pé, ou apanhava o autocarro de West End Green até à estação de metro de West Hampstead, onde apanhava então o comboio da linha de Bakerloo para (presumivelmente) Piccadilly. Chegava a casa pouco depois das seis e, por várias vezes, *Ginge,* que se escondia numa cabina telefónica que ficava em frente do número 26 da Dartmeet Avenue, vira-o sair com o carro. *Ginge* sabia sempre quando Hathall estava em casa, porque nessas alturas havia uma luz acesa na janela do segundo andar. Nunca o vira acompanhado por ninguém, a não ser a mãe — pela descrição, só podia ser ela — que trouxera uma vez, de carro, num sábado à tarde. Mãe e filho haviam trocado algumas palavras secas, uma altercação em voz contida, ainda antes de chegarem à porta das escadas.

Ginge não tinha carro. Também não tinha emprego, mas a pequena quantia de que Wexford conseguia dispor para lhe pagar não compensava que passasse mais do que uma noite e, talvez, uma tarde de sábado ou de domingo por semana a observar Hathall. Podia facilmente ter acontecido que Hathall tivesse trazido a sua namorada para casa numa ou duas das outras seis noites. E, no entanto, Wexford mantinha a esperança. Talvez um dia... À noite, sonhava com Hathall; não muitas vezes, talvez de quinze em quinze dias, mas nesses sonhos via-o com a rapariga dos cabelos pretos e com a cicatriz no dedo; ou então via-o sozinho, como daquela vez em Bury Cottage, encostado à lareira, paralisado pelo medo, pela súbita consciência dos seus actos e... sim, pela tristeza.

«Na tarde de sábado, 16 de Junho, às 15.05, o suspeito foi visto em deslocação do seu domicílio, no número 26 de Dartmeet Avenue, para West End Lane, onde fez aquisições num supermercado...» Wexford praguejou. Era quase sempre assim. E que provas tinha ele de que *Ginge* estivera, de facto, ali na tarde de sábado, 15 de Junho, às 15.05? Naturalmente, *Ginge* diria que tinha lá estado porque havia uma libra a ganhar por cada sessão de observação. Chegou Julho, depois Agosto, e Hathall, a acreditar em *Ginge,* mantinha uma vida simples e regular: ia trabalhar, voltava para casa, fazia as compras aos sábados, por vezes dava uma volta de carro, à noite. A acreditar em *Ginge...*

Mas que se podia acreditar nele, até certo ponto, acabaria por ficar demonstrado em Setembro, pouco antes de fazer um ano que Angela fora morta.

«Há razões para crer», escrevera *Ginge,* «que o suspeito reformou o seu respectivo veículo, tendo este desaparecido dos seus locais habituais de parqueamento. Na noite de quinta-feira, 10 de Setembro, tendo chegado a casa, depois do seu expediente, às 18.10, deslocou-se às 18.50 do seu domicílio e tomou o autocarro da carreira número 28 em West End Green, NW6.»

Haveria aí alguma coisa? Wexford não quis acreditar nisso. Com o seu ordenado, Hathall podia perfeitamente manter o carro, mas também podia ter-se desfeito dele só por causa das dificuldades em arranjar lugar para o estacionar na rua. Fosse como fosse, era uma coisa boa, do ponto de vista de Wexford: Hathall podia agora ser seguido.

Wexford nunca escrevia a *Ginge.* Era demasiado arriscado. O pequeno espião dos cabelos ruivos podia não se fazer rogado a uma pequena chantagem, e se alguma carta caísse nas mãos de Griswold... Mandava os seus pagamentos em dinheiro, dentro de um envelope simples, sem pôr o remetente; e, quando tinha de falar com ele, o que, dada a pobreza das informações, raramente acontecia, podia sempre encontrá-lo entre o meio-dia e a uma da tarde num *pub* de Kilburn, chamado Countess of Castlemaine.

— Segui-lo? — perguntou *Ginge* nervosamente. — Mas como? Naquela porcaria do 28?

— Não vejo por que não. Ele nunca te viu, pois não?

— Talvez tenha visto, sim. Como é que hei-de saber? Não é nada fácil seguir um gajo numa porcaria de um autocarro.

O estilo falado de *Ginge* era vincadamente diferente do seu estilo literário, particularmente em relação à adjectivação.

— Se o tipo vai para o piso de cima, *por exemplo,* e eu ficar no de baixo, ou *viciversa?*

— E porque há-de haver *viciversas?* — disse Wexford. — Sentas-te no banco atrás do dele e manténs-te colado ao tipo. Certo?

Ginge não pareceu achar nada certo, mas concordou, ambiguamente, em tentar. Wexford ficou sem saber se tentara ou não, porque o relatório seguinte não fazia qualquer referência a autocarros. No entanto, quanto mais o estudava, com os seus circunlóquios de magistrado, mais interessado ficava.

«Estando na vizinhança de Dartmeet Avenue NW6, às 15.00 do dia 26 do corrente mês, tomei a decisão de investigar o local de domicílio do suspeito. No decorrer de uma conversa que mantive com o porteiro e durante a qual me fiz passar por funcionário da autarquia, inquiri sobre o número de apartamentos e fui informado de que naquele edifício só se alugam quartos...»

«Muito empreendedor da parte de *Ginge»,* foi o primeiro pensamento de Wexford; se bem que, provavelmente, só tivesse assumido aquele papel para impressionar o seu patrão, na esperança de que aquele esquecesse o exercício bem mais perigoso que era seguir Hathall no autocarro. Mas isso não tinha importância. O que espantou o inspector-chefe foi o facto de Hathall ser inquilino, e não condómino, e sobretudo inquilino de um simples quarto e não de um apartamento. Era estranho. Muito estranho. Hathall podia perfeitamente comprar um apartamento com um empréstimo. Porque não o fizera? Porque não pretendia ficar permanentemente domiciliado (como diria *Ginge*) em Londres? Ou porque tinha outros destinos para os seus rendimentos? Talvez ambas as coisas. Mas Wexford tomou-o como a circunstância mais peculiar que já descobrira na vida actual de Hathall. Mesmo com as rendas de Londres tão especulativas como eram, dificilmente pagaria mais do que quinze libras por semana, no máximo, por um quarto. Ainda assim, depois das deduções, devia estar a receber umas sessenta libras por semana. Wexford só tinha Howard como confidente, e foi com ele que falou, por telefone, sobre o assunto.

— Estás a pensar que está a manter alguém com o ordenado dele?

— Estou — disse Wexford.

— Digamos que são quinze para ele, mais quinze para ela, só em rendas de casa; e, se ela não estiver a trabalhar, também tem de suportar as despesas dela.

— Jesus! Nem sabes como é bom ouvir falar dela como uma pessoa de carne e osso: uma *ela*.

— Não foi um fantasma que fez aquela impressão na banheira, Reg. Não foi um ectoplasma. Ela existe.

Em Kingsmarkham tinham desistido. Tinham deixado de investigar. Griswold dissera «umas tretas quaisquer» — nas palavras de Wexford — quanto ao caso, dizendo que não estava encerrado. Mas estava *realmente* arquivado. As declarações de Griswold pretendiam apenas salvar a face. Mark Somerset arrendara Bury Cottage a um jovem casal americano de professores de Ciência Política na Universidade do Sul. O jardim da frente já fora arranjado e falavam em recuperar o das traseiras às suas próprias custas. Num dia, as ameixas caíam pesadamente da árvore, no dia seguinte tudo estava limpo. Wexford nunca soube se Nancy Lake ficara com as ameixas e as transformara em «doce de prodígios», porque nunca mais voltara a vê-la desde o dia em que lhe fora dito que deixasse Hathall em paz.

Durante quinze dias, não houve notícia de *Ginge*. Por fim, Wexford telefonou para o Countess of Castlemaine e foi-lhe dito que, nas noites em que fora vigiado, Hathall permanecera em casa. Contudo, *Ginge* voltaria a vigiá-lo nessa mesma noite e na tarde de sábado. Na segunda-feira, chegou o seu relatório. Hathall fizera as suas compras habituais no sábado, mas na noite anterior fora para a paragem do autocarro às sete horas. *Ginge* seguira-o, mas deixara-se intimidar (a expressão dele era «acautelara-se») pelos olhares desconfiados que Hathall lançava para trás; não o seguiu no autocarro da carreira 28, que o «suspeito» apanhou às sete e dez. Wexford deitou o relatório para o cesto dos papéis, irritado. Era só o que lhe faltava: que Hathall se apercebesse da presença de *Ginge* e o despistasse.

121

Passou mais uma semana. Wexford estava com vontade de deitar fora a próxima comunicação de *Ginge* sem sequer a ler. Sentia que não seria capaz de suportar mais nenhum relatório a dar conta das compras de sábado de Hathall. Mas acabou por abrir a carta. E lá estava, como sempre, aquele disparate habitual sobre as visitas de Hathall ao supermercado. Havia também, apensa casualmente, como se não tivesse importância, como se fosse só mais uma linha para acabar de encher o papel, uma nota onde dizia que, depois das compras, Hathall visitara uma agência de viagens.

— O sítio onde ele foi chama-se Sudamerica Tours, Howard. O *Ginge* não se atreveu a segui-lo até lá dentro; tem tripas de galinha, o cretino.

A voz de Howard soou seca e aguda:

— Estás a pensar o mesmo que eu?

— Claro. Um sítio qualquer onde não haja acordo de extradição connosco. Tem andado a ler as notícias sobre os assaltos aos comboios, e isso deve ter-lhe dado a ideia. Porcaria de jornais, fazem mais mal do que bem.

— Mas, meu Deus, Reg, ele deve estar meio morto de medo, se está a ponto de deixar o emprego e pôr-se a andar para o Brasil, ou coisa que o valha. Que vai ele fazer lá? Vai viver de quê?

— Faz como os passarinhos, sobrinho. Olha, Howard, importas-te de me fazer um favor? Podias ligar para a Marcus Flower e tentar saber se o vão mandar em serviço a qualquer lado. Eu não me atrevo a tanto.

— Pois eu atrevo-me — disse Howard. — Mas se fosse esse o caso, não seriam eles a pagar e a tratar de tudo?

— Pois, mas não iam pagar as despesas da rapariga dele, ou iam?

— Vou fazer o meu melhor. Volto a ligar-te ainda hoje, à tarde.

Seria por isso que Hathall andava a viver com tanta economia? Para poder pagar o bilhete da sua cúmplice? Teria de ter um emprego à sua espera, pensava Wexford, ou então teria de estar verdadeiramente desesperado por se pôr a salvo. Nesse caso, o dinheiro para dois bilhetes de avião teria de ser arranjado rapidamente. Lembrou-se de ter visto no *Kingsmarkham Courier* um anúncio de viagens ao Rio de Janeiro. Repescou-o de debaixo de uma pilha de papéis e olhou para a última página. Lá estava: a viagem de ida e volta custava pouco mais do que trezentas libras. Se se somasse um pouco mais, obter-se-ia com certeza o custo de dois bilhetes só de ida e encontrava-se a explicação para as poupanças de Hathall...

Ia deitar fora o jornal quando um nome na coluna de necrologias lhe chamou a atenção: Somerset.

«A 15 de Outubro, faleceu em Church House, Old Myringham, Gwendolyn Mary Somerset, esposa querida de Mark Somerset. O funeral sai da igreja de St. Lucas, a 22 de Outubro. Agradece-se que não sejam depostas flores; mas são bem-vindos donativos para o Lar dos Incuráveis de Stowerton.»

Então, a exigente e caprichosa esposa morrera finalmente. *A esposa querida?* Talvez tivesse sido. Ou talvez aquela fosse a hipocrisia habitual; uma fórmula tão corriqueira, tão velha e tão gasta que já nem sequer era bem hipocrisia. Wexford sorriu secamente e depois esqueceu o assunto. Foi para casa cedo — a cidade estava sossegada e sem crimes — e ficou à espera do telefonema de Howard.

O telefone tocou às sete, mas era a sua filha mais nova, Sheila. Ela e a mãe tagarelaram durante cerca de vinte minutos; depois disso, o telefone não voltou a tocar. Wexford esperou até às dez e meia e, depois, decidiu-se a marcar o número de Howard.

— Saiu mesmo, raios o partam! — disse Wexford, de mau humor, para a mulher. — É o máximo!

— Porque não havia de sair à noite? Tenho a certeza de que trabalha bastante durante o dia...

— E eu, não trabalho? Não ando é por aí a passear à noite quando prometi telefonar a alguém.

— Pois não. Mas se o fizesses, talvez a tua tensão arterial não subisse da maneira como está a subir agora — retorquiu Dora.

As onze horas voltou a tentar falar com Howard, mas continuou a não obter resposta e foi-se deitar com um estado de espírito lastimoso. Não surpreendia que tivesse outro sonho obsessivo com Hathall. Estava num aeroporto. O grande avião a jacto estava pronto para descolar e as portas já estavam fechadas, mas voltaram a abrir-se enquanto ele olhava. E lá apareceram, ao cimo da escada, como um casal real acenando à multidão, benevolente, Hathall e a mulher. Esta levantou a mão num gesto de despedida e ele viu a cicatriz em forma de L cintilando, vermelha; uma cicatriz escarlate. Mas antes que conseguisse subir a escada, como começara a fazer, esta dissolveu-se, o casal retirou-se e o avião ganhou altitude, desvanecendo-se no céu frio e azul do Inverno.

Porque será que, à medida que se envelhece, se tem tendência para acordar às cinco e não se é capaz de voltar a conciliar o sono? Terá alguma coisa a ver com o facto de o nível de açúcar ser baixo no sangue? Ou será que a chegada do amanhecer desperta uma atracção atávica? Wexford sabia que não seria capaz de voltar a adormecer; por isso, levantou-se às seis e meia e preparou o seu pequeno-almoço. Não lhe agradava a ideia de telefonar a Howard antes das oito; mas às sete e meia já estava tão nervoso e irrequieto que levou uma chávena de chá a Dora e saiu para trabalhar. Àquela hora, era evidente que Howard já teria saído para Kenbourne Vale. Começou a sentir-se amargamente ofendido, e os velhos sentimentos acerca de Howard voltaram a ganhar força. Era verdade que o sobrinho ouvira, cheio de compreensão, todas as suas conjecturas sobre aquele caso; mas o que pensava ele, na verdade? Que era uma fantasia do velhote? Histórias da carochinha de gente da província? Parecia fácil acreditar que Howard só alinhara em tudo aquilo para não contrariar o tio e para lhe fazer a vontade, mas que teria adiado o telefonema para a Marcus Flower até ter uma aberta nos seus afazeres de citadino, bem mais importantes. Provavelmente, ainda não o teria feito. Apesar de tudo, não valia a pena ficar paranóico, ao estilo de Hathall. Teria de ser humilde, telefonar para Kenbourne Vale e voltar a pedir-lhe.

Foi o que fez, às nove e meia. Howard ainda não tinha chegado e Wexford viu-se envolvido numa conversa interminável com o sargento Clements, um velho amigo dos tempos em que tinham trabalhado juntos no caso do homicício do cemitério de Kenbourne Vale. Wexford era uma pessoa demasiado delicada para cortar a palavra ao sargento logo após este lhe ter dito que Howard estava retido numa reunião com os grandes chefes, e resignou-se a ouvir tudo sobre o filho adoptivo de Clements, a sua próxima e esperada filha adoptiva e a sua nova *maisonette*. Deixaria uma mensagem para o superintendente-chefe, disse Clements, mas este não era esperado antes do meio-dia.

O telefonema surgiu, finalmente, às dez horas.

— Tentei apanhar-te em casa antes de sair, mas a Dora disse-me que já tinhas saído — disse Howard. — Ainda não tive um minuto para respirar, desde que cheguei, Reg.

Havia um tom de excitação incontível na voz do sobrinho. Talvez tivesse sido promovido outra vez, pensou Wexford, e disse, de forma pouco calorosa:

— Mas disseste que telefonavas ontem à noite.

— E telefonei. Às sete horas. Mas tinhas o telefone ocupado. Depois disso, não pude voltar a ligar. Fui com a Denise ao cinema.

O tom de voz divertido — até mesmo prazenteiro — de Howard foi a gota de água que o fez transbordar. Esquecendo as formalidades em relação ao posto do sobrinho, Wexford explodiu:

— Encantador! — escarneceu. — Espero que as pessoas que estavam atrás de vocês tenham passado o filme todo a dar à língua, que os que estavam na fila da frente tenham vomitado nas cadeiras e que os do balcão tenham deixado cair cascas de laranja em cima de ti. Então e o meu homem? Então e a minha história da América do Sul?

— Ah, isso! — disse Howard, e Wexford ia jurar que teria ouvido uma gargalhada. — O homem vai deixar a Marcus Flower. Despediu-se. Não consegui saber mais do que isto.

— Obrigado. Só isso?

Howard estava, decididamente, a rir às gargalhadas.

— Ah, Reg, sou muito mauzinho por te manter na dúvida, mas estavas mesmo a pedir! És um raio de um velho diabo irascível, e não consegui resistir — controlou o riso e, de súbito, a sua voz tornou-se solene, comedida. — Não é, de maneira nenhuma, só *isso*. Eu vi-o.

— Tu quê? Queres dizer que falaste com o Hathall?

— Não; quero dizer que o vi. Mas ele não estava sozinho. Estava com uma mulher. Vi-o com uma mulher, Reg.

— Oh, meu Deus! — disse Wexford baixinho. — «E o Senhor o entregou nas minhas mãos.»

CAPÍTULO 13

S e fosse a ti, não teria assim tanta certeza disso — disse Howard. — Pelo menos, por enquanto. Mas eu conto-te tudo, se queres. Não é engraçado que eu tenha dito que não achava que alguma vez voltasse a vê-lo? Mas vi-o, e reconheci-o, ontem à noite. Ouve, que eu já te digo como foi.

Na noite anterior, Howard tentara telefonar ao tio, às sete horas, mas o telefone estava impedido. Uma vez que só tinha más notícias para lhe dar, decidiu voltar a tentar na manhã seguinte, porque tinha pouco tempo disponível no escritório. Ele e Denise iam jantar ao West End, antes de irem à sessão das nove de um filme que estava a passar no cinema Curzon, e Howard estacionara o carro perto do cruzamento da Curzon Street com a Half Moon Street. Tinha uns minutos disponíveis, a curiosidade levara-o a observar o exterior do local para onde telefonara durante o dia. Ele e Denise dirigiam-se para o edifício da Marcus Flower, quando ele viu um homem e uma mulher dirigindo-se igualmente para lá, vindos da direcção oposta. O homem era Robert Hathall.

Pararam junto à janela do rés-do-chão e espreitaram lá para dentro, apreciando os cortinados de veludo, as estantes Wilton que corriam de parede a parede e a escada em mármore. Hathall parecia estar a mostrar à sua acompanhante os esplendores e a elegância do lugar onde trabalhava. A mulher era de estatura mediana, com bom aspecto, mas sem ser especialmente atraente, e tinha o cabelo louro, muito curto. Howard pensava que ela deveria andar pelos seus trinta anos.

— O cabelo poderia ser uma peruca? — perguntou Wexford.

— Não, mas podia ser pintado. Naturalmente, não lhe vi a mão. Estavam a conversar de uma maneira que me pareceu muito afectuosa e, pouco depois, afastaram-se em direcção a Piccadilly. E, já agora, olha que não consegui ver o filme como deve ser. Dadas as circunstâncias, não me consegui concentrar.

— Não disseram adeus para sempre, Howard. Não anularam os seus votos. Está tudo a correr como eu previ. E agora só pode ser uma questão de tempo até a encontrarmos.

O dia seguinte era o seu dia de descanso, a sua folga. O comboio das dez e meia, vindo de Kingsmarkham, deixou-o em Victoria Station quase às onze e meia e, por volta do meio-dia, estava em Kilburn. Wexford não conseguia descortinar qual teria sido o rasgo de imaginação romântica que levara alguém a baptizar aquele *pub* quase esquálido dos tempos vitorianos com o nome da principal cortesã de Carlos II.

Ficava num desvio da Edgware Road e tinha o ar de um *gin palace* do século XIX caído em desgraça. *Ginge* Matthews estava sentado num banco alto junto ao balcão, numa conversa animada e, aparentemente, de desagravo com o *barman* irlandês. Quando viu Wexford, abriu muito um dos olhos. O outro estava meio fechado e mergulhado em pregas de pele de todas as tonalidades de roxo.

— Leva a tua bebida ali para a mesa do canto — disse-lhe Wexford. — Já lá vou ter contigo. Dê-me um copo de vinho branco seco, por favor.

Ginge não era parecido com o irmão, não falava como ele e decerto não fumava como ele. Contudo, via-se que tinham algo em comum, para além do facto de ambos terem inclinação para os crimes menores. Talvez um dos progenitores tivesse sido possuído por uma personalidade dinâmica, ou talvez até houvesse alguma coisa excepcionalmente vital nos seus genes. Fosse o que fosse, levava Wexford a dizer que os irmãos Matthews eram pessoas iguais às outras, mas apenas mais iguais. Ambos tinham tendência para fazer tudo de forma excessiva: *Monkey* fumava sessenta cigarros *king-size* por dia. *Ginge* não fumava nenhum, mas, quando tinha dinheiro para isso, bebia uma mistela de *Guiness* com *Pernod*.

Ginge não falava a *Monkey* havia mais de quinze anos, e *Monkey* pagava na mesma moeda. Tinham entrado em desacordo devido à incrível trapalhada em que haviam tornado uma tentativa de assalto a uma loja de peles em Kingsmarkham. *Ginge* fora preso e *Monkey* ficara em liberdade — *Ginge* sempre pensara, com muita razão, que era uma grande injustiça — e depois de sair da gaiola o mais novo dos irmãos batera a asa para Londres e casara com uma viúva que era proprietária da casa onde vivia e de um pequeno pecúlio. *Ginge* depressa gastara o dinheiro e ela, talvez por vingança, presenteara-o com cinco filhos. Por isso, quando Wexford veio ter com ele à mesa do canto, não procurou saber do irmão, a quem culpava de tantos dos seus infortúnios. Mas limitou-se dizer, com amargura:

— Vê o meu olho?

— Claro que vejo. Que raio é que andaste a fazer? Foste de encontro ao punho da tua mulher?

— Muito engraçado. Já lhe digo quem me fez isto: foi o sacana do Hathall. Ontem à noite, quando eu estava a segui-lo até à paragem do 28.

— Valha-me Deus! — disse Wexford, espantado. — Queres dizer que ele te chegou a roupa ao pêlo?

— Obrigado pela sua simpatia.

O rosto redondo e pequeno de *Ginge* corara até ficar quase da cor do cabelo.

— Claro que o tipo tinha de dar por mim, mais cedo ou mais tarde, por causa da porcaria deste cabelo que eu tenho. Mas não tinha razão nenhuma para se voltar de repente e enfiar-me um soco no olho, ou tinha?

— E foi isso que ele fez?

— É como lhe estou a dizer. Golpeou-me. A patroa até disse que eu parecia o Henry Cooper. Mas só lhe digo que não achei gracinha nenhuma.

Com ar preocupado, Wexford perguntou:

— Conseguiste estancar a hemorragia?

— Acabou por parar, claro que acabou. Mas ainda não fechou, e ainda se vê a porcaria do...

— Por amor de Deus! Vê se paras de dizer «porcaria» por tudo e por nada. Estás a azedar-me o vinho. Olha, *Ginge,* lamento o que te aconteceu, mas não houve grande mal. Obviamente, tens de ser mais discreto. Experimenta usar um chapéu, por exemplo...

— Não volto a fazer isto, Mr. Wexford.

— Deixa lá isso agora. Deixa-me pagar-te mais um desses... dessa coisa. O que é que chamam a isso?

— Pede-se meia caneca de *Guiness* com um *Pernod* duplo misturado — Ginge acrescentou, com ar mais animado e orguhoso: — Não sei o que é que lhe chamam, mas eu cá chamo-lhe *Demon King.*

A mistura tinha um cheiro pestilento. Wexford foi buscar mais um copo de vinho branco para si e *Ginge* observou:

— Você com isso não engorda.

— A ideia é essa. Agora diz-me lá para onde vai esse autocarro 28.

Ginge emborcou uma golada do seu *Demon King* e disse, com extrema rapidez:

— Golder's Green, Child's Hill, Fortune Green, West End Lane, West Hampstead Station, Quex Road, Kilburn High Road...

— Por amor de Deus! Não conheço nada disso, esses nomes não me dizem nada. Onde é que isso acaba?

— Em Woodsworth Bridge.

Wexford ficou desapontado com aquela resposta, mas, ao mesmo tempo, sentiu-se satisfeito por estar, ao menos uma vez, em pé de igualdade perante aqueles conhecimentos tão sofisticados de *Ginge.*

— Então, vai só ver a mãe a Balham. Isso é perto de Balham.

— Para onde aquele autocarro vai, não é nada perto de Balham. Olhe, Mr. Wexford — respondeu *Ginge,* com ar indulgente — você não conhece Londres, foi você mesmo quem mo disse. Eu vivo aqui há quinze anos e digo-lhe que ninguém no seu perfeito juízo vai para Balham por esse caminho. Apanha-se o metro para West Hampstead e muda-se para a linha Norte em Waterloo ou no Elephant. Está bom de ver que era o que ele faria.

— Nesse caso, é porque ele sai algures a meio do caminho. *Ginge,* fazes-me uma coisa? Há algum *pub* perto da paragem onde o tens visto apanhar o autocarro?

— Há, do outro lado da rua.

— Vamos dar-lhe uma semana. Se ele não se queixar da tua presença na próxima semana... está bem, pronto, eu sei que tu é que tens razões de queixa dele... mas se ele não se ralar, ficamos a saber que, ou ele acha que tu és apenas um potencial assaltante...

— Obrigadinho...

— ...e nesse caso, não vê ligação nenhuma comigo — continuou Wexford, ignorando a interrupção — ou está demasiado assustado para se atrever a chamar as atenções nesta altura. Mas, a partir da próxima segunda-feira, quero que fiques de plantão nesse *pub* a partir das seis e meia, durante toda a semana. Basta que vejas quantas vezes ele apanha o autocarro. Fazes-me isso? Não quero que o sigas; não corres risco nenhum.

— A conversa é sempre a mesma — respondeu *Ginge.* — Acho bem que se lembre de que ele já tratou da saúde à outra. Quem é que vai tomar conta da patroa e dos putos se o tipo me limpa o sarampo com a porcaria do colar de ouro que usou da outra vez?

— Quem? A mesma que sempre tomou conta deles: a Segurança Social...

— Você tem cá uma língua!

Desta vez, *Ginge* falara exactamente como o irmão e, por um momento, tornou-se parecido com ele, quando um brilhozinho ganancioso surgiu no seu olho são:

— E que é que eu ganho com isso?

— Uma libra por dia — respondeu Wexford. — E tantos desses... ah... dessa porcaria de *Demon Kings...* quantos consigas meter no bucho enquanto lá estiveres.

Wexford aguardava ansiosamente outra chamada do chefe, mas não a recebeu. Ao fim de uma semana, teve a certeza de que Hathall não se ia queixar. Isso, tal como dissera a *Ginge,* significava apenas que Hathall estaria convencido de que o homem que andava a segui-lo pretendia assaltá-lo e daí que tivesse resolvido fazer justiça pelas suas próprias mãos. A única coisa certa, contudo, era que não poderia voltar a usar o homenzinho ruivo, fosse o que fosse que descobrisse com as observações do *pub.* E o facto de saber quantas vezes Hathall apanhava o autocarro não lhe ia servir de muito, se não podia pôr ninguém a segui-lo lá dentro.

As coisas continuavam muito calmas em Kingsmarkham. Ninguém se oporia a que gozasse os quinze dias de férias a que ainda tinha direito. As pessoas que deixam as férias de Verão para Novembro são sempre muito populares entre os colegas. Tudo dependia de *Ginge.* Se se chegasse à conclusão de que Hathall apanhava o autocarro todos os dias, porque não havia ele de tirar férias e aproveitar para o seguir de carro? Seria difícil, com o trânsito em Londres, que sempre o intimidava, mas não tão difícil assim, se fosse fora das horas de ponta. E apostaria dez contra um, ou até cem contra um, em como Hathall não daria por ele. Quem anda nos autocarros não olha para quem vai a conduzir os carros. Ninguém, dentro de um autocarro, consegue ver o condutor do carro que vai atrás. Se, ao menos, soubesse quando Hathall ia deixar a Marcus Flower, e quando ia tentar sair do país...

Mas tudo isso foi afastado do seu pensamento por um acontecimento que nunca poderia ter previsto. Convencera-se de que a arma do crime nunca seria encontrada, de que estaria sepultada no fundo do Tamisa ou fora atirada para uma lixeira qualquer. Quando a jovem professora de Ciência Política lhe telefonou a dizer que os homens que andavam a escavar no jardim das traseiras de Bury Cottage tinham encontrado o colar e que o senhorio, Mr. Somerset, a aconselhara a informar a polícia, o seu primeiro pensamento foi que agora podia vencer os escrúpulos de Griswold; agora podia enfrentar Hathall. Seguiu no carro da polícia por Wool Lane — reparando, pelo caminho, numa placa que dizia «Vende-se», à porta de Nancy Lake — e depois caminhou sobre a terra devastada, que mais parecia uma mina a céu aberto, do que fora, em tempos, o jardim das traseiras de Robert Hathall. Havia um monte de pedras de Westmoreland a um dos cantos e uma escavadora mecânica perto da garagem. Iria Griswold dizer que ele devia ter revolvido o jardim todo? Quando se procura uma arma, não se esventra um jardim onde há apenas relva, sem uma única nesga de terra fresca à vista. Não havia o menor indício de a relva ter sido cortada ou remexida. Tudo fora passado a pente fino. Mas, então, como tinha Hathall, ou a sua cúmplice, conseguido enterrar o colar e repor a relva no lugar sem deixar vestígios?

A professora, Mrs. Snyder, explicou-lhe:

— Havia aqui uma espécie de cavidade. Uma fossa... séptica, não é como se chama? Acho que foi isso que Mr. Somerset lhe chamou...

— Sim, uma fossa séptica — disse Wexford. — O colector de esgotos de Kingsmarkham só aqui chegou há cerca de vinte anos. Antes disso usavam-se fossas sépticas.

— Meu Deus! E porque não a fecharam? — perguntou Mrs. Snyder com o ar espantado de nativa de um país mais rico e mais higiénico. — Bom, mas então, o colar estava lá dentro disso, seja lá o que for que lhe chamem. Aquela coisa... — apontou para a escavadora — arrombou-a. Pelo menos, foi o que os homens me disseram. Eu, pessoalmente, não vi. Não quero que pareça que estou a criticar o vosso país, comandante, mas uma coisa destas! Uma fossa!

Extremamente divertido com o seu novo título, que o fazia sentir-se um oficial da marinha, Wexford disse que compreendia perfeitamente que aqueles métodos primitivos de as pessoas se desfazerem dos seus dejectos não fossem agradáveis de contemplar — mas onde estava o colar?

— Lavei-o e guardei-o no armário da cozinha. Lavei-o com anti-séptico.

Isso agora tinha pouca importância. Depois de uma imersão tão prolongada, o objecto já não teria impressões digitais, mesmo admitindo que alguma vez as pudesse ter tido. Mas o seu aspecto surpreendeu-o. Ao contrário do que supusera, não era composto por elos, mas sim um colar sólido de metal cinzento e de onde quase todo o folheado desaparecera; tinha a forma de uma serpente enrolada cuja cabeça passava, quando o colar estava fechado, por dentro de uma argola, junto à cauda. Agora conseguia encontrar a resposta para uma coisa que andara a intrigá-lo havia muito tempo. Aquilo não era nenhuma corrente que se pudesse partir se fosse sujeita a uma pressão exagerada, mas sim uma arma perfeita para um estrangulador. Tudo o que a cúmplice de Hathall tivera de fazer fora aproximar-se por detrás da sua vítima, agarrar a cabeça da serpente e puxar...

Mas como poderia aquilo ter ido parar à fossa, que já não era usada? A tampa de metal que se usava quando a fossa era despejada fora escondida sob uma camada de terra sobre a qual crescera uma relva tão cerrada que os homens de Wexford nem sequer desconfiaram de que ali pudesse estar. Telefonou a Mark Somerset.

— Acho que lhe sei dizer como aquilo foi lá parar — disse Somerset. — Quando montaram o colector principal, o meu pai, por uma questão de economia, só fez a ligação para a chamada «água residual». As águas dos banhos e do lava-louças continuaram a ser depositadas na fossa. Bury Cottage fica numa ligeira encosta, por isso ele sabia que aquilo nunca chegaria a transbordar, e que havia sempre de escoar.

— Quer dizer que alguém podia simplesmente deitar aquilo pelo cano do lava-louças?

— Não vejo por que não. Se esse alguém abrisse depois as torneiras completamente, ia de certeza parar à fossa.

— Obrigado, Mr. Somerset. Foi uma grande ajuda. Já agora, gostava de... hum... de lhe expressar os meus sentimentos pelo falecimento da sua esposa.

Seria a sua imaginação, ou Somerset soava-lhe, de facto e pela primeira vez, pouco à-vontade?

— Ah, sim, pois. Obrigado — balbuciou. E desligou o telefone abruptamente.

Depois de o colar ser examinado pelos peritos do laboratório, Wexford pediu para ser recebido pelo chefe. O pedido foi aceite e ficou marcada uma reunião para a tarde de sexta-feira. Às duas da tarde desse dia, Wexford estava na própria casa de Griswold, uma casa de campo com ar pouco campestre e um pouco desarranjada e que ficava numa aldeia chamada Millerton, entre Myringham e Sewingbury. Era conhecida por Hightrees Farm, mas Wexford chamava-lhe, em privado, Millerton-*Les Deux Églises*.

— Que o leva a pensar que esta foi a arma do crime? — foram as primeiras palavras de Griswold.

— Tenho a impressão de que este é o único tipo de colar que poderia ter sido usado, *sir*. Uma corrente ter-se-ia partido. Os rapazes do laboratório dizem que os restos de folheado que há no colar condizem com os restos que foram encontrados no pescoço de Angela Hathall. Claro que não podem dar certezas.

— Mas suponho que eles também têm «impressões»? Tem alguma razão para acreditar que esse colar não estava lá caído há vinte anos?

Wexford achou que era melhor não mencionar as suas «sensações» de novo.

— Não, não tenho. Mas posso vir a ter, se puder falar com o Hathall.

— Ele não estava lá quando ela foi morta — disse Griswold; e os cantos da sua boca descaíram. O seu olhar tornou-se muito duro.

— Mas estava a namorada.

— Onde? Quando? Acho que ainda sou o chefe da polícia do Mid-Sussex, onde este crime foi perpetrado. Porque não me foi revelada a identidade dessa cúmplice que, pelos vistos, foi descoberta?

— Eu não a descobri propriamente...

— Reg — disse Griswold com uma voz que começava a tremer de raiva —, tem mais alguma prova da cumplicidade de Hathall nisto do que as que tinha há catorze meses? Tem uma única prova concreta? Já lhe perguntei isto antes, e volto a perguntar-lhe agora. Tem?

Wexford hesitou. Não podia revelar que tinha posto alguém a seguir Hathall, e muito menos que o superintendente-chefe Howard Fortune, seu próprio sobrinho, o tinha visto com uma mulher. Que provas de homicídio é que podia haver no facto de Hathall andar a fazer economias ou de ter vendido o seu carro? Que culpabilidade é que podia ser demonstrada pelo facto de o homem estar a viver no norte de Londres, ou de apanhar um autocarro? Claro que havia aquela história da América do Sul... Sombriamente, Wexford teve de dizer a si próprio onde aquilo tudo levava: a nada. Não tinha provas nenhumas de que Hathall tivesse arranjado um emprego na América do Sul e, muito menos, de que tivesse sequer comprado um guia turístico ou um bilhete de avião fosse para onde fosse. Apenas fora visto a entrar para uma agência de viagens — e visto por um homem que tinha cadastro...

— Não, *sir*.

— Então, a situação mantém-se inalterada. Totalmente inalterada. Lembre-se disso.

CAPÍTULO 14

Ginge fizera o que lhe fora pedido e, na sexta-feira, 8 de Novembro, chegou um relatório seu onde dizia que tinha estado no seu posto de observação no *pub* todas as tardes e que, em duas delas, a de segunda e a de quarta-feira, Hathall aparecera em West End Green pouco antes das sete e apanhara o autocarro 28. Isso, pelo menos, já era qualquer coisa. Deveria ter havido outro relatório na segunda-feira, mas, em vez disso, aconteceu o impossível: *Ginge* telefonou. Estava a falar de uma cabina e não tinha, segundo disse a Wexford, muitas moedas; além disso, sabia que um homem de bem, como o inspector-chefe, certamente o reembolsaria dessa despesa.

— Dá-me o número, que eu ligo para aí.

Santo Deus! Quanto mais ainda teria de suportar do seu próprio bolso? Era a vez de os contribuintes avançarem. *Ginge* atendeu antes de o telefone tocar segunda vez.

— Deve ser coisa boa, *Ginge,* para te levar a telefonar!

— Acho que é bom à brava — disse *Ginge* envaidecido. — Vi o tipo com uma ginja, foi o que foi.

Nunca se atinge duas vezes o mesmo estado de exaltação. Wexford já ouvira aquelas palavras — ou outras, mas com o mesmo sentido — e desta vez não se pôs a deliberar sobre o facto de «o Senhor o ter depositado nas suas mãos». Em vez disso, perguntou onde e quando.

— Está a ver aquela questão de eu me pôr naquele *pub* a observar a porcaria da paragem do autocarro? Ora bem, pus-me cá a pensar que também não me faria mal nenhum voltar lá no domingo — para ter a certeza de que garantia sete dias de pagamento e de *Demon Kings,* pensou Wexford. — Pois então, lá estava eu, no domingo, à hora do almoço, *quer-se dizer,* ontem... e olho lá para fora e lá estava ele. Era para aí uma hora e chovia a potes. Ele estava de gabardina e tinha o chapéu-de-chuva aberto. Não parou para apanhar o autocarro; seguiu em frente. Desceu a West End Lane. Bem, nem sequer me passou pela cabeça seguir o tipo. Vi-o passar e pronto. Mas comecei a pensar que era melhor pôr-me a andar e ir ao meu almocinho. É que a patroa gosta de ter o almoço na mesa à uma e meia em ponto... e lá vou eu para a estação.

— Qual estação?

— *Wes' Hamsted Stéshin'* — disse *Ginge,* numa imitação bem conseguida de um condutor de autocarro indiano. Deu uma gargalhadinha, satisfeito consigo. — Quando lá chego, vou a pôr uma moeda na máquina, porque é só uma estação até Kilburn, quando vejo o indivíduo encostado à porcaria da barreira. Estava de costas para mim, graças a Deus. Vai daí, esgueiro-me para o quiosque dos jornais e finjo que estou a apreciar as revistas de miúdas, que eles têm lá uma boa selecção delas. Bom, mas lembrei-me do meu dever para consigo, Mr. Wexford, e, quando vejo o meu comboio a chegar, não desato a correr pela porcaria das escadas acima; não senhor! Fico à espera. Pelas escadas vêm umas vinte pessoas. Não me atrevi a voltar-me, porque não quis levar nenhum soco no outro olho, mas quando me pareceu que a costa estava livre, espreitei por cima do ombro e ele já se tinha pirado.

«Voltei a correr como um possesso para a West End Lane, e chovia como Deus queria. Mas lá à frente, a caminho de casa, vai o filho da mãe do Hathall mais a ginja. Muito juntinhos, os dois debaixo da porcaria do chapéu dele, e a tipa levava uma daquelas gabardinas de plástico transparente, com o capuz na cabeça. Não consegui ver mais nada dela, mas estava com uma saia comprida, toda encharcada. Depois, pus-me a andar para casa e ainda tive de ouvir a minha patroa, porque cheguei atrasado para a porcaria do almoço.»

— A virtude paga-se a si própria, *Ginge*.

— Lá isso não sei — disse *Ginge* —, mas se quer saber quanto me vai pagar, entre ordenado e *Demon Kings,* a conta é de quinze libras e sessenta. A porcaria do custo de vida está terrível, não está?

Logo que pousou o auscultador, Wexford decidiu que não seria necessário pensar mais em seguir um homem num autocarro. Porque esse homem só apanhava o autocarro até West Hampstead Station; e no domingo fora a pé, porque levava chapéu-de-chuva, e chapéus-de-chuva são sempre um problema dentro dos autocarros. Agora devia ser possível apanhar Hathall e a mulher juntos, e depois segui-los até Dartmeet Avenue.

— Ainda tenho quinze dias de férias para gozar — disse Wexford para a mulher.

— Tens pelo menos três meses de férias em atraso, se contares com o que foi ficando dos outros anos.

— Pois agora vou aproveitar para equilibrar a conta. Para a semana, talvez.

— O quê? Em Novembro? Mas então temos de ir para algum sítio quente. Dizem que Malta é muito agradável em Novembro.

— Chelsea também é. E é para lá que vamos.

A primeira coisa a fazer nas «férias» era familiarizar-se com uma parte de Londres até aí desconhecida. Sexta-feira, 22 de Novembro, estava um dia agradável, com muito sol. Aparentemente, podia ser Junho, mas a temperatura era de Janeiro. Que melhor maneira haveria para ir até West Hampstead do que o autocarro da carreira 28? Howard dissera-lhe que o percurso incluía a King's Road, a caminho de Woodsworth Bridge; por isso, não seria uma caminhada muito grande desde Teresa Street até à paragem mais próxima. O autocarro seguia por Fulham até West Kensington, numa área de que se lembrava bem, dos tempos em que ajudara Howard no outro caso, e reparou com satisfação que certos traços da paisagem ainda lhe eram familiares. Mas depressa se viu em território desconhecido — e que território, vasto e variado! A desmesura de Londres surpreendia-o sempre. Quando *Ginge* começara a debitar os nomes das paragens daquela carreira, Wexford não fazia qualquer ideia de como a lista era comprida. Ingenuamente, acreditara que *Ginge* tivesse dito mais dois ou três nomes, se ele não tivesse interrompido, e depois o terminal, quando, na verdade, havia pelo menos mais uma dúzia. A medida que o condutor ia apregoando «Church Street», «Notting Hill Gate», «Pembridge Road», sentia crescer o alívio por Hathall apanhar o autocarro apenas até West Hampstead Station.

A estação de West Hampstead surgiu, finalmente, ao fim de três quartos de hora. O autocarro prosseguiu por uma ponte que passava por cima de linhas de caminho-de-ferro e passou por mais duas estações que ficavam do outro lado: West End Lane e outra estação de West Hampstead, mas de uma linha suburbana qualquer. Vinha a subir desde que deixara Kilburn e continuou a subir por um caminho estreito e sinuoso, West End Lane, até que chegou a West End Green. Wexford apeou-se. O ar estava fresco, não apenas em comparação com o de Chelsea, mas quase tão despoluído como o de Kingsmarkham. Sub-repticiamente, consultou o seu guia de Londres. Dartmeet Avenue ficava a cerca de quatrocentos metros para leste, e isso surpreendeu-o um pouco. Certamente, Hathall poderia ir a pé até à estação de West Hampstead em cinco minutos; porquê apanhar um autocarro? Mas era o que *Ginge* o via fazer. Talvez apenas não gostasse de andar a pé.

Wexford encontrou a Dartmeet Avenue com facilidade. Era uma rua empinada, como quase todas as ruas dali, e ladeada por boas casas, bastante altas, feitas em tijolo vermelho. Algumas tinham sido modernizadas e cobertas com estuque; as janelas de guilhotina haviam dado lugar a janelas de um só vidro. Árvores altas, agora quase nuas, erguiam-se junto aos prédios, passando por cima das cornijas; havia árvores adultas a crescer nos passeios, sem qualquer arranjo especial à volta. O número 62 tinha um jardim à frente, todo ele silvas e ervas daninhas. Havia três caixotes de lixo, de plástico, com um enorme 62 pintado a cal mesmo à entrada. Wexford viu a cabina telefónica de onde *Ginge* mantivera as suas vigílias e viu a janela que devia ser a de Hathall. Poderia ganhar alguma coisa em conversar com o porteiro? Concluiu que não. O homem iria depois dizer a Hathall que aparecera alguém a fazer perguntas sobre ele, descreveria esse alguém, e haveria mais lenha para deitar à fogueira. Virou costas ao prédio e caminhou devagar de regresso a West End Green, procurando os becos, os vãos de escada e as árvores que lhe poderiam servir de abrigo, caso decidisse seguir, ele próprio, Hathall. O dia acabava cada vez mais cedo. As noites eram longas e escuras. E num carro...

O autocarro 28 partiu pela Fortune Green Road logo que ele chegou à paragem. Era um serviço bastante bom e muito frequente. Wexford interrogou-se, enquanto se sentava mesmo atrás do condutor, se Robert Hathall alguma vez se teria sentado naquele mesmo lugar e olhado através daquela janela para as três estações e para as linhas de caminho-de-ferro, reflectindo a luz. Esse tipo de pensamento, no entanto, estava a tornar-se obsessivo, e tinha de evitar que isso acontecesse. Mas era impossível refrear a interrogação, que sempre voltava, de saber por que razão Hathall apanhava o autocarro só para ir até àquele ponto. A mulher, quando vinha a casa de Hathall, utilizava o comboio. Talvez Hathall não gostasse do comboio metropolitano, talvez o enjoasse ir de metro para o emprego; e assim, quando ia a casa dela, preferia a descontracção de um passeio de autocarro.

Levou cerca de dez minutos para chegar a Kilburn.

Ginge, que era tão certo estar no Countess of Castlemaine ao meio-dia como é certo que o sol nasce todos os dias ou que o trovão se segue ao relâmpago, estava encostado ao balcão. Acariciava meio copo de *bitter* mas, quando viu o seu patrão a chegar, afastou o copo com o mesmo gesto de quem abandona a colher no prato da sopa que só comeu até meio, porque chegara o seu bife. Wexford pediu um *Demon King* pelo nome e sem descrever os ingredientes. O *barman* compreendeu.

— Este safado dá-lhe um trabalho dos diabos, não é? — *Ginge* passou para uma mesa de alcova. — Você está sempre a caminhar no escuro. Mas não se deixe apanhar pelo clima. Quando uma pessoa se deixa apanhar por uma coisa destas pode acabar na fossa.

— Não sejas tão pessimista — disse Wexford, cuja mulher lhe dissera quase a mesma coisa, nessa manhã, embora com palavras um pouco mais refinadas. — Isto já não vai demorar muito mais, de qualquer das maneiras. Na semana que vem já deve estar tudo acabado. Agora, o que eu quero é que tu...

— Eu já não vou servir para mais nada, Mr. Wexford — *Ginge* falou com uma determinação aparentemente inabalá-vel. — Você pôs-me nisto para o apanhar com uma tipa; e eu apanhei-o com ela. A partir daqui, é consigo.

— *Ginge* — começou Wexford em tom de pedincha — é só vigiar a estação durante a próxima semana, enquanto eu vigio a casa.

— Não — disse *Ginge*.

— És um cobarde.

— A cobardia — respondeu *Ginge,* exibindo a sua habitual dificuldade em fazer a sua mestria da língua escrita condizer com a falada —, não tem a ver com isto — hesitou e disse, com aqui-lo que poderia ser tomado por modéstia ou por vergonha: — Tenho um emprego.

Wexford quase se engasgou. Um *emprego?* Noutros tempos, essa palavra fora usada exclusivamente, por *Ginge* e pelo irmão, para dizer que iam ter uma actividade criminosa.

— Estás a querer dizer-me que tens trabalho pago?

— Não sou eu. Não é bem isso.

Ginge contemplou o seu *Demon King* tristemente e, erguendo o copo, deu um golo cheio de delicadeza e com uma espécie de nostalgia. *Sic transit gloria mundi;* fora bom enquanto durara.

— Quem arranjou trabalho foi a mulher. Uma porcaria de trabalho como *barmaid*. Todas as noites e aos domingos — *Ginge* parecia um pouco embaraçado. — Não sei o que lhe deu.

— Pois eu não sei é por que razão isso te impede de trabalhar para mim.

— Até parece que você nunca teve uma porcaria de uma família para tratar. Alguém tem de ficar em casa e tomar conta dos miúdos, não?

Wexford conseguiu reter o seu ataque de riso até chegar à rua. O riso fez-lhe bem: descarregou a irritação febril que a recusa de *Ginge* em colaborar consigo lhe provocara, ao princípio. Mas agora podia desenvencilhar-se sozinho, pensava, enquanto voltava a entrar no autocarro 28. E, de futuro, andaria de carro. Do seu carro poderia observar a estação de West Hampstead ao domingo. Com um pouco de sorte, Hathall encontrar-se-ia aí com a mulher, tal como fizera no domingo anterior. E, a partir do momento em que a mulher fosse descoberta, que diferença fazia que Hathall soubesse que tinha sido seguido? Quem poderia censurar Wexford por ter desobedecido às regras, se essa desobediência resultasse em sucesso?

Mas Hathall não se encontrou com a mulher no domingo e, à medida que a semana se aproximava do fim, Wexford admirava-se com a capacidade de Hathall para o iludir. Pôs-se a vigiar a Dartmeet Avenue todas as noites, mas nunca viu Hathall e só a janela do quarto lhe comprovava que ele lá estava. Na segunda, terça e quarta-feira estava lá antes das seis e viu entrar três pessoas para o prédio, entre as seis e as sete. Não havia sinais de Hathall. Por qualquer razão, o tráfego estava particularmente complicado na tarde de quinta-feira. Eram seis e um quarto quando finalmente chegou à Dartmeet Avenue. Chovia fortemente e a longa artéria empinada estava escura. Apenas brilhava, aqui e ali, uma ou outra luz reflectida no pavimento. O local estava deserto, à excepção de um gato que passou, furtivo, por entre os caixotes do lixo e se esgueirou através de uma abertura no muro do jardim.

Havia uma luz acesa num quarto do rés-do-chão e via-se uma luz mais fraca por cima da bandeira da porta da frente. A janela de Hathall estava escura, mas assim que Wexford puxou o travão de mão e desligou o motor, a janela tornou-se um quadrado amarelo brilhante. Hathall estava lá; chegara talvez um minuto ou dois antes da própria chegada de Wexford. Por alguns segundos, a janela manteve-se brilhante. Depois, uma mão invisível correu as cortinas, de forma que ele não conseguia ver mais do que meras linhas perpendiculares de luz, como se fossem fios fosforescentes fulgurando na fachada obscura e húmida.

A excitação que aquela visão lhe provocara arrefeceu quando se passaram duas horas e Hathall continuou sem aparecer. Às nove e meia, saiu um homenzinho de idade, apanhou o gato entre os arbustos e levou-o para dentro. No momento em que a porta se fechou atrás dele, a luz que se filtrava pelas cortinas de Hathall apagou-se. Isso alertou Wexford; começou a deslocar o carro para um sítio menos visível, mas a porta da frente manteve-se fechada, a janela continuou na obscuridade e teve de concluir que Hathall fora para a cama cedo.

Trouxera Dora para umas férias; e, lembrando-se disso, sentiu-se na obrigação de a escoltar pelos centros comerciais de West End, durante o dia. Mas Denise gostava tanto de desempenhar essa tarefa que, na sexta-feira, Wexford abandonou a sua mulher e a mulher do seu sobrinho, trocando-as por uma mulher muito menos atraente e que também já não tinha marido.

A primeira coisa que viu quando chegou à casa de Eileen Hathall foi o carro do seu ex-marido estacionado frente à garagem; o carro que *Ginge* dissera ter sido vendido havia muito. Ter-se-ia *Ginge* enganado? Continuou a andar, até chegar a uma cabina telefónica de onde ligou para a Marcus Flower. Sim, Mr. Hathall estava lá, disse a voz de uma Jane, ou de uma Julie, ou de uma Linda. Se fizesse o favor de aguardar... Mas, em vez de fazer isso, pôs o auscultador no sítio e, daí a cinco minutos, estava na árida sala de estar de Eileen Hathall, sentado numa cadeira sem estofo e sob o olhar da cigana espanhola.

— Ele deu o carro à Rosemary — respondeu-lhe ela. — Ela vê-o, por vezes, em casa da avó. E quando lhe disse que tinha passado no exame de condução, ele deu-lhe o carro. Também não vai precisar dele, lá para onde vai, não é?

— Para onde vai ele, Mrs. Hathall?

— Para o Brasil — pareceu cuspir o *r* e a sibilante, como se a palavra não fosse o nome de um país, mas sim o de um réptil nojento. Wexford sentiu um arrepio, a súbita certeza de que havia qualquer coisa má a caminho. Qualquer coisa que chegou logo a seguir:

— Ele tem tudo arranjado — disse ela — para se ir embora antes do Natal.

Em menos de um mês...

— E tem emprego lá? — perguntou com veemência.

— Tem um lugar muito bom, numa firma internacional de contabilidade.

Havia algo patético no orgulho com que ela dizia aquilo. O homem odiava-a, humilhara-a, provavelmente nunca mais a veria; e, no entanto, apesar de tudo isso, ela estava amargamente orgulhosa daquilo que ele conseguira.

— Até custa a acreditar... o dinheiro que ele agora está a ganhar. Disse-o à Rosemary, e ela disse-me a mim. Vou passar a receber de Londres. Deduzem o que é para mim antes de lhe enviarem o restante para lá. Ainda vai ficar com muitos milhares por ano para viver. E pagam-lhe as viagens, tratam de tudo, têm lá uma casa para ele. Não teve de mexer um dedo.

Deveria dizer-lhe que Hathall não ia sozinho, que não ia ficar sozinho nessa casa? Ela tornara-se mais espampanante durante o ano que passara. Tinha o corpo forte — todo cheio de gorduras onde não devia haver nenhuma — apertado num vestido de lã cor de salmão. E estava permanentemente ofegante, como se corresse uma maratona interminável. E talvez o fizesse. Uma corrida para se manter a par com a filha, para manter o passo com a raiva e deixar a calma monotonia da miséria para trás. Enquanto ele hesitava, ela inquiriu:

— Porque quer saber? Pensa que ele matou aquela mulher, não pensa?

— E *você?* — perguntou Wexford, com firmeza.

Se tivesse levado um murro na cara, a sua pele não teria ficado mais profundamente vermelha do que estava agora. Parecia pele flagelada e prestes a ferir e a sangrar.

— Quem me dera que ele a tivesse morto! — disse, com um soluço violento e levantou uma mão, não para esconder os olhos, como ele primeiro pensou, mas para esconder a boca que lhe tremia.

Voltou para Londres, para uma infrutífera vigília de sexta-feira à noite, para um sábado vazio e um domingo que podia — quem sabe? — trazer-lhe aquilo que desejava.

Era o 1.º de Dezembro e, mais uma vez, chovia torrencialmente. Mas isso não era mau. Deixava as ruas desertas e tornava mais improvável a hipótese de Hathall espreitar para dentro de um carro com ar suspeito. Ao meio-dia e meia estacionou tão próximo da estação quanto se atrevia, porque não era só o risco de ser detectado por Hathall que o preocupava, mas também o de impedir o trânsito. A chuva batia com força no tejadilho do carro e corria ao longo dos passeios, acompanhando a linha amarela pintada no alcatrão. Mas era uma chuva tão intensa que, ao cair sobre o pára-brisas, não obscurecia a sua visão; tinha apenas um efeito de distorção, como se o vidro fosse defeituoso. Conseguia ver a entrada da estação claramente, e via bem por mais cem metros ao longo da West End Lane, a zona que saltava por cima das linhas do comboio. Ouvia o ruído metálico e estridente de comboios invisíveis que passavam sob a estrada; os autocarros 28 e 159 subiam e desciam a encosta. Havia poucas pessoas por ali e, no entanto, parecia que uma população inteira estava em deslocação, vinda de lares desconhecidos para destinos anónimos, atravessando a palidez de um domingo de chuva. Os ponteiros do relógio do carro arrastaram-se lentamente até à uma menos um quarto.

Estava tão habituado a esperar, tão resignado a ficar à espreita como um homem que perseguisse um animal extraordinariamente furtivo, que sentiu um choque tremendo, que era quase uma reacção de descrença, quando viu, às dez para a uma, a figura de Hathall à distância. O vidro enganava-o. Sentia-se como se estivesse numa sala de espelhos: primeiro, um gigante esquelético, depois um anão gordo; mas um movimento vigororso, dos limpa-pára-brisas devolveu-lhe a visão nítida. Com o chapéu-de--chuva aberto, Hathall caminhava em passos rápidos para a estação — que felizmente ficava do outro lado da estrada. Passou pelo carro sem voltar a cabeça e parou à porta da estação. Abriu e fechou o chapéu-de-chuva várias vezes de seguida, para sacudir a água. Depois, desapareceu na entrada.

Wexford estava num dilema. Iria Hathall encontrar-se com alguém ou iria ele próprio viajar? Em pleno dia, mesmo com aquela chuva, não se atrevia a sair do carro. Um comboio vermelho surgiu de debaixo da estrada e parou na estação. Susteve a respiração. As primeiras pessoas a saírem do comboio começavam a chegar ao átrio. Um homem pôs o jornal sobre a cabeça e saiu a correr; um grupinho de mulheres agitou-se, lutando com os chapéus-de-chuva que não abriam. Três destes abriram-se simultaneamente: um azul, um vermelho e um laranja, desabrochando subitamente na paisagem cinzenta como flores. Quando se ergueram e seguiram o seu caminho, como que dançando, aquilo que os seus círculos de luz tinham escondido foi revelado: um casal, de costas para a rua; duas pessoas que se mantinham próximas, mas sem se tocarem, enquanto o homem abria um chapéu-de-chuva preto que os abrigava a ambos sob a sua cúpula.

Ela vestia uns *jeans* e uma gabardina branca, com capuz para cima. Wexford não conseguira ver, nem mesmo de relance, a cara dela. Tinham saído de imediato, como se tivessem decidido ir a pé, mas chegou um táxi, salpicando tudo, com a sua luz laranja, que indicava que estava livre, brilhando como uma ponta de cigarro na escuridão. Hathall fez-lhe sinal e ele levou-os para norte. «Por favor, meu Deus», pensou Wexford, «faz que ele os leve para casa e não para um restaurante qualquer.» Wexford sabia que não tinha qualquer hipótese de conseguir perseguir um taxista londrino, e o táxi desapareceu antes de ele ter conseguido arrancar ao longo da West End Lane.

E o percurso, sempre a subir, era de enlouquecer pela lentidão a que obrigava. Ficara encravado atrás de um autocarro 159 — um autocarro que não era todo vermelho, mas que estava todo pintado com um anúncio da Dinky Toys, o que lhe lembrou a Kidd's, de Toxborough — e passaram quase dez minutos antes de conseguir chegar frente à casa da Dartmeet Avenue. O táxi desaparecera, mas a luz do quarto de Hathall encontrava-se acesa. Evidentemente, tinha de ter a luz acesa num dia como aquele. Interrogando-se, mais com interesse do que com medo, se Hathall também tentaria bater-lhe, dirigiu-se à porta da rua e examinou as campainhas. Não havia nomes mas apenas números de cada andar. Tocou para o primeiro e aguardou. Era possível que Hathall não viesse abrir, que simplesmente se recusasse a responder. Nesse caso, arranjaria alguém que lhe abrisse a porta e depois martelaria a porta do quarto de Hathall até que ele aparecesse...

Mas acabou por não ser necessário. Por cima da sua cabeça, a janela abriu-se e, dando um passo atrás, olhou para cima e viu a cara de Hathall. Por um momento, nenhum deles falou. A chuva interpunha-se entre eles e ficaram a olhar-se por entre as goteiras, enquanto uma enorme variedade de emoções se cruzou na expressão de Hathall: espanto, raiva, preocupação, mas não, pensava Wexford, medo. E a tudo isso seguiu-se outra expressão que parecia, estranhamente, satisfação. Mas antes que pudesse especular sobre o seu significado, Hathall disse, friamente:

— Já desço para lhe abrir a porta.

Quinze segundos depois fê-lo. Fechou a porta devagar, sem dizer nada, e indicou-lhe as escadas. Wexford nunca o vira tão cortês. Parecia completamente descontraído. Estava com um ar mais jovem e até parecia triunfante.

— Gostava que me apresentasse a senhora que trouxe para aqui consigo num táxi.

Hathall não reagiu. Não disse nada. Enquanto subiam as escadas, Wexford pensava se ele a teria escondido. Talvez a tivesse mandado para uma casa de banho ou para outro andar. A porta do quarto estava só fechada no trinco e ele empurrou-a, deixando passar o inspector-chefe. Wexford entrou. A primeira coisa que viu foi a gabardina dela, estendida para secar sobre as costas de uma cadeira.

Primeiro, não a viu. O quarto era muito pequeno, não tinha mais do que três metros por quatro, e estava mobilado como esse tipo de quartos sempre estão. Havia um roupeiro que parecia ter sido feito nos tempos da batalha de Mons, uma cama estreita com uma coberta de algodão indiano, um par de cadeiras de braços a que se costuma chamar, eufemisticamente, «de lareira», e uns quadros que tinham sido obviamente pintados por algum parente do senhorio. A luz provinha de uma esfera de plástico coberta de pó, suspensa do tecto cheio de nódoas.

Um biombo de lona, de cor parda e horroroso, separava um canto do quarto. Atrás dele, presumivelmente, havia um lavatório, porque quando Hathall pigarreou, em aviso, ela saiu lá detrás, secando as mãos a uma toalha. Não era uma cara bonita, apenas bastante jovem, de feições grosseiras, com ar decidido e confiante. O cabelo, negro e forte, caía-lhe sobre os ombros; as sobrancelhas eram espessas e negras como as de um homem. Vestia uma *T-shirt* com uma camisola de lã por cima. Wexford tinha a certeza de já ter visto aquela cara algures, e interrogava-se sobre isso quando Hathall disse:

— Esta é a «senhora» que você queria conhecer. — O seu ar de triunfo tornara-se em franco divertimento e estava quase a rir:
— Posso apresentar-lhe a minha filha, Rosemary?

CAPÍTULO 15

Havia muito tempo que Wexford não experimentava uma tal sensação de anticlímax. Normalmente, não tinha problemas em lidar com situações inesperadas, mas o choque provocado por aquilo que Hathall acabara de dizer — combinado com o facto de que agora a sua desobediência passava a ser conhecida — deixou-o prostrado e em silêncio. A rapariga também não falou mais, depois de ter dito um breve «Olá», mas retirou-se de novo para detrás do biombo, onde se ouviu a encher uma chaleira com água.

Hathall, que parecera tão alheado e descontraído quando Wexford chegara, parecia estar a retirar o máximo prazer possível da situação e da desorientação do seu adversário.

— A que devo esta visita? — perguntou. — Veio só ver um velho amigo?

«Perdido por um, perdido por mil», pensou Wexford, lembrando-se de Miss Marcovich.

— Julgo saber que vai para o Brasil — disse. — Vai sozinho?

— Há alguma hipótese de ir sozinho? Devem estar umas trezentas pessoas no avião.

Wexford acusou o toque e Hathall percebeu-o.

— Esperava poder levar a Rosemary comigo, mas a escola dela é cá. Talvez possa ir lá ter comigo daqui a uns anos.

Aquelas palavras fizeram a rapariga sair. Pegou na gabardina, pendurou-a num cabide e disse:

— Ainda nem sequer conheço a Europa... não me vou enterrar no Brasil.

Hathall irritou-se perante aquela amostra típica da falta de graciosidade da sua família, e perguntou com igual brusquidão:

— Está satisfeito?

— Tenho de estar, não tenho, Mr. Hathall?

Seria a presença da filha que mantinha a sua raiva contida? Foi quase amável, com apenas um leve traço do seu tom habitualmente ressentido na voz, quando disse:

— Agora, se nos permite, a Rosemary e eu temos de tentar almoçar; o que, neste buraco, não é propriamente a coisa mais fácil do mundo. Acompanho-o à porta.

Trancou a porta, em vez de a deixar só no trinco. Estava escuro no patamar. Wexford ficou à espera de ouvir a explosão de raiva, mas não a houve, e só teve consciência dos olhos do homem. Eram ambos da mesma altura, e os seus olhares cruzaram-se ao mesmo nível. Por um momento só viu o branco dos olhos de Hathall, fitando-o friamente, com as suas íris negras onde rebrilhava aquela curiosa faísca vermelha. Estavam no cimo da escada íngreme e, quando Wexford se virou para descer, teve consciência de um movimento por detrás de si; adivinhou a mão forte de Hathall erguendo-se no ar. Agarrou-se ao corrimão e galgou dois degraus. Depois, obrigou-se a descer devagar e com calma. Hathall não se mexeu, mas quando Wexford chegou ao fundo das escadas e olhou para trás, viu a mão erguida subir ainda mais um pouco e os dedos fechados num gesto solene e, de certa forma, magnífico, de despedida.

— Ia empurrar-me pelas escadas abaixo — disse Wexford a Howard. — E eu não teria muito por onde pegar. Poderia dizer que eu tinha forçado a entrada no quarto dele. Meu Deus, que trapalhada que eu arranjei! De certeza que o tipo vai fazer mais uma das suas queixas, e eu posso perder o emprego.

— Não sem que haja um inquérito rigoroso, e não me parece que o Hathall esteja interessado em comparecer em qualquer espécie de inquérito.

Howard atirou o jornal de domingo que estivera a ler para o chão e voltou o rosto magro e ossudo, com os olhos azuis frios e penetrantes, para o seu tio.

— Se calhar não era a filha dele, Reg.

— Será que não? Eu sei que viste uma mulher de cabelo curto e louro, mas poderás ter a certeza de que era o Hathall que estava com ela?

— Tenho a certeza.

— Só o viste uma vez — insistiu Wexford. — Viste-o a cinquenta metros, durante dez segundos, de dentro de um carro *que estavas a conduzir*. Se tivesses de ir a tribunal e jurar que o homem que viste à porta da Marcus Flower era o mesmo homem que viste no jardim de Bury Cottage, serias capaz de jurar? Se a vida de um homem dependesse disso, eras capaz?

— Já não temos a pena capital, Reg.

— Pois não, e nem tu nem eu, ao contrário de muitos do nosso clube, gostaríamos de a ver regressar. Mas se ainda houvesse, eras capaz?

Howard hesitou. Wexford viu essa hesitação e sentiu o cansaço apoderar-se do seu corpo, como uma droga depressiva. Bastava uma sombra de dúvida para acordar a réstia de esperança que agora abandonara. Por fim, Howard disse, claramente:

— Não, não era capaz.

— Estou a ver.

— Mas espera aí, Reg. Não tenho a certeza de que alguma vez seria capaz de jurar reconhecer um homem, se esse juramento pudesse levar à sua morte. Estás a empurrar-me para muito longe. Mas tenho a certeza, para lá de qualquer dúvida razoável,

153

de que vi o Robert Hathall, e continuo a dizer-te que sim, que era ele. Vi-o perto da Marcus Flower, em Half Moon Street, com uma mulher de cabelo louro.

Wexford suspirou. Que diferença fazia isso, ao fim e ao cabo? Com a sua precipitação desse dia, pusera fim a toda a esperança de seguir Hathall. Howard confundiu o seu silêncio com uma dúvida e disse:

— Se ele não está com ela, onde é que vai em todas essas noites em que sai? Onde ia quando apanhava o autocarro?

— Ah, eu continuo a acreditar que ele está com ela. A filha só lá vai às vezes, aos domingos. Mas de que me serve isso? Não posso segui-lo num autocarro. Agora, vai andar a ver se me descobre.

— Ele vai pensar é que o facto de o teres visto com a filha te vai pôr ao largo.

— Talvez. Talvez se torne descuidado. E depois? Não me posso esconder atrás de uma porta e saltar para um autocarro atrás dele. Ou o autocarro arrancava antes de eu conseguir entrar, ou ele se voltava e me via. Mesmo admitindo que não me visse antes...

— Então, tem de ser outra pessoa a fazer isso — disse Howard com firmeza.

— Isso é fácil de dizer. O meu chefe diz não, e não vais ser tu a terçar armas com ele, emprestando-me um dos teus rapazes.

— É verdade, não o posso fazer.

— Então, é melhor acabarmos com esta conversa e deixarmos isto. Vou regressar a Kingsmarkham e enfrentar o concerto: uma grandiosa sinfonia em Griswold maior. E Hathall pode ir para os trópicos ensolarados.

Howard levantou-se e pôs-lhe uma mão no ombro.

— Eu faço isso.

A desconfiança desaparecera havia muito, cedendo lugar à amizade e à camaradagem. Mas aquelas palavras, ditas com tanta amabilidade e tanta facilidade, traziam de volta a velha humilhação e inveja e consciência das vantagens do outro. Wexford sentiu o sangue subir-lhe à cara.

— *Tu?* — disse, quase engasgado. — Tu próprio? Deves estar a brincar comigo. Tens um posto superior ao meu, lembras-te?

— Não sejas tão *snob*. Qual é o problema? Gostava de fazer isso. Até ia ter piada. Uma coisa que não faço há anos e anos.

— Eras mesmo capaz de fazer isso por mim, Howard? Então e o teu próprio trabalho?

— Se eu sou o deus que tu pareces ver em mim, não achas que devo ter uma palavra a dizer quanto às minhas horas de trabalho? Claro que não poderei fazê-lo todas as noites. Hão-de surgir aquelas crises que aparecem de tempos a tempos, e terei de ficar até mais tarde. Mas Kenbourne Vale não vai degenerar numa espécie de Bridewell do século XX só porque dou um salto a West Hampstead uma vez por outra.

E assim, na noite seguinte, o superintendente-chefe Howard Fortune saiu do escritório às seis menos um quarto e estava em West End Green às seis em ponto. Esperou até às sete e meia. Quando concluiu que o seu objectivo não apareceria começou a caminhar ao longo de Dartmeet Avenue e observou que não havia luz na janela que o tio lhe dissera ser a de Hathall.

— Será que ele vai ter com ela logo que sai do emprego?

— Esperemos que não apanhe esse hábito. Será praticamente impossível persegui-lo à hora de ponta. Quando é que ele deixa este emprego?

— Só Deus sabe — disse Wexford. — Mas parte para o Brasil daqui a precisamente três semanas.

Uma das crises a que Howard se referira impediu-o de seguir Hathall na noite seguinte, mas estaria livre na quarta-feira e, mudando de táctica, chegou a Half Moon Street às cinco horas. Uma hora mais tarde, em Teresa Street, contava ao tio o que se tinha passado.

— A primeira pessoa a sair da Marcus Flower foi um tipo com um ar desmazelado e com um bigode tipo escova. Tinha uma rapariga com ele e foram-se embora num *Jaguar*.

— Isso devia ser o Jason Marcus e a sua eleita.

— Depois, saíram mais duas raparigas, e depois o Hathall. Eu tinha razão, Reg. É o mesmo homem.

— Não devia ter duvidado de ti.

Howard encolheu os ombros.

— Meteu-se no metro e perdi-o de vista. Mas não ia para casa, isso posso garantir-te.

— Como podes ter a certeza?

— Se fosse para casa, teria ido a pé até à estação de Green Park, percorreria uma zona na linha de Piccadilly até Piccadilly Circus, ou na linha de Victoria até Oxford Circus, e aí mudaria para a de Bakerloo. Iria para sul. Mas foi para norte e, ao princípio, achei que ele ia para casa de autocarro. Afinal, foi para a estação de Bond Street. Ninguém iria para a Bond Street se quisesse ir para noroeste. Segui-o até à estação, mas... bem, sabes como são as horas de ponta, Reg. Tinha uma boa dezena de pessoas entre mim e ele na fila da bilheteira. O problema foi a necessidade de ter tanto cuidado para ele não me ver. Desceu a escada rolante para a plataforma de oeste e... perdi-o.

Howard pôs um tom de desculpa na voz:

— Havia umas quinhentas pessoas na plataforma. Fiquei encurralado e não consegui sair de onde estava. Mas uma coisa ficou provada. Estás a compreender-me?

— Acho que sim. Temos de ver em que ponto é que a linha de oeste cruza com a carreira do autocarro 28, e algures nessa área vive a nossa desconhecida.

— Posso já dizer-te onde é: Notting Hill. Ela vive, tal como metade da população de Londres, algures em Notting Hill. É um pequeno progresso, mas é melhor do que nada. E tu, descobriste mais alguma coisa?

Wexford, que andava muito preocupado havia dois dias, telefonara a Burden, à espera de ouvir dizer que Griswold lhe andava a rezar pela pele. Mas nada estava mais longe da verdade. O chefe andara «às voltas» em Kingsmarkham, como Burden dizia, e mantinha um olho em Myringham, onde havia alguma consternação por causa de uma mulher desaparecida. Mas andava extremamente bem-disposto, perguntara onde Wexford tinha ido passar as suas férias e, quando lhe disseram que tinha ido para

Londres («Por causa dos teatros e dos museus, *sir,* sabe como é», dissera Burden), perguntou, cheio de boa disposição, por que razão o inspector-chefe não lhe mandara um postal com a fotografia da New Scotland Yard.

— Portanto, o Hathall não se queixou — murmurou Howard, pensativo.

— Parece que não. Se eu fosse optimista, diria que ele acha mais prudente não chamar demasiado as atenções neste momento.

Mas era já o terceiro dia de Dezembro... Faltavam vinte dias para a partida. Dora arrastara o marido para as lojas, para fazerem as últimas compras de Natal. Ele carregara os embrulhos, concordara que aquilo era mesmo a prenda ideal para a Sheila e que era precisamente o que o miúdo da Sylvia queria; mas durante todo esse tempo só pensava: vinte dias, vinte dias... Este ano, o Natal, para Wexford, ia ser a quadra da fuga de Hathall.

Howard pareceu ter-lhe lido os pensamentos. Estava a comer uma daquelas refeições enormes que consumia sem por isso ganhar mais um único quilo. Enquanto se servia de uma segunda porção de *charlotte russe,* disse:

— Se, ao menos, conseguíssemos agarrá-lo por um motivo qualquer...

— Que queres dizer?

— Não sei. Qualquer coisinha que nos permitisse impedi-lo de deixar o país. Apanhá-lo a roubar numa loja, por exemplo, ou a andar no metro sem bilhete.

— Ele parece ser um homem honesto — respondeu Wexford com amargura —, se se pode chamar honesto a um assassino.

O sobrinho rapou a travessa da sobremesa.

— Supondo que ele seja mesmo honesto!

— Tanto quanto eu saiba, é. Mr. Butler ter-me-ia dito se houvesse o menor cheiro de desonestidade nele.

— Mesmo assim... O Hathall não tinha problemas de dinheiro, nessa altura. Mas não andava tão desafogado quando casou com a Angela, pois não? No entanto, apesar de só terem quinze libras por semana para viver, começaram a ter uma boa vida. Disseste-me que o Somerset os viu num centro comercial, cheios de compras, e que depois os viu a jantar num restaurante caro. De onde terá vindo esse dinheiro, Reg?

Enchendo o seu copo de *Chablis,* Wexford respondeu:

— Tenho andado a pensar nisso. Mas nunca cheguei a nenhuma conclusão. Nunca me pareceu importante.

— Tudo é importante, num caso de homicídio.

— É verdade — Wexford estava demasiado reconhecido para com o seu sobrinho para reagir agastado a essa advertência. — Acho que pensei que se um homem foi honesto durante toda a sua vida, não se torna subitamente desonesto quando chega à meia-idade.

— Isso depende do homem. Este tornou-se subitamente infiel à mulher na meia-idade. Na verdade, embora fosse monógamo desde a puberdade, parece ter-se tornado um verdadeiro mulherengo na idade madura. E também se tornou um assassino. Acho que não me vais dizer que ele já tinha morto alguém antes, ou vais? — Howard afastou o prato e atacou *o gruyère.* — Há um factor no meio de tudo isto que me parece que não tens tido suficientemente em conta. Uma personalidade.

— A Angela?

— A Angela. Foi quando a conheceu que ele mudou. Quase se poderia dizer que ela o corrompeu. É uma hipótese ousada, uma ideia muito extravagante, mas a Angela também tinha andado metida numa fraudezinha, aquela que tu sabes e talvez outras que desconheces. E se ela o encorajou a uma desonestidade qualquer?

— Isso que me estás a dizer lembra-me qualquer coisa que Mr. Buttler disse. Que ouvira a Angela dizer ao sócio dele, Paul Craig, que estava numa posição óptima para fugir ao fisco.

— Ora aí tens. A algum sítio eles foram buscar o dinheiro. Não caiu das árvores, como os «prodígios».

— Mas não houve nenhuma referência a nada — redarguiu Wexford. — Teria de ter ocorrido enquanto ele estava na Kidd's. E o Aveney não deu o menor indício de que houvesse qualquer suspeita em relação ao Hathall.

— Mas não lhe perguntaste nada sobre dinheiro. Andavas a investigar sobre as relações dele com mulheres — Howard levantou-se da mesa e afastou a cadeira. — Vamos ter com as senhoras. Se estivesse no teu lugar, dava um salto a Toxborough amanhã.

CAPÍTULO 16

A caixa rectangular e branca ficava no meio de um relvado muito verde, envolto por abetos, nus e patéticos porque era Dezembro. Lá dentro, havia um odor quente a celulose e mulheres de barrete branco pintavam bonecas ao som do *Doutor Jivago*. Mr. Aveney conduziu Wexford pelas oficinas até ao gabinete de pessoal, ao mesmo tempo que ia falando numa voz indignada:

— Aldrabar os livros? Nunca tivemos cá nada disso.

— Não estou a dizer que tenham, Mr. Aveney. Estou a avançar no escuro — disse Wexford. — Já ouviu falar do famoso truque dos ordenados?

— Bom, sim, já ouvi essa. Fazia-se muito isso na tropa. Mas aqui ninguém se escaparia com uma dessas. — Vamos ver, sim?

O director de pessoal, um jovem de ar absorto com cabelo escuro, foi-lhe apresentado como John Oldbury. O gabinete estava bastante desarrumado e o homem parecia um pouco perdido, como se tivesse sido apanhado a meio de uma busca por qualquer coisa que sabia de antemão que nunca seria capaz de encontrar.

— Fazer aldrabice com os ordenados, diz você?

— Porque não me diz como trabalha com o contabilista para gerir a folha de vencimentos?

Oldbury olhou distraído para Aveney, e Aveney fez um sinal de assentimento, um encolher de ombros quase imperceptível. O director de pessoal sentou-se pesadamente e passou os dedos pelo cabelo revolto.

— Não sou lá muito bom a explicar as coisas — começou por dizer. — Mas vou tentar. É assim: quando entra uma trabalhadora nova, eu dou ao contabilista uma espécie de resumo do que percebi dela e é ele que combina o ordenado. Não, tenho de ser mais explícito. Suponhamos que vamos admitir uma, sei lá... Joan Smith: Mrs. Joan Smith...

Oldbury, pensou Wexford, era tão pouco imaginativo como pouco eloquente.

— Eu digo ao contabilista o nome e a morada dela, quer dizer...

Apercebendo-se da extrema dificuldade do homem, Wexford avançou:

— Gordon Road, 24, Toxborough.

— Ah, óptimo! — O director de pessoal ficou radiante de admiração. — Digo-lhe que Mrs. Joan Smith, de Gordon Road, número não-sei-quantos, em Toxborough...

— Diz-lhe por que meio? Por telefone, por um papel?

— Bom, uma coisa ou outra. Claro que fico com um registo. Eu não tenho — disse Oldbury, desnecessariamente — boa memória. Digo-lhe o nome e a morada dela, quando vai começar a trabalhar, em que horário e essas coisas; e ele põe isso tudo no computador e pronto. A partir daí, faço isto todas as semanas, por causa das horas a mais e... o que for.

— E se ela se for embora, você diz-lhe também?

— Ah, pois claro.

— Estão sempre a sair. Atar e pôr ao fumeiro, é sempre a andar — disse Aveney.

— São todas pagas à semana?

— Não, nem todas — respondeu Oldbury. — Sabe, é que algumas das senhoras que aqui trabalham não usam os seus ordenados para... bom, para governar a casa. Os maridos é que são os... como é que se diz?

— Os que ganham o pão?

— Pois, isso. As senhoras, algumas delas, guardam os ordenados para as férias e para fazer obras em casa, ou para poupanças, é isso, acho eu.

— Sim, estou a perceber. Mas e então?

— Bem — disse Oldbury, triunfante —, essas não recebem em dinheiro. Os ordenados são transferidos para a conta bancária delas, provavelmente para os correios ou para uma caixa de depósitos.

— E quando é assim, você diz isso ao contabilista e ele põe a informação no computador?

— Sim, é isso — Oldbury sorriu, deliciado ao perceber que se tinha feito compreender tão claramente. — Está absolutamente certo. Percebe depressa, se me permite que lhe diga.

— Não é tanto assim — respondeu Wexford, um pouco aturdido pela simplicidade do elogio. — Então, o contabilista poderia muito simplesmente inventar uma mulher e introduzir um nome e uma morada fictícios no computador? Esse ordenado seria depositado numa conta que ele, ou melhor, a sua cúmplice, poderiam levantar quando quisessem?

— Isso — disse Oldbury severamente — seria fraude.

— Pois seria, de facto. Mas, uma vez que vocês têm registos, podemos facilmente verificar se alguma vez foi cometida uma tal fraude.

— Claro que podemos.

O director de pessoal fez de novo um ar de iluminado e precipitou-se para um armário de arquivo cujas gavetas entreabertas estavam pejadas de documentos amarrotados.

— Nada mais fácil. Mantemos os registos durante um ano, quando uma das nossas senhoras se vai embora.

Um ano inteiro... E Hathall saíra de lá dezoito meses antes. Aveney levou-o de volta através da fábrica, onde as trabalhadoras eram agora embaladas (ou estimuladas) pela voz de Tom Jones.

163

— John Oldbury — disse Aveney na defensiva — tem uma excelente licenciatura em Psicologia e tem um jeitão para lidar com as pessoas.

— Não duvido. Foram ambos muito prestáveis. Peço-lhe desculpa por ter desperdiçado o seu tempo.

A conversa não provara nem contradissera a teoria de Howard. Mas, já que não havia registos, que podiam fazer? Se o inquérito não fosse clandestino, se ele tivesse alguns homens à sua disposição, podia mandá-los correr as dependências bancárias da zona. Mas era clandestino e não tinha homens. No entanto, conseguia agora perceber claramente como a coisa podia ter sido feita; a ideia teria vindo, em primeiro lugar, de Angela; a cúmplice teria surgido para personificar a mulher que Hathall teria inventado e para sacar o dinheiro da conta. E então... sim, Hathall ter-se-ia começado a interessar mais por essa mulher e Angela teria ficado ciumenta. Se estava certo, tudo poderia ser explicado: a solidão deliberadamente triste dos Hathall, a sua vida de clausura, o dinheiro que lhes permitia jantar fora e a Hathall comprar presentes para a filha. E todos teriam estado implicados naquilo; até que Angela teria percebido que a mulher era mais do que uma simples cúmplice do marido, mais do que uma providencial colectora de dinheiro... Que fizera Angela? Teria rompido o acordo, ameaçando que, se recomeçasse, os entregaria aos dois? Isso teria significado o fim da carreira de Hathall. Seria um ponto final no seu emprego na Marcus Flower ou em qualquer outro emprego como contabilista, no futuro. Por isso a teriam morto. Tinham-na morto para ficarem juntos e, sabendo que a Kidd's só conservava os registos durante um ano, ficariam para sempre a salvo do risco de serem descobertos.

Wexford conduziu devagar ao longo do caminho rasgado no relvado e, junto ao portão de saída para a estrada principal do distrito industrial, cruzou-se com outro carro que vinha a entrar. O condutor era um polícia de uniforme, e o outro ocupante era o inspector-chefe Jack «Brock» Lovat, um homem baixo e de nariz arrebitado que usava óculos com aros dourados. O carro abrandou e Lovat abriu o vidro.

— Que estás aqui a fazer? — perguntou Wexford.

— Faço o meu trabalho — respondeu Lovat com simplicidade.

Jack Lovat tinha três toupeiras no quintal, salvas das mãos dos caçadores, ainda antes de a caça às toupeiras ter passado a ser considerada crime. E Wexford sabia desde há muito que era inútil interrogar o chefe do CID de Myringham sobre o que quer que fosse, excepto aquele seu estranho passatempo. Sobre esse assunto, era sempre entusiasta e falador. Sobre todos os outros — e embora desempenhasse as suas funções de forma exemplar — era quase mudo. Só se conseguia dele um «sim» ou um «não», a não ser que se falasse de quadrúpedes plantígrados.

— Como não há aqui toupeiras — disse Wexford, sarcástico —, a não ser, talvez, de corda, só pergunto uma coisa: esta tua visita está de alguma forma relacionada com um homem chamado Robert Hathall?

— Não — disse Lovat. Com um sorriso vago, acenou com a mão e disse ao condutor para seguir.

Se não fossem as suas indústrias novas, Toxborough teria já passado a ser uma aldeia semideserta, com uma população envelhecida. A indústria trouxera a vida de volta, bem como o comércio, as estradas, a fealdade, um centro comunitário, um campo de jogos e um bairro camarário. Este último era atravessado por uma larga alameda chamada Maynnot Way, onde os pilares de betão dos candeeiros tinham vindo substituir as árvores, e que fora baptizada com o nome da única casa antiga que lá permanecera: Maynnot Hall. Wexford, que havia dez anos ali não passava, desde a época em que o betão e o tijolo tinham começado a espalhar-se através dos campos verdes de Toxborough, sabia que algures por ali, e não muito longe, havia uma dependência da caixa. No segundo cruzamento, voltou à esquerda, para Queen Elizabeth Avenue, e lá estava, entalada entre uma loja de jogo e um armazém de alcatifas.

O gerente era um homem empertigado e pomposo que respondeu com firmeza às perguntas de Wexford.

— Deixá-lo ver os nossos livros? Só se tiver um mandado.

— Muito bem. Mas então diga-me uma coisa: se deixa de haver depósitos numa determinada conta e esta é deixada a zeros, ou quase, é vosso costume escrever ao titular, a perguntar se ele ou ela quer fechar a conta?

— Já deixámos de fazer isso. Se uma pessoa só tem quinze *pence* numa conta, não vai gastar dinheiro num selo para dizer que a quer fechar. E também não vai gastar cinco *pence* num autocarro para vir buscar o que resta. Certo?

— Poderia verificar se existem quaisquer contas correntes em nome de mulheres que não tenham tido entregas ou levantamentos desde Abril ou Maio do ano passado? E se houver alguma nessas condições, poderia comunicar com os titulares?

— Não — disse o gerente com firmeza —, a não ser que seja um assunto oficial da polícia. Não tenho pessoal para isso.

Quando saiu do banco, Wexford pensou que também ele não tinha pessoal. Nem pessoal, nem verbas, nem encorajamento; e continuava a não ter nada por onde pegar, excepto as suas «sensações», com que pudesse convencer Griswold de que tudo aquilo valia a pena. A Kidd's tinha uma lista de vencimentos; Hathall podia ter sacado de lá dinheiro por meio de contas em nome de mulheres fictícias. Quanto a dinheiro, aliás, a esquadra de Kingsmarkham também não estava melhor, mas Wexford podia igualmente ter-se servido dela sem que alguém tivesse mais motivos para suspeitar dele do que havia para suspeitar de Hathall.

— Outro beco sem saída — disse para o sobrinho nessa noite. — Mas agora percebo como tudo se passou. Os Hathall e a outra mulher fazem a fraude durante um par de anos. A divisão do bolo é feita em Bury Cottage. Depois, Hathall arranja um novo emprego e deixa de haver necessidade de fazer falcatrua com os ordenados. A outra mulher devia desaparecer de circulação, mas não desaparece, porque Hathall está caído por ela e quer continuar a vê-la. Pode imaginar-se a fúria de Angela. A ideia fora dela, ela planeara tudo e, afinal, teve aquele resultado. Diz a

Hathall para deixar a outra, senão denuncia o caso, mas Hathall não consegue. Faz de conta que sim, e tudo parece ir bem entre ele e Angela, ao ponto de ela convidar a sogra para vir passar o fim-de-semana e de limpar a casa toda para a impressionar. À tarde, Angela vai buscar a sua rival, provavelmente para pôr tudo em pratos limpos. A outra estrangula-a, como estava combinado, mas deixa aquela impressão da mão na banheira.

— É admirável — disse Howard. — Tenho a certeza de que tens razão.

— E isso serve-me de muito. Seja como for, posso ir para casa amanhã. Vêm passar o Natal connosco?

Howard deu-lhe uma palmadinha no ombro, como fizera no dia em que lhe prometera a sua vigilância.

— O Natal é daqui a quinze dias. Vou continuar a vigiá-lo todas as noites em que estiver livre.

De qualquer forma, não havia quaisquer recados de Griswold à sua espera. E nada de especial acontecera em Kingsmarkham durante a sua ausência. A casa do secretário do Conselho Rural fora assaltada. Tinham sido roubados seis televisores a cores de uma loja de aluguer da High Street. O filho de Burden fora aceite na Universidade de Reading, recebendo a classificação de nível A. E a casa de Nancy Lake fora vendida por umas razoáveis vinte e cinco mil libras. Havia quem dissesse que ela se ia mudar para Londres, mas outros diziam que ia para o estrangeiro. O sargento Martin decorara a esquadra com enfeites de anjos e fitas de papel que o chefe mandara retirar imediatamente, porque era um atentado à dignidade do Mid-Sussex.

— É engraçado que o Hathall não se tenha queixado, não é?

— Sorte sua que ele não o tenha feito...

Agora mais à vontade nos seus óculos novos, Burden parecia mais severo e puritano que nunca. Com um suspiro bastante exasperado, continuou:

— Tem de deitar isso para trás das costas, sabe?

— Tenho? Rapazinho, rapazinho, *ter de* não é coisa que se diga a inspectores-chefes. Já houve tempos em que me tratavas por *sir.*

— E foi você que me disse para deixar de o fazer, lembra-se? Wexford riu-se.

— Vamos até ali, ao Carousel, trincar qualquer coisa, que eu digo-te de que é que *tenho de* desistir.

Antonio ficou radiante por voltar a vê-lo e ofereceu-lhe a especialidade do dia: *moussaka*.

— Pensava que isso era grego...

— Os gregos — respondeu Antonio, agitando muito as mãos — foram-no buscar à nossa terra.

— É uma inversão do processo habitual. Muito interessante. Seja como for, traz lá isso, Antonio. E empada de carne, que vocês vieram buscar à nossa terra, para Mr. Burden. Achas que eu estou mais magro, Mike?

— Qualquer dia desaparece.

— Há quinze dias que não tomo uma refeição decente, com esta história de andar atrás do Hathall — Wexford contou-lhe o que se passara enquanto comiam. — E agora, já acreditas?

— Ah, não sei. Está tudo na sua cabeça, não é? A minha filha contou-me, aqui há dias, uma coisa que aprendeu na escola: era sobre Galileu. Obrigaram-no a retirar o que dissera sobre a Terra, que se movia à volta do Sol; mas ele não desistiu da ideia e, já a morrer, as suas últimas palavras foram: «Mas ela move-se.»

— Já conheço essa. Que queres provar com isso? Ele tinha razão. A Terra gira mesmo à volta do Sol. E quando eu estiver a morrer, também hei-de dizer: «Mas ele fê-lo» — Wexford suspirou. Não valia a pena, mais valia mudar de assunto... — Vi o velho Brock, na semana passada. Tão caloroso como de costume. Encontrou a rapariga desaparecida?

— Anda a virar a Cidade Velha de Myringham do avesso por causa disso.

— Está assim tão desaparecida, é?

Burden lançou um olhar suspeito para a *moussaka* de Wexford, acompanhado de um trejeito cheio de reserva do nariz. Depois, atacou a sua empada de carne.

— Está convencido de que ela está morta e, por isso, prendeu o marido.

— Porquê? Por assassínio?

— Não, isso não, porque ainda não se encontrou o corpo. O tipo arranjou um pretexto: prendeu-o por ter assaltado uma loja, em tempos.

— Santo Deus! — explodiu Wexford. — Há pessoas que têm uma destas sortes!

Os seus olhos encontraram os de Burden, e o inspector fitou-o com o tipo de expressão que se costuma usar quando se começa a duvidar do equilíbrio mental de um amigo. E Wexford não disse mais nada, quebrando o silêncio apenas para perguntar sobre os sucessos e perspectivas do jovem John Burden. Mas, quando se levantaram para sair, após felicitarem um Antonio cheio de orgulho pela sua excelente cozinha, Wexford disse:

— Quando eu me reformar, ou quando morrer, dás o meu nome a um dos teus pratos, Antonio?

O italiano benzeu-se:

— Nunca se deve falar dessas coisas. Mas claro que sim. Talvez uma Lasanha Wexford?

— Não. Lasanha Galileu — Wexford riu-se do embaraço de Antonio. — Parece mais latino, não achas?

As lojas de High Street estavam cheias de luzinhas, e o grande cedro que havia à porta do Dragon Pub tinha lâmpadas azuis, cor de laranja, verdes e roxas nos ramos. Na montra da loja de brinquedos, um Pai Natal de *papier mâché* e algodão abanava a cabeça, sorria e girava perante uma audiência de crianças que encostavam os narizes ao vidro.

— Mais doze dias para as compras de Natal — disse Burden.

— Vê se te calas — rezingou Wexford.

CAPÍTULO 17

Havia um nevoeiro pesado sobre o rio, escondendo a outra margem, envolvendo os canaviais em véus de vapor e confundindo as cores dos montes e dos bosques desfolhados, de forma que apareciam como uma paisagem desfocada numa fotografia a preto e branco. Daquele lado do rio, as casas da Cidade Velha dormiam na névoa gélida, com todas as janelas cerradas, com as árvores dos seus jardins perfeitamente imóveis. O único sinal de movimento vinha das gotas de água que caíam suave e lentamente dos ramos enredados. Estava um frio cortante. Enquanto caminhava para lá de St. Luke e da Church House, parecia a Wexford que era maravilhoso que lá em cima, por detrás daquelas camadas de nuvens e daqueles quilómetros de névoa gelada, houvesse ainda um sol radioso, se bem que distante. Ainda faltavam mais alguns dias até ao dia mais curto e à noite mais longa. Mais alguns dias até ao solstício em que o Sol se moveria para o seu lugar mais distante daquela parte da Terra. Ou deveria antes dizer, pensou Wexford lembrando-se da insinuação que Burden fora buscar à cultura de algibeira, o momento em que o local onde estava se deslocaria para o ponto mais distante em relação ao Sol...

Viu os carros da polícia e as ambulâncias em River Lane antes de conseguir ver os homens que os tinham trazido até ali ou que percebesse quaisquer razões para a sua presença. Estavam estacionados ao longo da estrada, em frente à fiada de casas decrépitas que os proprietários tinham abandonado, deixando-as servir de habitação ocasional para os mais desesperados. Aqui e ali, nos sítios em que o vidro ou o caixilho de uma janela desaparecera, o espaço fora remendado com folha de plástico. Noutras janelas, havia colchões, trapos, restos de papel grosso ensopado. Mas não se encontravam ali vagabundos naquela altura. O Inverno e a humidade que subia do rio levava-os a procurar outros abrigos, e as velhas casas, ainda agora incomparavelmente mais belas do que quaisquer apartamentos modernos, esperavam, silenciosas e austeras naquele frio duro, por novos ocupantes ou compradores. Eram velhas, mas eram também praticamente imortais. Ninguém as conseguiria destruir. O máximo que lhes poderia acontecer era uma lenta desintegração até ao extremo da decadência.

Uma ruela dava acesso, por entre as paredes de tijolo arruinadas, aos jardins que ficavam atrás das casas; jardins que se tinham tornado depósitos de lixo, infestados de ratos, e que desciam até ao rio. Wexford avançou pela ruela até um local onde a parede abatera, deixando um corredor aberto. Um jovem sargento da polícia, postado logo à entrada e com uma pá na mão, barrou-lhe a passagem e disse:

— Desculpe. Ninguém pode entrar.

— Não me conheces, Hutton?

O sargento voltou a olhar e, embaraçado, respondeu:

— É Mr. Wexford, não é? Queira desculpar-me, *sir.*

Wexford disse-lhe que não tinha importância e perguntou-lhe onde poderia encontrar o inspector Lovat.

— Lá em baixo, onde estão a escavar, *sir.* Ao fundo, do lado direito.

— Estão à procura do corpo da tal mulher?

— De Mrs. Morag Grey, sim. Ela e o marido moraram aqui por uns tempos, no Verão de há dois anos. Mr. Lovat pensa que o marido pode tê-la enterrado aqui, neste jardim.

«Eles viviam *aqui?*», pensou Wexford, enquanto olhava para o tecto em ruína, escorado por um barrote de madeira. O estuque estalado desaparecera de boa parte do tecto, deixando à vista os tabiques com que a casa fora construída, quatrocentos anos antes. Uma abertura revelava paredes interiores que, apodrecidas e escorrendo humidade, lembravam as paredes de uma gruta que o mar viesse visitar todos os dias.

— Isto, no Verão, não é assim tão mau — disse Hutton, em jeito de desculpa — e eles também só aqui ficaram um par de meses.

Um grande molho de silvas, salpicado de lama, sob o qual havia latas vazias e papel de jornal ensopado, delimitava o fim do jardim. Wexford teve de abrir caminho por entre as silvas até chegar ao terreno baldio. Havia quatro homens a escavar, e a escavar mais do que mandam as regras da jardinagem. Montes de terra e de pedras empilhavam-se contra o muro que dava para o rio. Lovat estava sentado nesse muro, com a gola do casaco levantada, um cigarro fino e húmido a pender-lhe dos lábios, e observava os homens com atenção.

— Que te leva a pensar que ela esteja aqui?

— Tem de estar em algum lado — Lovat não mostrou qualquer surpresa por vê-lo ali e estendeu outra folha de jornal sobre o muro, para que Wexford se sentasse. — Raio de dia — murmurou.

— Achas que o marido a matou? — Wexford sabia que não valia a pena fazer perguntas a Lovat. Tinha de se afirmar qualquer coisa e esperar que Lovat concordasse ou refutasse. — Apanhaste-o por um caso de pena suspensa. Mas não tens o corpo, só tens uma mulher desaparecida. Alguém te deve ter obrigado a levar isto a sério, e não deve ter sido o próprio Grey.

— A mãe dela — disse Lovat.

— Estou a ver. Toda a gente estava a pensar que ela teria ido para casa da mãe, e a mãe pensava que ela estava em casa de outra pessoa qualquer, apesar de a filha não responder às suas cartas. Grey tem cadastro, se calhar vive com outra mulher. Disse uma série de mentiras. Tenho razão?

— Sim.

Wexford achou que já cumprira o seu dever. Era uma pena que soubesse tão pouco sobre toupeiras e que estivesse ainda menos interessado nesse assunto do que no próprio caso Grey. A bruma gelada começava a atravessar-lhe a roupa e a chegar-lhe à espinha, enregelando-lhe o corpo todo.

— Brock — disse, por fim —, fazes-me um favor?

A maioria das pessoas, perante uma pergunta destas, responde que tudo depende do favor em questão. Mas Lovat tinha virtudes que compensavam o seu carácter taciturno. Tirou mais um cigarro meio desfeito do maço húmido e a descolar-se.

— Sim — respondeu simplesmente.

— Lembras-te daquele tipo, o Hathall, de quem eu ando atrás? Estou convencido de que ele se meteu numa falcatrua com os ordenados quando estava a trabalhar na Kidd's, em Toxborough. Era por isso que eu lá estava no outro dia. Tenho a certeza de que as coisas se passaram assim... — Wexford explicou-lhe a sua versão dos acontecimentos. — Podias pôr alguém a trabalhar nessas contas, a ver se descobres alguma conta falsa? E depressa, Brock, que eu só tenho dez dias.

Lovat não lhe perguntou por que razão só dispunha de dez dias. Limpou os óculos, que o nevoeiro embaciara, e reajustou-os ao seu nariz vermelho. Sem olhar para Wexford, ou mostrar qualquer interesse, fixou o olhar nos homens e respondeu:

— Por uma razão ou por outra, tenho passado boa parte do meu tempo a vasculhar.

Wexford não deu resposta. Naquele momento, não seria capaz de reunir grandes entusiasmos para fazer um discurso no género «Liga-contra-os-Desportos-Cruéis». Também não insistiu no seu pedido; isso só serviria para aborrecer Lovat. Ficou sentado, em silêncio, na humidade fria do muro, escutando o som monótono das pás batendo no calcário, intercalado pelo baque surdo das camadas de terra macia, quando eram levantadas e atiradas pesadamente para o lado. Latas ferrugentas e cartões apodrecidos acumulavam-se em montes cada vez maiores, seguidos de perto pelos montes de arbustos arrancados da terra, com as raízes a fazerem lembrar escorpiões e envoltas em terra húmida. Haveria algum corpo ali debaixo? A qualquer momento, uma pá poderia trazer à luz, em vez de uma peça antiga de morteiro ou de mais uma massa de raízes castanhas, uma mão humana, branca e putrefacta.

O nevoeiro tornava-se cada vez mais espesso sobre as águas quase estagnadas. Lovat atirou o cigarro para uma poça onde pairava uma mancha de óleo.

— Eu faço-te isso — disse.

Foi um alívio afastar-se do rio e dos seus miasmas — os miasmas que, em tempos, tinham sido considerados como uma fonte de doenças — e poder voltar para a parte elegante da Cidade Velha, onde deixara o carro estacionado. Estava a limpar o pára-brisas embaciado quando viu Nancy Lake, e só não se interrogou sobre o que ela estaria ali a fazer porque, no mesmo momento, a viúva entrou numa pequena padaria, famosa pelos seus bolos e pães caseiros. Passara mais de um ano desde a última vez que a vira e quase esquecera aquilo que sentira nessa altura: a respiração apressada, o leve tremor do seu coração. Sentia o mesmo agora, enquanto via a porta de vidro fechar-se atrás dela e uma luz alaranjada e quente a recebia

Embora estivesse a tremer, com o hálito a assemelhar-se a baforadas de fumo, esperou-a na esquina. E quando ela saiu recompensou-o com um dos seus sorrisos quentes e francos.

— Mr. Wexford! Andam por aqui polícias aos montes, mas não estava à espera de o ver.

— Também sou polícia, lembra-se? Posso oferecer-lhe uma boleia até Kingsmarkham?

— Obrigada, mas não vou regressar já.

Tinha vestido um casaco de fazenda que brilhava devido às gotas minúsculas da chuva. O frio, que parecia fazer perder a cor às caras de toda a gente, dava um tom ainda mais vivo àquele rosto e os olhos brilhavam-lhe mais do que o costume.

— Mas, se quiser, vou consigo até ao seu carro e faço-lhe companhia durante cinco minutos.

Wexford pensou que alguém devia inventar uma maneira de aquecer um carro enquanto o motor está desligado. Mas ela parecia não dar pelo frio. Inclinou-se para ele com a vitalidade e o desejo de uma rapariguinha:

— Partilhamos um bolo de creme?

Ele abanou a cabeça.

— Receio que isso dê cabo da minha dieta.

— Mas você é tão elegante!

Mesmo sabendo que não o devia fazer, porque aquilo era um convite para recomeçar o jogo da sedução, ele olhou-a nos olhos e respondeu:

— Você está sempre a dizer-me coisas que nenhuma mulher me disse durante a última metade da minha vida.

Ela riu-se.

— Nem sempre. Como poderia ser assim, se quase nunca o vejo?

Nancy começou a comer um bolo. Era o tipo de bolo que ninguém deveria tentar comer sem ter um prato, um guardanapo e um garfo. Mas ela fê-lo, desembaraçando-se notavelmente apenas com os dedos, enquanto a sua língua, pequena e de um vermelho-vivo, eliminava bocadinhos de creme que lhe ficavam nos lábios.

— Vendi a minha casa — disse ela. — Mudo-me na antevéspera de Natal.

A antevéspera do Natal...

— Dizem que vai para o estrangeiro.

— Dizem? Há vinte anos que toda a gente anda a dizer coisas acerca de mim nesta terra, e a maior parte tem sido distorções da verdade. Também dizem por aí que o meu sonho se tornou, finalmente, realidade? — Acabou de comer o bolo e lambeu os dedos delicadamente. — Agora, tenho de ir. Uma vez, mas deve ter sido há anos, convidei-o para vir tomar chá comigo.

— Pois foi — respondeu ele.

— Posso insistir nesse convite? Digamos para... sexta-feira? — Quando ele anuiu, ela continuou. — E há-de provar o meu último doce de «prodígios».

— Gostava que me explicasse por que lhe chama isso.

— Eu explico-lhe... — segurou-lhe a porta do carro e ela agarrou a mão que ele estendeu. — Conto-lhe a história da minha vida. Tudo ficará claro. Então, até sexta.

— Até sexta.

Aquela sensação de nervosismo era absurda. «Estás velho», disse Wexford para si mesmo, repreendendo-se. «Ela quer dar-te doce de ameixa e contar-te a história da vida dela; já só serves para isso.» E ficou a vê-la afastar-se, até que a gola de pele cinzenta se confundiu com a bruma do rio e desapareceu.

— Não posso segui-lo no metro, Reg. Tentei três vezes, mas, com as compras de Natal, a multidão é cada vez maior às horas de ponta.

— Posso imaginar — disse Wexford, que se sentia com cada vez menos vontade de voltar a ouvir a palavra Natal. Estava mais consciente das pressões festivas da quadra do que alguma vez estivera no passado. Seria o Natal daquele ano mais festivo do que o costume? Ou seria simplesmente ele que começava a encarar cada postal de boas-festas que lhe chegava no correio, e cada pequeno facto que sugerisse às festividades que se aproximavam, como uma ameaça, como uma prova de que ia falhar? Havia uma ironia amarga no facto de que naquele ano iam encher a casa de gente, muito mais gente do que alguma vez antes; ambas as suas filhas, o genro, os dois netos. Howard e Denise, e Burden e os seus filhos. E Dora já começara a fazer as decorações. Tinha de se encolher na sua cadeira, com o telefone nos joelhos, para evitar enfiar a cara no grande ramo de azevinho que pendia sobre a sua secretária.

— Então, parece que não há mais nada a fazer, não é? — disse Wexford. — Desiste, deixa isso. Pode ser que apareça alguma novidade naquela história dos ordenados. É a minha última esperança.

A voz de Howard soou indignada:

— Não quis dizer que quero desistir. Só quero dizer que não posso fazer a coisa desta maneira.

— E que outra maneira é que tens?

— Porque não hei-de tentar apanhá-lo pela outra ponta?

— Pela outra ponta?

— Na noite passada, depois de o ter perdido de vista no metro, fui até à Dartmeet Avenue. É que pensei que ele podia ficar algumas noites inteiras com ela, embora não o fizesse sempre. Se lá ficasse todos os dias, não faria sentido manter um quarto alugado só para ele. E não ficou com ela ontem à noite, Reg. Voltou para casa no último autocarro 28. Então, eu pensei: porque não hei-de ir também neste autocarro?

— Devo estar a ficar embrutecido pela idade — disse Wexford —, mas não estou a ver em que é que isso ajuda.

— Eu digo-te. Ele há-de apanhar o autocarro na paragem que ficar mais próxima da casa dela, não é? E assim que eu descubra onde é, posso ficar lá à espera, na noite seguinte, a partir das cinco e meia. Se ele vier de autocarro, posso segui-lo; se vier de metro será mais difícil mas, ainda assim, há boas perspectivas.

Kilburn Park, Great Western Road, Pembridge Road, Church Street... Wexford suspirou:

— Há dezenas de paragens — respondeu.

— Em Notting Hill, não. E não te esqueças de que tem de ser em Notting Hill. O último autocarro 28 passa por Notting Hill Gate às dez para as onze. Amanhã à noite estarei à espera dele na Church Street. Tenho mais seis noites de semana, Reg, ainda seis noites de vigília até ao Natal.

—Vou ter de te guardar o peito do peru e o brinde do bolo-rei.

Quando pousou o telefone, a campainha da porta tocou e Wexford ouviu as vozes agudas de crianças cantando canções de Natal:

«Deus vos dê paz, e alegria,
e que nada vos perturbe... »

CAPÍTULO 18

A segunda-feira da última semana antes do Natal passou, e veio a terça-feira e não havia notícias de Lovat. Era muito provável que estivesse demasiado ocupado com o caso Morag Grey e não pudesse dispor de muito tempo. O corpo da mulher ainda não fora encontrado e o marido, que saíra em liberdade provisória por uma semana, deveria aparecer em tribunal exclusivamente pela acusação de assalto por arrombamento. Wexford telefonou para a esquadra de Myringham na terça-feira à tarde. O sargento Hutton disse-lhe que era o dia de folga de Mr. Lovat e que não seria possível encontrá-lo em casa, porque tinha ido a uma tal Convenção da Sociedade dos Amigos da Toupeira Inglesa.

Não teve notícias de Howard. Não era o medo que impedia Wexford de telefonar. Mas não se deve andar a maçar alguém que nos está a fazer o favor enorme de perder todo o seu tempo livre em benefício de uma obsessão que não é sua, de perseguir uma quimera alheia. Tem de se deixar uma pessoa assim sozinha e ficar à espera. *Quimera:* monstro, papão, ou coisa de concepção fantasiosa. Era assim que o dicionário definia a palavra, Wexford descobrira-o na solidão do seu escritório. Coisa de concepção fantasiosa... Hathall era de carne e osso, disso não havia dúvida; mas a mulher? Howard fora a única pessoa a vê-la, mas não estava preparado para jurar que Hathall — o monstro, o papão — fora a pessoa com quem a vira. «E que nada vos perturbe... », disse Wexford para consigo. Alguém fizera aquela impressão de uma mão, alguém deixara aqueles cabelos negros e fortes no chão do quarto de Angela.

E mesmo que as suas hipóteses de conseguir apanhá-la fossem agora mínimas, cada vez mais reduzidas com a passagem dos dias, nunca deixaria de querer saber como as coisas se tinham passado, de preencher os espaços que ainda havia em branco. Queria saber como Hathall a encontrara: na rua, num *pub,* como Howard sugerira? Ou teria começado por ser apenas uma amiga de Angela, dos tempos em que vivia em Londres, antes de Hathall lhe ter sido apresentado na festa dos Finchley? Decerto deveria ter vivido perto de Toxborough ou de Myringham, se o seu trabalho fora o de retirar dinheiro das contas fictícias. Ou teria essa tarefa sido partilhada entre ela e Angela? Hathall só trabalhara na Kidd's em tempo parcial. Nos seus dias de folga, Angela podia usar o carro para fazer a recolha do dinheiro.

E havia o livro sobre as línguas celtas, outra estranha «prova» daquele caso, a que ele ainda nem sequer começara a dar importância. As línguas celtas tinham alguma conexão, não muito distante, com a arqueologia, mas Angela não demonstrara qualquer interesse por elas quando trabalhara na biblioteca da Sociedade Nacional dos Arqueólogos. Se o livro era irrelevante, por que razão ficara Hathall tão perturbado quando o vira nas mãos de Wexford?

Mas o que quer que pudesse deduzir do exame repetido daqueles factos, da cuidadosa listagem de pequenas informações, aparentemente desconexas, e da tentativa de estabelecer um encadeamento, o que era realmente importante — reter Hathall, antes que ele saísse do país — estava agora dependente de se encontrarem provas da fraude. Pôr todas as peças daquele quebra-cabeças no seu lugar e fazer um retrato da sua quimera era coisa que podia esperar até que fosse demasiado tarde e Hathall tivesse partido. Isso, pensava Wexford com amargura, dar-lhe-ia algo com que se entreter durante as longas noites do Ano Novo. E quando a manhã de quarta-feira chegou e Lovat continuou a não dar notícias, foi até Myringham para tentar apanhá-lo no seu gabinete. Chegou lá por volta das dez horas, e foi-lhe dito que Mr. Lovat estava no tribunal e não devia voltar antes do almoço.

Wexford abriu caminho por entre a multidão que percorria as ruas comerciais, subiu e desceu degraus de cimento, entrou e saiu de elevadores — tudo sempre cheio de luzinhas a piscar, com a forma de pequenos malmequeres vermelhos e amarelos — e chegou ao tribunal. As bancadas do público estavam quase deser-tas. Deixou-se escorregar num assento, percorreu a sala com o olhar, tentando avistar Lovat, e acabou por encontrá-lo sentado lá à frente, quase colado à barra.

No banco dos réus estava um homem pálido, de uns trinta anos. Segundo as palavras do advogado que o representava, era um tal Richard George Grey, com morada incerta. Era, portanto, o marido de Morag. Não admirava que Lovat parecesse tão ansioso. Mas Wexford não precisou de muito tempo para perce-ber que a acusação de furto por arrombamento contra Grey se baseava em provas muito frágeis. A polícia, evidentemente, que-ria uma condenação que, ao que parecia, não ia conseguir obter. O advogado de Grey, que era jovem, delicado e diplomata, estava a fazer o seu melhor pelo seu cliente, num esforço que esta-va a fazer enrugar a testa de Lovat. Com uma rara *schaden-freude* (*), Wexford deu consigo a torcer por Grey. Por que razão havia Lovat de ser o sortudo, com a hipótese de reter um homem até ter provas suficientes para o incriminar pela morte da mulher?

— E assim poderão, meritíssimos, apreciar o rol de grandes infelicidades que o meu constituinte sofreu. Muito embora não seja obrigado a divulgar-vos quaisquer outras condenações ante-

---

(*) *Schadenfreude:* alegria maliciosa, felicidade perversa. Em alemão no original. *(N. do T.)*

riores, ele deseja fazê-lo, consciente, sem dúvida, de como é trivial a sua única condenação até hoje. E em que consiste esta condenação singular? Em ter sido mandado em liberdade sob fiança, meritíssimos, após ter sido encontrado numa casa alheia, na tenra idade dos seus dezassete anos.

Wexford chegou-se mais para dentro, ao longo do banco, para deixar duas senhoras de idade, cheias de sacos de compras, sentarem-se. As expressões das senhoras eram ávidas e pareciam estar ali perfeitamente à vontade. Aquele entretenimento, pensou Wexford, era gratuito, quotidiano e tinha todos os ingredientes da vida real; três vantagens em relação ao cinema.

Saboreando o desconforto de Lovat, escutou o advogado, que continuava:

— Para além disto, que mais consta do seu *cadastro?* Bom, é verdade que quando se viu desempregado e sem um tecto que o abrigasse, se sentiu impelido a procurar refúgio numa casa em ruína, para a qual o verdadeiro proprietário não parecia ter qualquer uso, e que estava classificada como *imprópria para habitar.* Mas isto, como os meritíssimos sabem, não é um crime. Nem sequer é considerado, de acordo com a lei que já se mantém há seiscentos anos, como invasão de propriedade privada. Também é verdade que foi despedido pelo seu último patrão por... e ele admite-o francamente, embora não tenha havido acusação... se ter apropriado da quantia negligenciável de duas libras e meia da caixa da empresa. Em resultado disso, foi obrigado a deixar o seu apartamento de Maynnot Hall, em Toxborough; e como resultado ainda mais sério foi deixado pela sua mulher, com o argumento de que se recusava a viver com um homem cuja honestidade deixara de estar acima de qualquer suspeita. Esta senhora, cujo paradeiro é desconhecido e cuja deserção provocou profunda perturbação no meu constituinte, parece ter alguma coisa em comum com a polícia de Myringham, nomeadamente o facto de gostar de bater num homem caído por terra...

Havia ainda muito mais, no mesmo estilo. Wexford não teria achado aquilo tão maçador se tivesse ouvido mais sobre as provas concretas e menos daquela choraminguice. Mas as provas deviam ser pouco convincentes e a acusação de Grey pouco fundamentada, porque os magistrados regressaram à sala, três minutos depois, para dar o caso por encerrado. Lovat levantou-se, desgostoso, e Wexford foi ter com ele. As suas idosas vizinhas afastaram os sacos das compras, protestando; havia muita gente fora da sala, uma pequena multidão que pretendia testemunhar um caso grave de ofensas corporais. Quando finalmente conseguiu passar, Lovat já se tinha metido no carro e arrancava na direcção oposta à da esquadra de Myringham.

Wexford estava a vinte quilómetros de Kingsmarkham e a vinte quilómetros de Londres. Porque havia de desperdiçar esses quilómetros voltando para trás? Porque não continuar, para norte, para ter uma última conversa com Eileen Hathall? As coisas dificilmente podiam ficar piores do que já estavam. Só podiam melhorar. E que tal seria, se ela lhe dissesse que a emigração de Hathall fora adiada, que ele ainda ia ficar mais uma semana, ou mesmo duas, em Londres?

Quando passou por Toxborough, na estrada que o levava a Maynnot Way, houve uma recordação que lhe aflorou a ideia. Richard e Morag Grey viveram ali, em tempos, tinham servido, presumivelmente, em Maynnot Hall — mas não era isso. No entanto, tinha algo a ver com o que o advogado dissera. Muito concentrado, reviu todo o caso, aquilo em que acabava por pensar como sendo o território de Hathall, como uma paisagem com figuras... De todas as personalidades que encontrara ou de que ouvira falar, uma fora sugerida pelo advogado, no seu dramático apelo perante a barra. Mas não fora mencionado nenhum nome, a não ser o de Grey... Sim, havia a mulher. A mulher desaparecida, era isso. «Deixado pela mulher, com o argumento de que se recusava a viver com um homem cuja honestidade deixara de estar acima de qualquer suspeita.» Mas que lhe lembrava isso? Tempo antes, no território de Hathall, talvez um ano antes, alguém, algures, falara-lhe de uma mulher que tinha um conceito peculiar de honestidade. O problema era que ele não fazia a menor ideia de quem fora essa pessoa.

183

Não foi necessário fazer nenhum esforço de memória para saber quem era a visita que Eileen Hathall convidara para almoçar. Wexford não via a velha Mrs. Hathall havia mais de quinze meses e ficou um pouco receoso por encontrá-la ali. A ex--mulher não iria dizer ao ex-marido que Wexford a visitara; mas era muito provável que a mãe o fizesse. Mas, e depois? Já não tinha importância, Hathall ia deixar o país daí a cinco dias. Um homem que vai abandonar a sua terra natal para sempre não tem tempo para pequenas vinganças e precauções desnecessárias.

E parecia que Mrs. Hathall, que se encontrava sentada à mesa bebendo uma chávena de chá depois do almoço, estava felizmente longe de apreender o significado da sua visita. Aquele cansativo polícia batera-lhe à porta uma vez, noutra casa; batia agora a outra porta, de outra casa onde ela também estava. Em todas as ocasiões em que o vira antes, ele queria encontrar o filho dela, por isso...

— Não vai encontrá-lo aqui — disse ela, com aquela sua voz rouca onde corria um sotaque nortenho. — Está muito ocupado a preparar-se para viajar.

Eileen viu o olhar interrogativo dele.

— Veio aqui ontem, à noite, e despediu-se — disse. A voz dela soava calma, quase complacente. E olhando para cada uma daquelas mulheres, Wexford compreendeu o que lhes acontecera. Hathall, enquanto vivera em Inglaterra, fora uma fonte constante de azedume e agruras para qualquer delas, criando na mãe uma necessidade perpétua de embirrar e molestar, e na ex-mulher o ressentimento e a humilhação. Indo-se embora, indo para tão longe que até podiam julgá-lo morto, Hathall deixá-las-ia em paz. Eileen assumiria quase um estatuto de viúva, e a velha senhora teria uma resposta pronta e à medida para quem lhe perguntasse a razão por que o filho e a nora tinham partido... diria que era por causa da educação da neta, que ia para a faculdade.

— Ele parte na segunda-feira? — perguntou Wexford. A velha Mrs. Hathall fez que sim com a cabeça, com um certo alívio.

— Acho que nunca mais lhe pomos a vista em cima.

Terminou o seu chá, levantou-se e começou a arrumar as coisas. Para ela, assim que se acabava a refeição, começava-se a levantar a mesa. Era a regra. Wexford viu-a levantar a tampa do bule e contemplar o conteúdo com um ar irritado, como se a ofendesse o desperdício estúpido que era deitar fora meio litro de chá. E fez sinal a Eileen, numa pequena encenação muda, de que ainda havia chá se ela quisesse. Eileen abanou a cabeça e Mrs. Hathall levou o bule. O facto de Wexford ter podido beber um pouco, ou de que poderia, pelo menos, ter-lhe sido dada uma oportunidade para o recusar, não pareceu sequer passar-lhes pela cabeça. Eileen esperou que a sogra saísse da sala.

— Desta vez é que me vejo mesmo livre dele — disse.

— Também nunca lhe pedi que cá viesse. Passei muito bem sem ele durante cinco anos, e posso passar ainda melhor o resto da minha vida sem o ver. Cá por mim, que faça boa viagem.

Era como ele supusera. Ela podia agora fingir, para si própria, que fora ela a mandá-lo embora, que agora que Angela estava morta ela própria poderia tê-lo acompanhado até ao Brasil, se assim o tivesse desejado.

— A mãe e eu — disse ela, observando a sala vazia, sem uma única decoração de Natal, sem um único ramo de azevinho —, a mãe e eu vamos passar aqui um Natal muito sossegadas, só nós duas. A Rosemary vai amanhã para casa de uma amiga francesa com quem se corresponde e só volta quando começarem as aulas. Vamos ficar aqui muito bem sossegadas e confortáveis as duas.

Ele quase estremeceu. A afinidade entre aquelas duas mulheres quase o assustava. Teria Eileen casado com Hathall porque ele lhe podia proporcionar a mãe que desejava? Teria Mrs. Hathall escolhido Eileen porque aquela era a filha de que precisava?

— A mãe está a pensar em vir viver para cá comigo — continuou Eileen quando a velha senhora voltou, pesadamente.

— Quando a Rosemary for para a faculdade, quero eu dizer. Não há necessidade de manter duas casas, não é?

Uma mulher mais calorosa, mais terna, poderia ter reagido com um sorriso de agradecimento, ou dando o braço à sua nora ideal. Mrs. Hathall não o fez. Os seus olhinhos frios lançaram uma quase imperceptível aprovação através da sala, descansaram brevemente na face afogueada de Eileen e no seu cabelo eriçado, enquanto a boca, rígida e com os cantos descaídos, mostrava qualquer coisa que parecia desapontamento, embora não tivesse razão para ele.

— Vem lá daí, Eileen — disse Mrs. Hathall. — Temos aqui os pratos para lavar.

Deixaram Wexford encontrar a saída por si próprio. Quando ultrapassou o alpendre, que lhe fazia lembrar uma estação de comboios de província, o carro que em tempos fora de Hathall surgiu da curva, com Rosemary ao volante. O rosto, que era uma versão mais inteligente do da avó, demonstrou tê-lo reconhecido, mas não houve qualquer expressão de saudação, nenhum sorriso educado.

— Já sei que vai passar o Natal a França.

Ela desligou o motor do carro, mas não fez mais nenhum gesto.

— Lembro-me de a ter ouvido dizer, uma vez, que nunca tinha estado fora do país.

— É verdade.

— Nem mesmo numa excursão de um dia a França com a sua escola, Miss Hathall?

— Ah, isso — disse ela, com uma calma gelada. — Isso foi no dia em que a Angela apareceu estrangulada — fez um gesto rápido e arrepiante, correndo um dedo ao longo da garganta. — Eu disse à minha mãe que ia com a escola. Mas não fui. Fui com um rapaz. Está satisfeito?

— Nem por isso. Você conduz; sabe conduzir há dezoito meses. Não gostava da Angela e parece muito afeiçoada ao seu pai...

Ela interrompeu-o bruscamente:

— *Afeiçoada?* Não posso nem vê-los, a qualquer delas. A minha mãe é um vegetal e a velha é uma cabra. Você não sabe, nem ninguém faz ideia do que me fazem passar, sempre a empurrar-me para a frente e para trás entre eles — as palavras eram duras, mas a voz não subiu de tom. — Vou fugir delas este ano, e nunca mais me põem a vista em cima. Estas duas que fiquem para aqui a viver juntas. Um dia morrem e ninguém há-de dar pela falta delas. Hão-de ficar para aí uns meses até que as descubram.

Levantou uma mão para poder afastar um caracol de cabelo preto e rude, e Wexford pôde ver-lhe a ponta do dedo, rosada e muito lisa.

— Satisfeito? — insistiu Rosemary.

— Agora, sim.

— Eu é que ia matar a Angela? — deu uma gargalhada gutural. — Há outros que eu mataria primeiro, deixe que lhe diga. Mas chegou a pensar realmente que eu a tinha morto?

— Não, na verdade — disse Wexford. — Mas tenho a certeza de que poderia tê-lo feito, se quisesse.

Ficou bastante satisfeito com aquela saída e pensou em mais alguns *esprits d'escalier* (*) durante o regresso. Só houvera uma ocasião, até aí, em que conseguira confundir um Hathall. Podia, evidentemente, ter-lhe perguntado se alguma vez conhecera uma mulher que tivesse uma cicatriz na ponta de um dedo, mas era contra a sua índole pedir a uma filha que traísse o próprio pai, mesmo tratando-se de uma filha daquelas e de um pai assim. Não queria sentir-se um inquisidor medieval, um sustentáculo de um Estado fascista.

Já na esquadra, telefonou a Lovat que, naturalmente, estava fora e não era esperado até ao dia seguinte. Howard também não diria nada. Se tinha estado de vigia na noite anterior, fizera-o em vão, pois Hathall estivera a fazer as suas despedidas em Croydon.

Dora estava a barrar o bolo de Natal com açúcar *glacê* e colocava no centro do círculo branco um Pai Natal de plástico pintado; à volta, pusera bonequinhos de plástico e ornamentos que todos os anos retirava dos seus papelinhos prateados e que tinham sido comprados quando a filha mais velha era ainda bebé.

(*) *Esprits d'escalier:* respostas que se imaginam quando já é demasiado tarde e a pessoa a quem se dirigiam já não está presente. *(N. do T.)*

— Pronto! Não está bonito?

— Está lindo — disse Wexford, com ar ausente.

Dora continuou, com uma brandura calculada:

— Ficarei satisfeita quando esse homem tiver partido para não sei onde e tu voltares a ser tu — limpou as mãos e tapou o bolo. — É verdade, lembras-te de uma vez me teres perguntado por uma mulher chamada Lake? Uma que me disseste que te fazia lembrar o Jorge II?

— Não foi isso que eu disse — respondeu Wexford, pouco à vontade.

— Foi qualquer coisa parecida. Bom, pensei que te interessasse saber que ela se vai casar. Com um homem chamado Somerset. A mulher dele morreu aqui há dois meses. Imagino que devia haver alguma coisa entre eles desde há anos, mas mantiveram a coisa muito discreta. Um verdadeiro mistério. Ele também não deve ter feito nenhuma promessa à mulher moribunda de que só tivesse amantes, pois não? Oh, querido, às vezes gostava que mostrasses um bocadinho mais de interesse por aquilo que te digo e que não tivesses sempre esse ar enfastiado!

CAPÍTULO 19

Quinta-feira era o seu dia de folga. Mas não ia aproveitar o descanso porque queria encontrar Lovat, nem que fosse no fim do mundo — uma metáfora que, aliás, era muito adequada a um protector da vida animal, pensou Wexford. De qualquer forma, não havia razão para se levantar muito cedo. Adormecera a pensar em como fora um velho tolo por supor que Nancy Lake tinha interesse nele, quando afinal ia casar com Somerset e, quando chegou a manhã, estava no meio de um sonho com Hathall. Desta vez era um sonho completamente sem sentido, com Hathall e a mulher misteriosa a embarcarem num autocarro 28 que voava. O telefone, tocando mesmo ao seu lado, acordou-o e interrompeu-lhe o sonho às oito horas.

— Pensei em apanhar-te antes de ir para o trabalho — disse a voz de Howard. — Descobri a paragem do autocarro, Reg.

Aquelas palavras despertaram-no mais do que a campainha do telefone conseguira fazer.

— Conta.

— Vi-o sair da Marcus Flower às cinco e meia e, quando ele foi para a estação de Bond Street, percebi que ia ter com ela. Tinha de voltar para casa por um par de horas, mas regressei à New King's Road por volta das dez e meia. Meu Deus, foi tão fácil! Este exercício todo resultou melhor do que me atrevi a esperar. Eu estava sentado num dos lugares da frente, em baixo, junto à janela. Ele não se encontrava na paragem que há ao cimo da Church Street, nem na outra a seguir, que fica logo depois de Notting Hill Gate. Eu sabia que se ele ia entrar tinha de ser numa das próximas; e então, olho para fora e lá estava ele, sozinho, na paragem que fica a meio de Pembridge Road. Entrou e subiu as escadas. Eu fiquei no autocarro e vi-o sair em West End Green. Depois — concluiu Howard, triunfante — segui até Golders Green e voltei para casa de táxi.

— Howard, és o meu único aliado.

— Bem, sabes o que o Chesterton dizia acerca disso. Vou estar naquela paragem a partir das cinco e meia, e depois se vê.

Wexford vestiu o roupão e desceu as escadas para ir ver o que Chesterton dissera: «Não há palavras para exprimir o abismo que existe entre o isolamento e o ter um aliado. Pode conceder-se aos matemáticos que quatro é duas vezes dois; mas dois não é duas vezes um. Dois é duas mil vezes um ...» Sentiu-se consideravelmente reconfortado. Talvez não dispusesse de uma brigada ao seu serviço, mas tinha Howard, o resoluto, o infinitamente fiável, o invencível, e juntos eram dois mil. Dois mil e um, contando com Lovat. Tinha de se lavar e vestir imediatamente e ir até Myringham.

O chefe do CID de Myringham estava lá, e com ele estava o sargento Hutton.

— O dia não está mau — disse Lovat, espreitando, por cima dos óculos tão pequenos que pareciam de brincar, para o céu, uniformemente cinzento, sem sol.

Wexford achou melhor não dizer nada sobre Richard Grey.

— Puseste-te em campo sobre aquela questão da falcatrua com os ordenados?

Lovat inclinou a cabeça, muito devagar e com solenidade, mas apontou o sargento como porta-voz.

— Encontrámos duas ou três contas que nos pareceram suspeitas, *sir*. Três, para ser mais preciso. Uma era da caixa de Toxborough, outra da Passigham St. John e uma daqui. Todas tinham pagamentos regulares por conta da Kidd's & C.ª, e em todas elas os pagamentos e os levantamentos pararam em Março ou Abril do ano passado. A conta de Myringham estava em nome de uma mulher cujo endereço descobrimos ser de uma espécie de pensão. As pessoas de lá não se lembram dela e não conseguimos descobri-la. A conta de Passingham era válida, estava tudo correcto. A mulher que era titular trabalhou na Kidd's, despediu-se em Março e nunca mais se deu ao trabalho de levantar os últimos tostões que ficaram na conta.

— E quanto à conta de Toxborough?

— Aí é que a coisa é mais complicada. Está em nome de uma tal Mrs. Mary Lewis, cuja morada é de Toxborough, mas a casa está fechada e quem lá mora foi em viagem. Os vizinhos dizem que se chamam Kingsbury, e não Lewis, mas parece que aceitavam hóspedes há muitos anos, e um desses poderia ser um Lewis. Teremos de esperar até que os Kingsbury regressem.

— E esses vizinhos sabem quando eles voltam?

— Não — disse Lovat.

— Há alguém que parta em viagem uma semana antes do Natal e que não fique fora até depois do Natal? — Wexford achava isso pouco provável. O seu dia de folga estendia-se à sua frente, vazio. Um ano antes, resolvera ser paciente, mas chegara o momento em que começava a contar as horas, em vez dos dias, até à partida de Hathall. Quatro dias. Noventa e seis horas. E esse, pensava ele, devia ser o único momento em que um número muito grande soa miseravelmente mais pequeno do que um número pequeno. Noventa e seis horas. Cinco mil setecentos e sessenta minutos. Nada. Instantes que passariam num abrir e fechar de olhos...

E o mais frustrante era que tinha de desperdiçar essas horas, esses milhares de minutos, porque não havia nada que pudesse fazer pessoalmente. Só podia ir para casa e ajudar Dora a pendurar mais enfeites, arranjar mais ramos artificiais de azevinho, colocar a árvore de Natal no seu suporte, especular com ela sobre o facto de o peru ser suficientemente pequeno para caber no tabuleiro do forno, ou suficientemente grande para ser pendurado por fios do tecto do forno. E na sexta-feira, quando já só faltavam setenta e duas horas (quatro mil trezentos e vinte minutos) foi com Burden à cantina da esquadra para o jantar especial de Natal. Até pôs um chapéu de papel e dividiu um aperitivo com a guarda Polly Davis.

Proximamente, tinha ainda o seu chá com Nancy Lake. Quase lhe telefonou a cancelar o encontro, mas não o chegou a fazer porque disse a si próprio que ainda havia uma ou duas perguntas a que ela lhe podia responder e que essa era uma maneira tão boa como qualquer outra de utilizar alguns dos seus quatro mil e tal minutos. Às quatro horas estava em Wool Lane, mas nem sequer pensava nela; pensava em como, oito meses antes, passara por ali com Howard, cheio de esperança, de energia e de determinação.

— Somos amantes há dezanove anos — disse ela. — Eu estava casada há cinco e tinha vindo viver para aqui com o meu marido. Um dia, quando ia a pé pela estrada, encontrei o Mark. Estava no quintal da casa do pai, a apanhar ameixas. Ele disse um gracejo qualquer por causa dos meus «prodígios», e o trocadilho foi ficando, era uma coisa nossa.

— O doce — disse Wexford — está muito bom.

Ela sorriu-lhe do outro lado da mesa. A sala onde estavam era tão vazia como a de Eileen Hathall e não havia decorações de Natal. Mas não era desolada, nem estéril, nem fria. Por todo o lado, ele via sinais de um quadro, de um espelho, de um ornamento que já tinham sido retirados. Ao olhar para ela, ao ouvi-la, conseguiu imaginar a beleza e o carácter das peças de mobiliário que agora estavam em caixotes, prontas a ser levadas para o seu novo lar. Os cortinados de veludo azul-escuro ainda pendiam na janela francesa, e ela correra-os para esconder o crepúsculo invernoso que chegava cada vez mais cedo. Davam-lhe um fundo semelhante a um céu nocturno e sombrio contra o qual ela brilhava, com o rosto um pouco corado, com o velho diamante num dedo e outro novo ao lado a faiscar sob a luz do candeeiro que tinha perto de si.

— Faz ideia do que seja — disse ela subitamente — estar apaixonado e não ter nenhum sítio onde possa fazer amor?

— Faço... pelo que já tenho ouvido dizer.

— Lá nos arranjávamos como podíamos. O meu marido descobriu tudo e o Mark, a partir daí, nunca mais pôde vir a Wool Lane. Tentámos não nos ver e, por vezes, conseguíamos aguentar durante meses, mas acabava sempre por não resultar.

— Porque não se casaram? Nenhum de vocês tinha filhos.

Ela pegou na chávena dele e voltou a enchê-la. Quando lha passou outra vez, os seus dedos roçaram pelos dele e ele sentiu um calor invadi-lo, um calor que era quase de raiva. Como se já não bastasse, pensava Wexford, ela estar ali, com aquele aspecto, ainda vinha com aquela conversa de sexo.

— O meu marido morreu — continuou Nancy. — Íamos casar. E, nessa altura, a mulher de Mark adoeceu e ele não podia deixá-la. Era impossível.

Ele não conseguiu evitar um tom irónico na voz:

— E assim mantiveram-se fiéis um ao outro e passaram a viver de esperanças?

— Não; houve outros, para mim. — Olhou-o firmemente, e ele não foi capaz de lhe devolver esse olhar. — O Mark soube sempre disso, mas nunca me acusou de nada. Como poderia fazê-lo? Já uma vez lhe disse: sentia-me como se fosse uma simples distracção, uma coisa que só servia para... para o distrair e para o divertir um pouco quando se podia subtrair à cabeceira da cama da mulher.

— Era a ela que se referia quando me perguntou se era errado desejar a morte de alguém?

— Evidentemente. Quem mais poderia ser? Pensou... pensou que me estava a referir a *Angela?* — O ar grave das suas palavras desapareceu imediatamente e voltou a sorrir. — Oh, meu caro!...

Quer que lhe diga outra coisa? Há dois anos, quando me sentia muito só e muito triste porque a Gwenn Somerset voltara para casa do hospital e não deixava o Mark sair de ao pé dela, eu... eu cheguei a fazer avanços para o Robert Hathall. Aí tem mais uma confissão. E ele não me ligou. Deu-me para trás. Coisa a que eu não estou acostumada — disse com uma pompa fingida —, essa de ser recusada.

— Acredito que não. Acha que sou cego — disse ele quase com brutalidade — ou completamente parvo?

— Não. É simplesmente fechado como uma ostra. Se já acabou, podemos passar para a outra sala. É mais confortável. Ainda não a limpei de todos os meus vestígios.

Wexford obtivera respostas para todas as suas perguntas e não havia já necessidade de perguntar onde ela estivera quando Angela morrera, ou onde estivera Somerset; nem sequer seria preciso sondar todos aqueles mistérios entre ela e Somerset, que aliás já não eram mistérios. Pensou que podia mesmo era dizer adeus e ir-se embora, mas atravessou o *hall* e seguiu-a para uma sala mais quente, de texturas suaves e cores fortes, ricas, onde parecia não haver superfícies duras, mas apenas sedas que se misturavam com veludos e veludos que se misturavam com brocados. Antes que ela pudesse fechar a porta, estendeu-lhe a mão, com a intenção de começar um pequeno discurso de agradecimento e despedida. Mas ela agarrou a mão dele entre as suas.

— Vou-me embora na segunda-feira — disse, olhando para ele. — Os novos moradores vêm para cá nesse dia. Não nos voltaremos a ver. Posso prometer-lho se quiser.

Até aí, duvidara das intenções dela em relação a si. Agora, não havia lugar para dúvidas.

— O que a leva a pensar que eu quero ser a última aventura de uma mulher que vai ao encontro do seu primeiro amor?

— Não será um elogio?

— Eu sou um homem de idade. E um homem de idade que se deixa levar por elogios é patético.

Ela enrubesceu um pouco.

— Daqui a pouco, também serei uma senhora de idade. Podíamos ser patéticos os dois — uma gargalhada de desafio fez-lhe tremer a voz. — Não vá já embora. Podemos conversar... Nunca chegámos mesmo a conversar.

— Não fizemos outra coisa senão conversar — respondeu Wexford. Mas não se foi embora. Deixou-a conduzi-lo para o sofá e sentar-se ao seu lado, para falar sobre Somerset e sobre a mulher de Somerset e dos dezanove anos de secretismo e de fingimentos. A mão dela repousava na sua; e, à medida que se descontraía e a escutava, Wexford lembrava-se da primeira vez em que agarrara aquela mão e do que ela dissera quando a segurara por uma fracção de segundo mais do que o necessário. Por fim, ela levantou-se. Ele levantou-se também e levou aquela mão aos seus lábios.

— Desejo-lhe felicidades. Espero que seja muito feliz.

— Estou um pouco amedrontada, sabe? Tenho medo de como as coisas possam ser, ao fim de todo este tempo. Percebe o que eu quero dizer?

— Claro.

Falou com delicadeza, passada toda a irritação, e quando ela lhe pediu que tomasse uma bebida com ela, respondeu:

— Beberei a *si* e à sua felicidade.

Ela lançou-lhe os braços à volta do pescoço e beijou-o. Foi um beijo impulsivo, ao de leve, e acabou antes mesmo de ele conseguir resistir-lhe ou responder-lhe. Nancy saiu da sala por alguns minutos, mais minutos do que os que seriam necessários para ir buscar copos e bebidas. Wexford podia ouvir o som dos passos dela no soalho do andar de cima, e imaginou como ela viria, quando voltasse à sala. Por isso, tinha de decidir o que fazer: sair ou ficar. «Colhe as rosas dos jardins dos outros, enquanto podes»? Ou «sê um velho, sonhando os teus sonhos, preocupado com os teus votos de matrimónio»?

Toda a sua vida recente lhe pareceu uma longa série de falhanços, de cobardias e de precauções. E, no entanto, toda a sua vida recente fora também dedicada a fazer aquilo que acreditava ser justo e correcto. Talvez, no fim de contas, fosse tudo dar ao mesmo.

Por fim, saiu para o *hall*. Chamou-a pelo nome — «Nancy!» — usando esse nome pela primeira e única vez. E quando se aproximou das escadas, viu-a lá em cima: a luz era suave e delicada, desnecessariamente delicada, e ela estava como ele sabia que estaria, como a imaginara nos seus sonhos e nas suas fantasias. Só que era ainda melhor do que isso, muito melhor do que ele esperara.

Olhou-a com um ar pensativo e apreciador. Olhou-a durante longos minutos em silêncio. Mas já tomara uma decisão.

Só os tolos ficam a remoer o passado, cheios de pena das oportunidades perdidas ou de nostalgia pelos prazeres que escolheram. Wexford não se arrependia de nada, porque só fizera aquilo que qualquer homem sensato teria feito no seu lugar. A sua decisão fora tomada durante aqueles momentos em que ela saíra da sala e agarrara-se a essa decisão, confiante em que estava a agir de acordo com os seus próprios padrões de comportamento e com o que era melhor para si. Mas ficou espantado quando viu como já era tarde quando entrou em casa; quase oito horas. E, ao dirigir de novo a atenção para a passagem do tempo, voltou a contar os minutos, voltou a calcular que só lhe restavam uns meros três mil e quinhentos minutos. O rosto de Nancy desapareceu-lhe da mente, o calor da sua imagem desvaneceu-se. Dirigiu-se para a cozinha, onde Dora estava a fazer ainda mais uma pilha de filhós, e perguntou com brusquidão.

— O Howard telefonou?

Ela olhou-o. Wexford esquecera — estava sempre a esquecer-se — de como ela era astuta.

— Ele não ia telefonar a esta hora, ou ia? Com ele, é sempre a primeira coisa que faz logo de manhã, ou a última que faz à noite.

— Pois, bem sei. Mas estou preocupado com esta história.

— Pois estás. Até te esqueceste de me beijar. — Beijou-a, e o passado recente ficou para trás. Sem ressentimentos, sem nostalgias, sem introspecção. Pegou numa filhó e mergulhou-a no açúcar.

— Vais ficar gordo, feio e repelente.

— Talvez — disse Wexford, pensativo. — Mas isso não seria assim tão mau; com moderação, claro.

CAPÍTULO 20

Sheila Wexford, a actriz filha do inspector, chegou no sábado de manhã. Era bom vê-la em carne e osso, disse-lhe o pai, em vez de a ver sempre a duas dimensões e a preto e branco naquele série da televisão. Vagueou pela casa, compondo os enfeites de forma mais artística e cantarolando *White Christmas*. Parecia que ia ser, apesar de tudo, um Natal cinzento. O boletim meteorológico para os dias seguintes dissera que seria assim, e agora os próprios sinais do tempo vinham ao encontro das previsões: de manhã, uma névoa branca escondia o sol; à tarde, essa névoa tornava-se mais densa e amarelada.

O dia mais curto do ano. O solstício de Inverno. O frio e a luz eram árcticos. O nevoeiro fechava a luz do dia a partir das três da tarde e anunciava dezassete horas de noite. Ao longo das ruas, as árvores de Natal iluminadas só se viam como um borrão de luz âmbar nas janelas. «Deus vos dê alegria, senhores, e que nada vos perturbe...» Dezassete horas de escuridão, trinta e seis horas para o momento final.

Howard prometera telefonar, e fê-lo às dez horas. Hathall estivera em casa sozinho, na Dartmeet Avenue, desde as três. Howard encontrava-se na cabina do outro lado da rua, mas ia agora para casa. As suas seis noites de vigia até ao Natal chegavam ao fim — a de hoje era um bónus, porque não suportava ser derrotado, mas tinha de ir para casa.

— Amanhã venho vigiá-lo, Reg; pela última vez.

— Achas que vale a pena?

— Pelo menos, ficarei descansado por ter feito o meu papel com o maior empenho que me foi possível.

Hathall estivera sozinho todo o dia. Quereria isso dizer que mandara a mulher embora em primeiro lugar? Wexford foi para a cama cedo e ficou acordado, a pensar no Natal, a pensar em si próprio e em Howard, sentados à lareira, taciturnos, a rever uma última vez que aquilo poderia ter acontecido se, um ano antes, Griswold não tivesse impedido a investigação do caso.

No domingo de manhã, o nevoeiro começou a abrir. A vaga esperança que Wexford depositara na possibilidade de Hathall adiar a sua partida por causa do nevoeiro desvaneceu-se quando o sol surgiu, forte e brilhando intensamente, ao meio-dia. Ouviu as notícias da rádio, mas nenhum aeroporto fora ainda encerrado nem havia voos cancelados. E enquanto a tarde começava com um pôr-do-sol luminoso e um céu limpo e frio — como se o Inverno já começasse a morrer com a passagem do solstício — soube que teria de se resignar à fuga de Hathall. Estava tudo acabado.

Mas, embora fosse capaz de ensinar a si próprio como evitar a introspecção, no que dizia respeito a Nancy Lake, não podia deixar de pensar amargamente, com pena, no longo período em que ele e Hathall tinham sido adversários. As coisas poderiam ter sido muito diferentes; bastava que tivesse suspeitado da fraude dos ordenados um pouco mais cedo — admitindo que havia, de facto, fraude. Devia ter-se lembrado de que um paranóico acossado e com muita coisa em jogo teria de reagir negativamente às suas investigações desajeitadas e ao que essas investigações insinuavam. Mas agora estava tudo acabado e nunca saberia quem era a mulher. Amargurado, pensou noutras questões que teriam de ficar também sem resposta. Qual era a razão para a presença em Bury Cottage do livro sobre as línguas célticas? Por que razão Hathall, que na idade madura começara a apreciar as aventuras sexuais, repelira uma mulher como Nancy Lake? Porque é que a sua cúmplice, em tudo o resto tão cuidadosa e eficaz, deixara a impressão da mão e logo na banheira? E por que é que Angela, que estava tão ansiosa por agradar à sogra, tão desesperada por obter uma reconciliação, usara no dia da visita desta precisamente as mesmas roupas que tinham ajudado a virar a sogra contra si?

Não lhe passou pela cabeça que, naquele ponto já tão adiantado da questão, Howard pudesse ter qualquer último sucesso. O hábito de Hathall era ficar em casa aos domingos, recebendo a mãe ou Rosemary. E ainda que já tivesse feito as suas despedidas, não havia razão para supor que fosse mudar de hábitos ao ponto de ir até Notting Hill ter com ela, se no dia seguinte partiam juntos. Por isso, quando levantou o auscultador, às onze horas desse domingo, e ouviu a voz familiar de Howard, agora um pouco cansada e um pouco irritada, pensou, primeiro, que Howard estava a telefonar apenas para dizer a que horas ele e Denise chegariam para a ceia de Natal. E quando compreendeu a verdadeira razão para o telefonema e se apercebeu de que agora, quando já era demasiado tarde, o seu sobrinho estava a ponto de cumprir a sua tarefa, Wexford sentiu o desespero nauseante de um homem que não quer que a esperança regresse e ameace a sua resignação.

— Viste-a? — perguntou. — Viste-a mesmo?

— Eu sei como te sentes, Reg, mas tenho de te dizer, de qualquer das maneiras. Não conseguiria guardar isto para mim. Eu vi-os, a ele e a ela. Vi-os juntos. E perdi-os.

— *Oh, Senhor!* Ah, meu Deus, isto é mais do que eu aguento.

— Não mates o mensageiro, Reg — disse Howard mansamente. — Não sejas a minha Cleópatra. «Eu, que trago as notícias, não interfiro no desfecho.»

— Não estou zangado contigo. Como poderia estar, depois de tudo o que fizeste por mim? Estou irritado com... com o destino, acho eu. Conta-me o que se passou.

— Comecei a vigiar a casa de Dartmeet Avenue depois do almoço. Não sabia se o Hathall lá estava ou não, até que o vi sair e deitar um grande saco de lixo num dos latões. Estava a fazer uma limpeza geral e a arranjar as malas, julgo eu. Deitar fora o que já não ia fazer falta. Fiquei ali sentado no carro, e quase estava a ir para casa quando vi a luz acender-se no quarto dele às quatro e meia. Talvez tivesse sido melhor se me tivesse ido embora. Pelo menos, não teria levantado falsas esperanças. O tipo saiu às seis, Reg, e desceu até West End Green. Segui-o de carro e estacionei em Mill Lane, que é a rua que vai para oeste a partir de Fortune Green Road. Ficámos ambos à espera durante uns cinco minutos. O autocarro 28 não aparecia e ele resolveu apanhar um táxi.

— E seguiste-o? — perguntou Wexford, com a admiração a ultrapassar, por um instante, o desalento.

— É mais fácil seguir um táxi do que um autocarro. Os autocarros estão sempre a parar. Seguir um táxi em Londres, a um domingo à noite, é muito diferente de seguir um táxi durante o dia, às horas de ponta. Mas, seja como for, o taxista tomou mais ou menos o mesmo percurso que o autocarro. Deixou o Hathall à porta de um *pub* em Pembridge Road.

— Perto daquela paragem em que o viste apanhar o autocarro, há dias?

— Muito perto daí, sim. Estive nessa paragem e andei pelas ruas ali à volta todas as noites desta semana, Reg. Mas ele devia ir por uma rua das traseiras para chegar a Notting Hill Gate e ir ter com ela. Não voltei a vê-lo.

— Mas entraste no *pub* atrás dele?

— Chama-se Rosy Cross e estava cheiíssimo. Ele pediu duas bebidas, um gim para ele e um *Pernod* para ela, embora ela ainda não tivesse chegado. Conseguiu encontrar duas cadeiras a um canto e pôs o casaco numa delas, para reservar o lugar. A maior parte do tempo, toda aquela gente impedia-me de o lobrigar, mas via, pelo menos, o copo de *Pernod* amarelo à espera dela na mesa. Ou o Hathall estava adiantado ou ela estava atrasada dez minutos. Só me apercebi de que ela já tinha chegado quando uma mão envolveu o copo amarelo e esse copo foi retirado do alcance do meu olhar. Saí de onde estava e comecei a tentar furar por entre as pessoas para conseguir ver melhor. Era a mesma mulher com que o vira à porta da Marcus Flower, uma mulher bonita, dos seus trinta anos, com cabelo curto e pintado de louro. Não, não me perguntes. Não lhe consegui ver a mão. Já estava demasiado perto e a arriscar de mais. Acho que o Hathall me reconheceu. Meu Deus, só se fosse cego é que não me via, apesar de todos os cuidados que tomei. Tomaram as bebidas bastante depressa e abriram caminho até à saída. Ela deve viver muito perto dali, mas onde, ao certo, não te sei dizer. Agora também já não tem importância. Vi-os afastarem-se quando saí e preparei-me para os seguir, a pé. Apareceu um táxi e eles apanharam-no. O Hathall nem sequer disse primeiro ao condutor para onde queria ir. Entrou logo e deve ter dito o destino depois. Não ia correr o risco de ser seguido e eu não pude segui-lo. O táxi subiu a Pembridge Road e deixei de o ver. Perdi-os e voltei para casa. São as últimas quanto ao Robert Hathall, Reg. Foi bom enquanto durou. Cheguei mesmo a pensar... bom, deixa lá. Tiveste razão durante todo este tempo, e essa vai ser, receio eu, a tua única consolação.

Wexford despediu-se do sobrinho até à véspera de Natal. Um avião passou ruidosamente por cima da casa, vindo de Gatwick. Ficou junto à janela do quarto e viu as luzes vermelhas e brancas cruzando o céu limpo e estrelado, como meteoros. Só mais algumas horas e Hathall iria num daqueles aparelhos para longe. Logo pela manhã? Ou iriam à noite? Ou no voo da tarde? Descobriu que sabia pouco sobre extradição. Nunca precisara de o saber. E as coisas tinham começado a agitar-se de tal maneira, ultimamente, e andava tudo tão complicado, que qualquer país negociaria, provavelmente, e quereria concessões de qualquer tipo, ou quaisquer compensações antes de repatriar um estrangeiro. Além disso, embora fosse possível obter uma ordem de extradição se se tivessem provas irrefutáveis de homicídio, o mesmo não acontecia com um caso de fraude presumível. A acusação seria burla, pensou Wexford. Burla, ao abrigo do capítulo 15º da lei de 1968. Subitamente, parecia fantástico estar a contemplar a hipótese de pôr toda a maquinaria política a funcionar para trazer um homem de volta do Brasil, sob a acusação de deitar a mão aos fundos de uma fábrica de bonecas de plástico.

Pensou em criminosos de outros tempos, sendo detidos a meio do Atlântico por causa de uma mensagem por telégrafo; em assaltantes de comboios apanhados após longos meses de liberdade numa qualquer terra distante do Sul, em filmes que vira e nos quais um criminoso qualquer, muito à vontade e julgando-se finalmente muito seguro, sentia o longo braço da lei cair-lhe em cima no momento em que se sentava para beber um copo de vinho numa esplanada soalheira. Mas esse não era o seu mundo. Não se conseguia imaginar, nem mesmo num papel secundário, a tomar parte num drama exótico. Em vez disso, via Hathall voando para longe, para a liberdade, para a vida que sonhara e por causa da qual matara Angela. E tudo isso quando, dentro de uma ou duas semanas, talvez Brock Lovat fosse obrigado a admitir a derrota por não ter encontrado vestígios de fraude, ou roubo, ou burla, mas apenas umas vagas suspeitas de qualquer coisa sub-reptícia pela qual Hathall poderia ser chamado a depor e para a qual teria de dar alguma explicação — caso Hathall lá estivesse para responder...

Chegara o dia. Wexford acordou cedo e pensou imediatamente em Hathall levantando-se igualmente cedo. Vira Howard na noite anterior, suspeitara de que continuava a ser seguido; por isso, não se arriscaria a passar a noite com a mulher, ou ela a passar a noite com ele. Nesse momento, Hathall estaria a lavar-se na bacia daquele quarto sórdido, estaria a retirar um fato do armário dos tempos da batalha de Mons, a barbear-se antes de arrumar as lâminas na pequena mala de mão que levaria consigo no avião. Wexford conseguia adivinhar aquele rosto granítico e sempre vermelho, mais vermelho ainda por causa do contacto com a lâmina de barbear, adivinhava o cabelo negro a ser todo puxado para trás com uma escova molhada. Hathall estaria agora a dar um último olhar à cela de três por quatro que fora o seu lar durante nove meses e a pensar com alegria antecipada no lar que haveria de ser seu daí a pouco. Agora estaria na cabina telefónica, do outro lado da rua, numa madrugada de Inverno, a confirmar o voo com o aeroporto e a rezingar com a rapariga que o atendesse por não ser suficientemente rápida na sua resposta, ou por não ser eficiente ou delicada. Por fim, um telefonema para *ela,* onde quer que estivesse no labirinto de Notting Hill. Não, talvez houvesse ainda mais um telefonema, para a central de táxis que o levaria, a ele e à sua bagagem, para longe, para sempre...

«Pára com isso!», disse para si próprio com severidade. «Deixa-te disso. Acabou-se. É assim que se dá em doido ou, pelo menos, que se começa uma neurose obsessiva. O Natal está aí à porta, vai trabalhar, esquece-o». Levou uma chávena de chá a Dora e foi trabalhar.

No seu gabinete, viu o correio e espalhou alguns postais de boas-festas pela sala. Havia um de Nancy Lake, que olhou pensativamente por um momento e que depois guardou na gaveta da secretária. Tinham chegado nada menos do que cinco calendários, incluindo um do estilo espampanante, com mulheres nuas, oferecido por uma garagem local. Fez-lhe lembrar *Ginge* na estação de West Hampstead, os escritórios da Marcus Flower... Estaria a enlouquecer? Que se estaria a passar consigo, se até um calendário erótico lhe trazia à ideia a perseguição de um assassino? Tinha de parar com aquilo. Daquela colecção, escolheu um calendário elegante e extremamente discreto com doze reproduções a cores de paisagens de Sussex; pendurou-o na parede, ao lado do mapa do distrito. Quanto à oferta da garagem agradecida, colocou-a num envelope novo, escreveu *Confidencial* e enviou-a para o gabinete de Burden. Isso poria o empertigado inspector a lançar impropérios aos padrões morais destes tempos e distraí-lo-ia, a Wexford, daquele maldito, inominável, triunfante, estupor de criminoso e fugitivo Robert Hathall.

203

Depois, voltou a atenção para os assuntos que, de momento, preocupavam a polícia de Kingsmarkham. Cinco mulheres da cidade e outras duas das aldeias próximas tinham-se queixado de telefonemas obscenos. A única coisa mais extraordinária que havia nisso era que quem fizera os telefonemas também era uma mulher. Wexford sorriu para consigo ao notar os recantos estranhos da vida por onde a Libertação das Mulheres estava a enveredar. Sorriu depois mais sombriamente e com exasperação perante a tentativa do sargento Martin de fazer um grande caso das actividades de quatro miúdos que tinham atado uma corda de um candeeiro até à parede mais próxima, na tentativa de fazer tropeçar os transeuntes. Porque o faziam perder tempo com tais parvoíces? Mas, por vezes, é melhor ver-se o tempo a ser desperdiçado do que gastá-lo perseguindo para sempre, debalde, uma coisa vã e fugidia...

O seu telefone interno estava a tocar. Levantou o auscultador, esperando ouvir a voz de um ultrajado e indignado Burden.

— O inspector-chefe Lovat está aqui para falar consigo, *sir*. Posso mandá-lo entrar?

CAPÍTULO 21

Lovat entrou vagarosamente, e com ele vinha o seu inevitável intérprete, o seu *fidus Achates* (*), o sargento Hutton.

— Belo dia.

— Raios partam o dia — disse Wexford com voz gutural, porque o seu coração e a sua pressão arterial estavam a comportar-se de modo muito estranho. — Mas deixemos o dia como está. Cá por mim, até podia muito bem chover e nevar...

Hutton interrompeu-o delicadamente:

— Dá-nos licença que nos sentemos, *sir?* Mr. Lovat tem uma coisa para lhe dizer e que acha que poderá interessar-lhe muitíssimo. E uma vez que foi o senhor quem nos pôs em campo, parecia ser uma questão de simples cortesia...

— Sentem-se, façam o que quiserem. Tomem um calendário, levem um cada um. Sei por que razão vieram. Mas digam-me só uma coisa: pode extraditar-se um homem por causa daquilo que

---

(*) *Acates*, fiel companheiro de Eneias na epopeia de Virgílio. *(N. do T.)*

vocês descobriram? Se não se pode, deixem de se preocupar. O Hathall vai hoje para o Brasil, e até aposto dez contra um em como já vai a caminho.

— Credo, credo... — disse Lovat placidamente.

Wexford quase deitou as mãos à cabeça:

— Então, pode-se ou não? — gritou.

— É melhor eu contar-lhe o que Mr. Lovat descobriu, *sir.* Voltámos a telefonar para casa de Mr. e Mrs. Kingsbury, ontem à noite. Tinham acabado de regressar. Foram visitar uma filha que se casou há pouco tempo e que vai ter um filho. Nunca lá tiveram nenhuma Mrs. Mary Lewis hospedada nem nunca tiveram qualquer ligação com a Kidd's & C.ª. Além disso, quando fizemos mais algumas perguntas na casa de hóspedes de que Mr. Lovat lhe falou, não se descobriu nenhuma prova da existência da outra titular de uma conta.

— E por isso emitiram um mandado de captura contra o Hathall?

— Mr. Lovat gostaria de falar com Mr. Hathall, *sir* — disse Hutton cautelosamente. — Estou certo de que concordará que precisamos de mais alguma coisa para prosseguirmos. Para além da... hum, cortesia... viemos vê-lo para saber a morada actual de Hathall.

— A morada actual dele — retorquiu Wexford secamente — é provavelmente oito mil metros acima da Madeira, ou seja lá por onde for que esse maldito avião voa.

— É pena — disse Lovat, abanando a cabeça.

— Talvez ainda não tenha partido, *sir.* Talvez pudéssemos telefonar-lhe.

— Podíamos, de facto, se ele tivesse telefone e se ainda não tivesse partido — Wexford olhou desesperado para o relógio. Eram dez e meia. — Francamente, não sei o que fazer. A única coisa que posso sugerir é que vamos todos até a Millerton-*les Deux...* ah... a Hightrees Farm, e ponhamos tudo isto sob os olhos do chefe.

— É boa ideia — disse Lovat. — Tenho lá passado muitas noites óptimas, a ver as toupeiras que lá há.

Wexford teve vontade de lhe dar um pontapé.

Nunca sabia o que o levava a fazer a pergunta. Não tinha nada a ver com um sexto sentido. Talvez fosse só que ele pensasse que devia ter os factos daquela fraude tão claros na sua cabeça como estavam na de Hutton. Mas fez a pergunta, e depois agradeceu a Deus por tê-la feito no caminho para Millerton.

— As moradas das titulares das contas, *sir?* Uma estava no nome de Mrs. Dorothy Carter, de Escot House, Myringham... é a tal casa de hóspedes; a outra é de Mrs. Mary Lewis, Maynnot Way, 19, Toxborough.

— Maynnot Way, diz você? — perguntou Wexford com uma voz que soava muito diferente da sua.

— Exactamente. É a estrada que vai da zona industrial a...

— Eu sei qual é, sargento. E também sei quem vivia em Maynnot Hall, a meio da Maynnot Way — sentiu um nó na garganta. — Brock, que estavas tu a fazer na Kidd's, naquele dia em que nos cruzámos à entrada?

Lovat olhou para Hutton e Hutton disse:

— Mr. Lovat estava a prosseguir o seu inquérito relacionado com o desaparecimento de Morag Grey, *sir.* Morag Grey trabalhou como mulher da limpeza na Kidd's durante algum tempo, na altura em que o marido era jardineiro da câmara. Naturalmente, explorámos todas as hipóteses que se nos proporcionaram.

— Então não exploraram Maynnot Way de maneira suficiente.

Wexford quase se engasgou perante a enormidade da sua descoberta. Era a sua quimera, pensou ele, a sua coisa de concepção fantasiosa.

— A vossa Morag Grey não está enterrada em jardim nenhum. É a amante do Robert Hathall, vai a caminho do Brasil com ele. Meu Deus, estou a ver tudo!...

Se ao menos tivesse Howard ali ao seu lado para explicar tudo aquilo, em vez do fleumático Lovat e do seu linguarudo sargento...

— Ouçam. Essa tal Grey foi cúmplice do Hathall na fraude. Ele conheceu-a quando ambos trabalhavam na Kidd's e era ela e a mulher dele quem tinham a tarefa de levantar o dinheiro das contas fictícias. Evidentemente, ela lembrou-se do nome e do endereço de Mrs. Mary Lewis porque conhecia Maynnot Way e sabia que os Kingsbury alugavam quartos. O Hathall apaixonou-se por ela e ela matou a mulher dele. Ela não está morta, Brock, tem estado a viver em Londres como amante do Hathall desde a morte de Angela... Quando desapareceu ela?...

— Tanto quanto sabemos, em Agosto ou Setembro do ano passado, *sir* — disse o sargento, ao mesmo tempo que estacionava o carro frente a Hightrees Farm.

Seria péssimo para a reputação do Mid-Sussex que Hathall escapasse. Essa era, para espanto de Wexford, a opinião de Charles Griswold. E viu um leve traço de nervosismo alterar o rosto do chefe quando foi forçado a admitir que a teoria era plausível.

— Agora, já é algo mais do que uma «sensação», penso eu, Reg — disse Griswold. E foi ele próprio quem telefonou para o aeroporto de Londres.

Wexford, Lovat e Hutton tiveram de esperar muito tempo até que o chefe regressasse. Mas quando apareceu de novo foi para dizer que Robert Hathall e uma mulher que viajaria sob o nome de Mrs. Hathall constavam da lista dos passageiros do voo que partiria para o Rio de Janeiro ao meio-dia e quarenta e cinco. A polícia do aeroporto estava avisada para os deter, sob a acusação de burla, ao abrigo da lei, e fora imediatamente emitido um mandado de captura.

— Ela deve estar a viajar com o passaporte dele.

— Ou com o de Angela — disse Wexford. — Ele ainda o tem. Lembro-me de o ter visto, mas ficou com o Hathall.

— Não vale a pena estar com recriminações, Reg. Mais vale tarde do que nunca.

— Acontece, *sir* — respondeu Wexford cheio de delicadeza, mas com um tom agressivo na voz —, que são vinte para o meio-dia. Só espero que ainda vamos a tempo.

— Ah, mas ele agora não nos pode escapar — respondeu Griswold afanosamente —, hão-de detê-lo no aeroporto, que é para onde vocês podem ir andando. Vá-se embora, Reg. E amanhã de manhã pode passar por aqui para tomar uma bebida e contar-me como tudo correu.

Voltaram a Kingsmarkham para apanharem Burden. O inspector estava no átrio, olhando por cima dos óculos para um envelope que tinha na mão, e interrogava, extremamente irritado, um sargento muito espantado sobre quem tivera o desplante de lhe enviar pornografia.

— Hathall? — disse Burden, quando Wexford lhe explicou o que se passava. — Não está a falar a sério, está a brincar comigo.

— Mete-te no carro, Mike, que eu conto-te tudo no caminho. Ou melhor, o sargento Hutton conta-nos tudo. Que é isso que tens aí? Estudos artísticos? Agora percebo por que precisas de óculos.

Burden deu um grunhido de raiva e ia começar a fazer um longo discurso de explicação e de protesto da sua inocência, mas Wexford obrigou-o a atalhar. Não queria que nada o distraísse naquele momento. Esperara aquele dia, aquele instante, durante quinze meses e apetecia-lhe gritar o seu triunfo aos quatro ventos. Partiram em dois carros. No primeiro iam Lovat, o seu condutor e Polly Davis; no segundo, Wexford, Burden, o sargento Hutton e o condutor.

— Quero saber tudo o que me possa dizer sobre Morag Grey.

— Ela era, ou melhor, é escocesa, *sir*. Do Nordeste da Escócia: Ullapool. Mas não há lá muito trabalho e, assim, veio para o Sul, para servir. Conheceu o Grey há oito anos e casou com ele. Depois arranjaram aquele emprego em Maynnot Hall.

— Como era? Ele tratava do jardim e ela fazia a limpeza?

— Exactamente. Não sei bem porquê, uma vez que ele parecia não ser o tipo de pessoa que se dedica a um trabalho desses. Segundo a mãe dela e, o que é mais, segundo o próprio patrão, Morag Grey tinha uma educação bastante razoável e era muito inteligente. A mãe diz que foi o Grey que a arrastou para baixo.

— Que idade tem ela e como é de aspecto?

— Deve ter uns trinta e dois anos, agora. É magra, com cabelo escuro, não tem traços especiais. Fazia a limpeza da casa e ainda trabalhava fora, também em limpezas. Um desses trabalhos era precisamente o da Kidd's, vai fazer um ano em Março, mas só lá esteve duas semanas. Nessa altura, o Grey foi despedido, por ter roubado duas libras da mala da patroa. Tiveram de deixar o apartamento e foram «acampar» para a Cidade Velha de Myringham. Pouco depois, Morag deixou-o. Grey diz que ela descobriu a razão por que ele fora despedido e que não quis continuar a viver com um ladrão. Uma história muito plausível, como estou certo que concordará, *sir*. Mas ele insiste nela, apesar do facto de que foi a correr para os braços de outra mulher que tinha um quarto a cerca de um quilómetro dali, do outro lado da Cidade Velha.

— Dadas as circunstâncias — disse Wexford, pensativo — não parece uma história assim tão plausível.

— Ele diz que gastou o dinheiro que roubou num presente para ela, uma gargantilha em forma de uma cobra...

— Ah!

— O que até pode ser verdade, mas não adianta grande coisa nem prova nada.

— Eu não diria isso, sargento. Que se passou com ela, quando ficou por sua conta?

— Disso, sabemos muito pouco. Os ocupantes daquelas casas não chegam a ter vizinhos, são uma população itinerante. Ela teve uma série de empregos, sempre nas limpezas, até Agosto. A partir daí, passou a viver do subsídio de desemprego. Tudo o que sabemos é que Morag Grey disse a uma mulher que também ali vivia que arranjara um bom emprego e se ia embora dali dentro de pouco tempo. Que emprego era esse e para onde ia, nunca conseguimos descobrir. Ninguém mais a viu a partir de meados de Setembro. O Grey regressou por volta do Natal e levou tudo o que ela possa ter lá deixado.

— Você não me disse que foi a mãe dela quem começou a fazer algazarra?

— Morag era uma correspondente regular, e quando a mãe deixou de ter resposta às suas cartas, escreveu a Grey. Este encontrou as cartas quando regressou, no Natal, e acabou por responder com uma história sem pés nem cabeça, dizendo que estava convencido de que a mulher teria regressado para a Escócia. A sogra nunca gostara dele, de maneira que foi à polícia. Acabou por cá vir e tivemos de arranjar um intérprete, porque, acreditem ou não, a mulher só fala gaélico.

Wexford, que nesse momento sentia, como a rainha Branca, que era capaz de acreditar em seis coisas impossíveis antes do pequeno-almoço, retorquiu:

— E a Morag também sabe... hum... gaélico?

— Sim. É bilingue.

Com um suspiro, Wexford deixou-se afundar no assento. Havia algumas pontas soltas que era preciso juntar, meia dúzia de coisas a que era preciso dar resposta, mas no geral... Fechou os olhos. O carro rodava muito devagar. Vagamente, interrogou-se, mas sem sequer se dar ao trabalho de olhar se estariam a entrar no trânsito complicado das proximidades de Londres. Não importava, Hathall já fora apanhado. Estaria retido nalguma pequena sala discreta do aeroporto. Mesmo que ainda não lhe tivessem dito por que razão não lhe era permitido seguir viagem, ele saberia que tudo estava acabado. O carro abrandou a marcha. Wexford abriu os olhos, agarrou o braço de Burden e abriu a janela.

— Vês — disse... apontando para o chão que agora deslizava por debaixo deles a passo de caracol... — Afinal, move-se. E aquilo... — o seu braço ergueu-se e apontou o céu — aquilo não se mexe...

— O que é que não se mexe? — perguntou Burden.

—Não há nada para ver. Olhe bem. Só se vê nevoeiro.

CAPÍTULO 22

Eram quase quatro horas quando chegaram ao aeroporto. Todos os aviões estavam retidos em terra, e os
muitos viajantes que iam aproveitar as férias do Natal enchiam
as salas de espera, enquanto se formavam longas filas frente aos
balcões das informações. O nevoeiro envolvia tudo, espesso
como neve soprada pelo vento. Chegava em catadupa, for-
mando nuvens de um gás que punha as pessoas a tossir e a
cobrir as faces.

Hathall não estava lá.

O nevoeiro começara a cair sobre Heathrow às onze e meia,
mas afectara outras zonas de Londres muito antes disso. Teria
sido ele um dos passageiros que tinham telefonado para o aeroporto inquirindo se o seu avião partiria? Não havia maneira de o
saber. Wexford caminhou lentamente, quase arrastando-se,
olhou para todos os rostos — rostos cansados, irritados, maça-
dos. Hathall não estava ali.

— Segundo o boletim meteorológico — disse Burden —, o
nevoeiro levantará ao cair da noite.

— E, segundo a previsão para os próximos dias, vai ser um Natal branco; branco de nevoeiro. Fica aqui com a Polly, Mike. Fala com o chefe e arranja as coisas de maneira que tenhamos todas as saídas possíveis vigiadas, e não apenas Heathrow.

Assim, Burden e Polly ficaram ali, enquanto Wexford, Lovat e Hutton começaram o longo caminho até Hampstead. Era um trajecto moroso. As filas de trânsito que se dirigiam para a M1 bloqueavam todas as estradas para noroeste, e o nevoeiro, espesso e lúgubre devido às luzes amarelas dos candeeiros, espalhava um véu soturno sobre a cidade. Os traços marcados na estrada deixavam de ser nítidos e tornavam-se amorfos. As colinas de Hampstead escondiam-se por detrás de uma cortina de fumo, e as grandes árvores erguiam-se como nuvens negras até que eram engolidas por um vapor mais pálido. Acabaram por chegar a Dartmeet Avenue às dez para as sete. Pararam frente ao número 62. A casa estava às escuras, com todas as janelas fechadas e completamente obscurecidas. Os latões do lixo escorriam humidade, porque o nevoeiro condensava-se na sua superfície. As tampas estavam caídas no chão e um gato que estivera escondido debaixo de uma delas fugia com um osso de galinha na boca. Quando Wexford saiu do carro o nevoeiro pareceu envolver-lhe a garganta. Lembrou-se de um outro dia de nevoeiro, na Cidade Velha de Myringham; havia homens a cavar em vão à procura de uma mulher que nunca ali estivera. Pensou em como toda a sua perseguição a Hathall fora enevoada pela dúvida, por pequenas confusões e por obstáculos de toda a espécie. Depois, avançou até à porta do prédio e tocou para o porteiro.

Teve de tocar mais duas vezes, até que se acendeu uma luz, visível através da bandeira envidraçada da porta. Finalmente, a porta abriu-se e surgiu o mesmo homem pequeno e velho que Wexford uma vez vira sair e apanhar o gato. Fumava uma cigarrilha e não mostrou surpressa nem interesse quando o inspector-chefe lhe disse quem era e lhe mostrou o seu cartão.

— Mr. Hathall saiu de cá ontem à noite.

— Ontem à noite?

— Exacto. Para lhe dizer a verdade, só estava à espera de que ele saísse hoje de manhã. Tinha pago a renda até à noite de hoje. Mas ontem apareceu aí muito apressado e disse-me que tinha decidido ir-se embora imediatamente. Não me competia a mim discutir isso, não é verdade?

O átrio estava gelado, apesar do aquecedor a óleo que estava ao pé das escadas. Tudo aquilo estava empestado com o cheiro a óleo quente e a fumo de cigarrilha. Lovat esfregava as mãos por cima do irradiador.

— Mr. Hathall voltou aqui por volta das oito da noite de ontem; vinha de táxi — disse o porteiro. — Eu estava lá fora, no jardim, à procura do meu gato. Ele veio ter comigo e disse-me que queria tirar as coisas dele naquele mesmo momento.

— Como lhe pareceu ele? — perguntou Wexford, apressadamente. — Preocupado? Transtornado?

— Como de costume. Nunca foi propriamente aquilo a que se chama um tipo simpático. Estava sempre a resmungar por causa de qualquer coisa. Subiu para o quarto e eu fui com ele para fazer o inventário. Insisto sempre em fazer isso antes de lhes devolver os depósitos de garantia. Querem ir lá acima? Não há nada para ver, mas se quiserem lá ir...

Wexford fez sinal que sim e subiram as escadas. O átrio e as escadas eram iluminados por luzes comandadas por temporizador. Ao fim de dois minutos, apagaram-se, antes de terem chegado à porta do quarto de Hathall. Na escuridão absoluta, o porteiro praguejou, procurando, às apalpadelas, as chaves e o botão da luz. E Wexford, com os nervos outra vez tensos, deixou escapar uma exclamação quando sentiu qualquer coisa rastejar ao longo do corrimão e saltar para o ombro do porteiro. Era, evidentemente, o gato. A luz voltou a acender-se, o porteiro encontrou a chave e a porta abriu-se finalmente.

O quarto estava frio e húmido, cheirando a mofo. Wexford viu a boca de Hutton contorcer-se quando olhou para o roupeiro do tempo da Primeira Guerra Mundial, para as cadeiras de braços e os quadros horrorosos. Hutton estava certamente a pensar em que inventário seria possível fazer de todo aquele ferro-

-velho. Lençóis coçados, dobrados descuidadamente, estavam sobre uma almofada sem fronha, ao lado de um balde de plástico que ainda ostentava no fundo a etiqueta que dizia ter custado trinta e cinco *pence.*

O gato correu pelo tapete e deitou-se sobre o colchão.

— Eu sabia que havia qualquer coisa estranha naquele tipo, sabem? — disse o porteiro.

— Porquê? O que lhe deu essa impressão?

O homem contemplou Wexford com um sorriso de desdém.

— Para começar, já o tinha visto aqui — disse apontando para Wexford. — E consigo topar um chui a léguas. E havia sempre gente à espreita dele. Sabe que eu não sou de muitas falas, mas deixo passar pouca coisa. Dei logo por aquele tipo do cabelo ruivo; fartei-me de rir quando ele apareceu aí a dizer que era da câmara. E também topei o outro mais alto que estava sempre metido no carro.

— Então também deve saber — disse Wexford engolindo a sua humilhação — por que razão ele era vigiado.

— Eu não. Ele nunca fez mais do que entrar e sair, trazer a mãe para tomar chá e resmungar por causa da renda.

— Ele nunca trouxe para cá uma mulher? Uma mulher de cabelo curto e escuro?

— Não. Só a mãe e a filha. Foi como ele mas apresentou, e acho que era verdade, porque elas eram a cara chapada dele. Anda daí, gato, vamos para o quentinho.

Wexford voltou-se com ar preocupado, de pé no mesmo sítio onde Hathall estivera quase a empurrá-lo pelas escadas abaixo.

— O senhor deu-lhe o depósito e ele foi-se embora — disse. — A que horas foi isso?

— Por volta das nove — a luz das escadas apagou-se mais uma vez, e mais uma vez o porteiro carregou no interruptor, praguejando baixinho, com o gato equilibrado no seu ombro. — Disse que ia para fora, não sei para onde. Tinha as malas cheias de etiquetas, mas não cheguei a ver bem. Gosto de ver o que eles fazem, sabe como é, gosto de os ter debaixo de olho até que saiam do prédio. Ele atravessou a rua, foi à cabina telefónica e, passado um bocado, veio um táxi que o levou embora.

Regressaram ao átrio, onde o cheiro desagradável se mantinha. A luz apagou-se, mas dessa vez o porteiro não a voltou a acender. Fechou-lhes a porta rapidamente, para não deixar entrar o nevoeiro.

— É capaz de ter partido ontem à noite — disse Wexford a Lovat. — Pode ter apanhado um avião em Paris, ou Bruxelas, ou Amsterdão, e ter seguido daí para o Brasil.

— Mas porque havia ele de o fazer? — objectou Hutton. — Porque havia de pensar que nós viríamos atrás dele à última hora?

Wexford não lhe quis dizer, naquele momento, que Howard também estava envolvido no caso, e que Hathall o vira no dia anterior. Mas essa ideia viera-lhe à mente muito nítida, naquele quarto frio e deserto. Hathall vira Howard por volta das sete, reconhecera-o como a pessoa que o andava a seguir e, logo depois, despistara-o. O táxi que apanhara teria provavelmente deixado a rapariga a meio do caminho e levara-o de volta a Dartmeet Avenue, onde fizera as contas com o porteiro, pegara nas malas e partira. Para onde? Primeiro, para casa dela; depois... Wexford sacudiu os ombros, desanimado, e atravessou a rua para ir à cabina telefónica.

A voz de Burden disse-lhe que o aeroporto continuava encerrado por causa do nevoeiro. Todas as salas estavam cheias de gente desapontada e irritada, à espera de poder seguir viagem. E agora também havia polícias ansiosos por todo o lado. Hathall não aparecera. E se telefonara, tal como haviam feito centenas de outros passageiros, não dissera o nome.

— Mas ele sabe que andamos atrás dele — concluiu Burden.

— Que queres dizer com isso?

— Lembra-se de um tipo chamado Aveney? Gerente da Kidd's.

— Claro que me lembro. Que raio se passa?

— O Hathall telefonou-lhe para casa, ontem, às nove horas. Queria saber se tínhamos andado a fazer perguntas acerca dele. Claro que fez as perguntas de uma forma dissimulada. Mas o Aveney, que é um tonto, disse-lhe que sim, mas que não tinha nada a ver com a morte da mulher, que o que tínhamos perguntado era sobre os livros, para verificarmos se ele fizera alguma com os ordenados.

— E como é que soubemos isto tudo? — perguntou Wexford, com ar enjoado.

— O Aveney pensou melhor e começou a achar que talvez não devesse ter dito nada, embora soubesse que as nossas investigações não nos tinham levado a lado algum. Parece que tentou telefonar para si, mas como não conseguiu, acabou por ligar para o Griswold.

Fora então esse o telefonema que Hathall fizera da cabina da Dartmeet Avenue, aquela mesma cabina, antes de apanhar o táxi e deixar o porteiro com o seu gato.

Esse telefonema, junto com o facto de ter visto Howard, fora o suficiente para o pôr em alerta. Wexford voltou a atravessar a rua e entrou no carro, onde Lovat fumava um dos seus desagradáveis pequenos cigarros humedecidos.

— Parece-me que o nevoeiro está a levantar, *sir* — disse Hutton.

— Talvez. Que horas são?

— Dez para as oito. Que fazemos agora? Voltamos para o aeroporto ou tentamos encontrar a casa de Morag Grey?

Com infinita paciência, mas num tom cheio de sarcasmo, Wexford respondeu:

— Tenho tentado fazer isso há nove meses, sargento, que é o período normal de gestação, e até agora não consegui dar nada à luz. Talvez ache que consegue fazer melhor em duas horas.

— Podíamos, pelo menos, regressar a Notting Hill, em vez de irmos pelo caminho mais rápido, que seria a Circular Norte.

— Olhe, faça como quiser — retorquiu Wexford, enterrando-se o mais possível no seu canto, longe de Lovat e do seu cigarro, que cheirava tão mal como as cigarrilhas do porteiro. Toupeiras! Polícias de província, pensava Wexford, injustamente. Uns idiotas que não eram capazes de levar para a frente uma simples acusação de assalto... Que achava Hutton que Notting Hill seria? Uma aldeola como Passingham St. John, onde todos se conheciam e onde toda a gente estaria ansiosa por bisbilhotar e fazer comentários acerca de um vizinho que partira para parte incerta?

Seguiram o trajecto do autocarro 28. West End Lane, Quex Road, Kilburn High Road, Kilburn Park... O nevoeiro começava a diminuir, deslocava-se maciçamente, formava nuvens densas aqui e ali, noutros sítios deixava apenas leves vestígios da sua passagem, réstias de vapor tremeluzentes. As cores do Natal começavam a brilhar através da névoa. Viam-se fitas de papel de cores garridas nas janelas ou pequenas estrelinhas muito brilhantes, a piscar. Shirland Road, Great Western Road, Pembridge Villas, Pembridge Road...

Uma daquelas, pensava Wexford, endireitando-se no assento, devia ser a paragem onde Howard vira Hathall entrar para o autocarro 28. Havia ruas a desembocar ali, vindas de todo o lado, ruas atrás de ruas, ruas que levavam a outras ruas, a pequenas pracetas, a um vastíssimo território densamente povoado e fechado. Que Hutton fizesse o seu melhor...

— Páre o carro, por favor — disse subitamente.

Havia uma luz rosa que invadia a rua depois de atravessar as portas de vidro embaciadas de um bar. O Rosy Cross. Se Hathall e a mulher tinham sido clientes regulares, talvez o dono do bar, ou o *barman*, se lembrassem deles. Talvez se tivessem encontrado ali mais uma vez, na noite anterior, antes de partirem. Ou talvez tivessem lá voltado só para a despedida. Pelo menos, ficaria a saber. Teria a certeza.

O interior do bar era um inferno de luz, de ruído e de fumo. A multidão, lá dentro, atingira já uma densidade e uma alegria que, normalmente, só se espera encontrar muito mais tarde; mas era a antevéspera de Natal. Não só todas as mesas estavam ocupadas, bem como todos os lugares junto ao bar, mas também cada metro quadrado estava cheio de pessoas que ficavam de pé, coladas umas às outras, com os cigarros despedindo espirais de fumo que se iam somar à névoa azul que pairava por entre longas fitas de papel brilhante. Wexford abriu caminho até ao bar. Dois *barmen* e uma rapariga serviam bebidas freneticamente, ao mesmo tempo que limpavam o balcão e atiravam os copos sujos para uma bacia de onde saíam volutas de vapor.

— O senhor? — disse o homem mais velho, que talvez fosse o dono. Tinha as faces vermelhas, a testa reluzia devido ao suor, o cabelo grisalho colava-se-lhe às frontes em caracóis húmidos de transpiração. — O que deseja?

— Polícia — respondeu Wexford. — Procuro um homem alto, de cabelo preto, cerca de quarenta e cinco anos, e uma mulher mais nova, loura — alguém lhe deu um encontrão no ombro e sentiu um pingo de cerveja escorrer-lhe pelo pulso. — Estiveram aqui ontem à noite. Chamam-se...

— Ninguém diz os nomes. Estavam aqui ontem umas quinhentas pessoas...

— Tenho razões para pensar que eram clientes regulares.

O homem encolheu os ombros.

— Tenho de atender os meus clientes. Pode esperar dez minutos?

Mas Wexford achava que já esperara o suficiente. Outro que pegasse nisso, ele já não podia fazer mais. Debatendo-se por entre toda aquela gente, procurou de novo a porta, confundido pelas luzes, pelas cores fortes, pelo fumo e pelo ambiente pesado e enjoativo. Parecia haver formas coloridas por todo o lado, círculos vermelhos e roxos de balões, cones translúcidos e soltando reflexos das garrafas, quadrados dos vidros coloridos das janelas. Sentindo uma leve tontura, Wexford tomou consciência de que ainda não comera nada durante todo o dia. Círculos vermelhos e roxos, esferas cor de laranja e azuis de papel, ali um quadrado de vidro verde, aqui um rectângulo cor--de-laranja reluzente...

Um rectângulo cor-de-laranja reluzente. Sentiu-se melhor. Obrigou-se a ficar parado e firme. Entalado entre um homem com um casaco de cabedal e uma rapariga com um casaco de peles, espreitou através de um pequeno espaço que não estava apinhado de saias, pernas, pés, pernas de mesas e malas de mão; olhou através do fumo azul e acre para um rectângulo cor-

-de-laranja, que não era mais do que líquido num copo alto, e viu-o ser agarrado por uma mão e levado para fora do alcance da sua vista.

Pernod. Uma bebida pouco popular em Inglaterra. *Ginge* bebia-o misturado com *Guiness* e chamava-lhe *Demon King*. E havia mais alguém, aquela que ele procurara, a sua quimera, que bebia diluído e amarelecido pela água. Avançou lentamente, abrindo caminho até à mesa em que ela estava, mas não se conseguia aproximar mais do que uns três metros. Havia demasiadas pessoas. Mas agora surgia um espaço aberto suficiente para conseguir vê-la, e ele olhou durante muito tempo, com um olhar fixo e guloso, como o de um homem apaixonado que olha para a mulher cuja vinda aguardava há meses.

Tinha uma cara que fora bonita, mas agora parecia um pouco cansada e descuidada. Os olhos brilhavam-lhe por causa do fumo, e o cabelo louro, muito curto, mostrava vestígios, junto à raiz, de ser negro. Estava sozinha, mas a cadeira que se encontrava ao lado estava coberta por um casaco dobrado sobre as costas; um casaco de homem. E por detrás dela, encostadas à parede, e aos seus pés, havia uma meia dúzia de malas. Ergueu novamente o copo e bebeu um golo, sem olhar para ele, mas lançando olhares rápidos e nervosos na direcção de uma pesada porta de mogno que dizia *telefone e lavabos*. Mas Wexford continuou parado, olhando longamente, à sua vontade, para a sua quimera feita carne, até que chapéus e cabelos e rostos indistintos convergiram e lhe obstruíram a visão.

Abriu a porta de mogno e esgueirou-se para o corredor. Mais duas portas estavam à sua frente, e ao fim do corredor havia um quiosque envidraçado. Lá dentro, estava Hathall, inclinado sobre o telefone, de costas para Wexford. A telefonar para o aeroporto, pensou o inspector-chefe; a telefonar para saber se o avião já poderia partir, agora que o nevoeiro levantara. Entrou para o lavabo dos homens e ficou a segurar a porta entreaberta, à espera de ouvir os passos de Hathall quando passasse por ali.

A porta de mogno rodou e fechou-se. Wexford deixou passar um minuto e então foi também de novo para o bar. As malas tinham desaparecido, o copo estava vazio. Afastando as pessoas com força, ignorando as exclamações iradas, chegou à porta da rua e abriu-a de rompante. Hathall e a mulher estavam junto à berma do passeio, rodeados pelas malas, esperando um táxi.

Wexford lançou um olhar para o carro, cruzou os olhos com Hutton e ergueu a mão, fazendo sinal. Três das portas do carro abriram-se simultaneamente e os três polícias que lá estavam puseram-se de pé e lançaram-se para o alcatrão molhado como se tivessem molas nos pés. E então Hathall percebeu. Voltou-se para os enfrentar, envolvendo a mulher com o braço, como para a defender, mas em vão. O sangue desapareceu-lhe do rosto e, sob a luz amarelada, o queixo proeminente, o nariz aguçado e a testa larga pareciam esverdeados pelo horror daquele malogro final.

A mulher disse:

— Devias ter-te ido embora ontem, Bob.

E quando Wexford ouviu o sotaque forte, ainda mais carregado pelo medo, teve a certeza. Mas não conseguiu comandar a voz e, ficando ali quieto, em silêncio, deixou que Lovat se aproximasse e pronunciasse as palavras de detenção.

— Morag Grey...

Ela levou a mão à boca, onde os lábios começavam a tremer, e ele viu a pequena cicatriz em forma de L no dedo indicador, como vira tantas vezes nos seus sonhos.

CAPÍTULO 23

Véspera de Natal. Já toda a gente chegara e Wexford tinha a casa cheia. Lá em cima, os dois netos estavam deitados. Na cozinha, Dora examinava mais uma vez o peru, consultando Denise sobre a questão perene e de suma importância de saber se havia de pendurá-lo ou de assá-lo no tabuleiro. Na sala, Sheila e a irmã decoravam a árvore de Natal, enquanto os filhos de Burden sujeitavam o gira-discos, que deveria estar em condições no dia seguinte, a tratos bastante desajeitados. Burden levara o genro de Wexford ao Dragon para tomar uma bebida.

— Temos então a sala de jantar para nós — disse Wexford ao sobrinho.

A mesa já se encontrava posta para a ceia de Natal, decorada com um centro de mesa muito elegante. E a lareira também estava pronta para acender, tão sacrossanta como a mesa. Mas Wexford atirou um fósforo para as acendalhas.

— Vou ter problemas por causa disto — disse. — Mas não importa. Nada me importa, agora que a encontrei; agora que *tu* — acrescentou generosamente — e eu a encontrámos.

— Eu pouco ou nada fiz — disse Howard. — Nem sequer consegui descobrir onde ela morava. Presumo que agora já saibas.

— Na própria Pembridge Road. Ele tinha apenas aquele quarto miserável, mas pagava a renda de um apartamento inteiro só para ela. Não há dúvida de que ele a ama, embora a última coisa que eu queira é ser sentimental acerca dele. — Tirou uma garrafa de *whisky* do armário, encheu um copo para Howard, e depois, num gesto rebelde, outro para si. — Queres que te conte?

— Ainda haverá alguma coisa para dizer? O Mike Burden já me esclareceu quanto à identidade da mulher, Morag Grey. Tentei detê-lo, porque sabia que gostarias de me contar tudo em primeira mão.

— O Mike Burden — disse o tio, enquanto o fogo começava a estalar e a aquecer a sala — teve o dia de folga. Não o vejo desde que o deixei no aeroporto de Londres, ontem ao fim da tarde. Não te pode ter dito grande coisa, porque também não sabe quase nada. A não ser... já saiu nos jornais?

— Nos da manhã, não.

— Então ainda há muito para dizer — Wexford fechou os cortinados, para esconder o nevoeiro que tinha regressado durante a tarde. — Que te disse o Mike?

— Que tudo se tinha passado mais ou menos como tu tinhas dito, com o trio implicado na fraude dos ordenados. Não foi isso?

— A minha teoria — respondeu Wexford — deixava muitos buracos em aberto — puxou a cadeira para mais perto da lareira. — É repousante, não é? Não estás satisfeito por não teres de envergar o teu fato de espião e ir à caça para West End Green?

— Volto a dizer que fiz muito pouco. Mas, pelo menos, não me parece que mereça ser mantido na expectativa por mais tempo.

— É verdade, não te vou fazer sofrer mais. Havia, de facto, uma falcatrua com os ordenados. O Hathall arranjou pelo menos duas contas fictícias, talvez mais, pouco depois de ter entrado para a Kidd's. Sacou, no mínimo, trinta libras por semana durante dois anos. Mas Morag Grey não estava metida no caso. Não seria capaz de colaborar com ninguém que estivesse a enganar a sua própria empresa. Era uma mulher honesta. Tão honesta que não foi capaz de guardar uma nota de libra que encontrou uma vez no chão de um escritório que estava a limpar, e era tão recta que não quis continuar casada com um homem que roubara duas libras e meia. Não podia estar metida na falcatrua, quanto mais planear a coisa ou ir levantar o dinheiro. Aliás, o Hathall só a conheceu em Março. Ela só esteve na Kidd's durante umas duas semanas e isso foi três meses antes de Hathall sair de lá.

— Mas o Hathall estava apaixonado por ela, não estava? Tu próprio o disseste. E que outro motivo...

— O Hathall estava apaixonado pela mulher dele. Bem sei que tínhamos concluído que ele devia ter adquirido gostos amorosos, mas que provas reais tínhamos nós disso? — Com uma certa vergonha, demasiado bem escondida para que Howard desse por ela, Wexford continuou: — Se ele era assim tão susceptível, por que razão rejeitou os avanços de uma certa vizinha muito atraente? Porque havia ele de dar a todos os que o conheciam a impressão de ser um marido obsessivamente dedicado?

— Diz-me tu — riu-se Howard. — Daqui a uns minutos vais dizer-me que Morag Grey não matou a Angela Hathall...

— E é verdade. Não a matou. Angela Hathall é que matou Morag Grey.

Um som desafinado chegou à sala, vindo do gira-discos da sala ao lado. Houve um ruído surdo de pequenos pés correndo pelo chão do andar de cima, seguido de um estrondo violento na cozinha. O barulho abafou a exclamação de Howard.

— Eu também fiquei consideravelmente surpreendido — continuou Wexford, como se nada fosse. — Acho que só ontem é que percebi, quando pensei que Morag Grey era tão honesta e que só esteve na Kidd's durante duas semanas. Depois, quando os prendemos e a ouvi falar com sotaque australiano, tive a certeza.

Howard abanou a cabeça lentamente, com um ar mais de espanto e de surpresa do que de incredulidade.

— Mas então a identidade dela? Como pensava ele dar a volta a isso?

— Conseguiu enganar toda a gente durante quinze meses. Não vês que o secretismo e a vida isolada que levavam para poderem fazer a falcatrua dos ordenados trabalhou a favor deles quando planearam o assassínio? A coisa não teria resultado se a Angela fosse demasiado conhecida. Alguém a poderia reconhecer quando fosse levantar dinheiro dizendo ser Mary Lewis ou Mrs. Carter. Quase ninguém a conhecia, nem sequer só de vista. Mrs. Lake conhecia-a, claro, bem como o primo, Mark Somerset, mas quem iria procurá-los para identificar o corpo? A pessoa mais indicada para isso era, evidentemente, o próprio marido. E, caso houvesse quaisquer dúvidas, levou a mãe com ele, tendo tomado a precaução de que fosse ela a primeira pessoa a ver o corpo. A Angela vestira Morag Grey com as suas próprias roupas, as mesmas que usara na única vez em que a sogra a vira. Foi um belo golpe psicológico, Howard, pensado, não tenho a menor dúvida, por Angela, que deve ter planeado todas as partes mais complicadas deste caso. Foi a velha Mrs. Hathall quem nos telefonou, foi ela quem lançou a confusão desde o início, dizendo que a nora tinha sido morta.

«A Angela tinha começado a limpar a casa toda algumas semanas antes, para apagar todas as *suas próprias* impressões digitais. Não admira que tivesse luvas de borracha e luvas para limpar o pó. Não deve ter sido uma tarefa muito difícil dado que estava sozinha durante toda a semana, e portanto não havia o perigo de o Hathall deixar impressões dele em qualquer lado. E, se nós achássemos estranho tanta limpeza, que melhor argumento havia do que o de ela estar a preparar a casa para a visita da sogra?»

— Então, a impressão da mão com a cicatriz era dela?

— Claro — Wexford bebeu um golo de *whisky*, lentamente, saboreando-o com toda a calma. — As impressões que julgávamos que eram dela eram as de Morag. O cabelo que julgámos que fosse dela, era de Morag. Deve ter escovado o cabelo da outra, depois de morta... é preciso ter estômago... Os cabelos mais escuros eram dela. Não teve de limpar o carro, na garagem ou em Wood Green. Podia tê-lo limpo em qualquer outro dia durante a semana anterior.

— Mas porque deixou ela aquela única impressão?

— Acho que já percebi isso, também. Na manhã do dia em que Morag morreu, a Angela levantou-se cedo, para acabar as suas limpezas. Estava a limpar a casa de banho, talvez já tivesse tirado as luvas de borracha e posto as outras para limpar o chão, quando o telefone tocou. Mrs. Lake telefonou para saber se podia ir lá apanhar ameixas. E a Angela, naturalmente muito nervosa, agarrou-se à borda da banheira quando se levantou para atender o telefone. Morag Grey falava e, naturalmente, lia gaélico. O Hathall devia saber disso. Assim, a Angela descobriu a morada dela... já a deviam trazer debaixo de olho há muito tempo... e escreveu-lhe, ou telefonou-lhe, mais provavelmente, para saber se ela lhe poderia dar uma ajuda numa investigação que estaria a fazer sobre as línguas célticas. Morag, que era empregada doméstica, deve ter-se sentido muito lisonjeada. E também era pobre, e precisava de dinheiro. Esse, creio eu, era o bom emprego de que ela falou à vizinha. Deixou o trabalho das limpezas nessa altura e recorreu ao fundo de desemprego até Angela estar pronta a começar.

— Mas ela não conhecia a Angela?

— Porque havia de conhecê-la? A Angela deve ter-lhe dado um nome falso, e não vejo qualquer razão para que tivesse de conhecer o endereço de Hathall. A 19 de Setembro, Angela foi de carro até à Cidade Velha de Myringham, encontrou-se com Morag e levou-a para Bury Cottage, para acertarem os pormenores da sua futura colaboração. Levou Morag ao andar de cima, para lavar as mãos ou para ir à casa de banho, ou pentear-se. E aí a estrangulou, Howard, com o seu próprio colar. A partir daí, foi tudo muito simples. Vestiu Morag com a camisa vermelha e as *jeans,* colocou-lhe pequenos objectos na mão, para deixar impressões digitais, e passou-lhe a escova pelo cabelo. Pôs as luvas e levou o carro para um sítio longe dali, em

Londres. Ficou uma noite ou duas num hotel, até conseguir arranjar um sítio para ficar à espera de que o Hathall pudesse ir ter com ela.

— Mas porquê tudo isso? Porquê matá-la?

— Era uma mulher honesta e descobriu o que Hathall andava a fazer. Não era tola, Howard; era uma dessas pessoas que têm qualidade e potencial, mas que apenas não sabem aproveitá-los. Tanto o patrão anterior dela como a própria mãe disseram que estava muito acima do tipo de trabalho que fazia. O marido é que era um fraco que a puxava para baixo. Quem sabe? Talvez tivesse tido capacidades para ajudar um verdadeiro etimologista com as dificuldades do gaélico, talvez tenha até pensado que esta era a sua grande oportunidade, agora que se vira livre do Grey e estava numa situação bem melhor. A Angela Hathall, bem vistas as coisas, é uma excelente psicóloga.

— Percebo muito bem tudo isso — disse Howard.

— Mas como descobriu Morag Grey a fraude com os ordenados?

— Isso — respondeu Wexford com franqueza — é que eu já não sei. Por agora. Presumo que o Hathall tenha ficado a fazer serão numa noite qualquer em que ela também lá estava a trabalhar, e talvez tenha ouvido uma conversa ao telefone que ele tivesse com a Angela. Talvez a Angela lhe sugerisse uma morada falsa e ele lhe pedisse para confirmar se estava certa antes de a introduzir no computador. Não te esqueças de que Angela foi a mola de tudo isto. Não podias ter mais razão quando disseste que ela tinha influenciado e corrompido o Hathall, e o Hathall é o tipo de homem que acha que uma empregada de limpeza não é mais do que uma peça de mobiliário. Mas, mesmo que tivesse falado em voz baixa, aquele nome, Mrs. Mary Lewis, e aquela morada, Maynnot Way, devem ter alertado Morag. Era mesmo ao pé de onde ela própria morava com o marido e ela sa-bia que não morava aí nenhuma Mary Lewis. E se, logo a seguir, o Hathall começou a introduzir os dados no computador...

— Ela fazia chantagem com ele?

— Duvido. Era uma mulher honesta... lembras-te? Mas pode ter feito alguma pergunta, talvez logo ali. Talvez lhe tenha apenas dito que ouviu a conversa e que não havia nenhuma Mary Lewis naquela morada; e se ele lhe pareceu irritado... e devias tê-lo visto quando se irrita... talvez tenha continuado a fazer mais perguntas até ter alguma ideia, ainda que nebulosa, sobre o que ele estaria a fazer.

— E mataram-na *por isso?*

Wexford fez que sim com a cabeça.

— Para ti, e para mim, parece um motivo irrisório. Mas para eles... Ficariam para sempre a viver com um medo quase pânico porque, caso a fraude fosse conhecida, Hathall perderia o emprego, o emprego novo na Marcus Flower, e nunca mais poderia arranjar outro naquele campo que era o único para o qual estava preparado. Estavam à espera de ser perseguidos e acossados, suspeitavam até que qualquer pessoa, por muito inocente e inofensiva que fosse, os pudesse prejudicar.

— Mas tu não eras inocente nem inofensivo, Reg — disse Howard calmamente.

— Não, e sou talvez a única pessoa que alguma vez perseguiu verdadeiramente Robert Hathall — Wexford ergueu o copo. — Feliz Natal! — disse. — Não pretendo deixar que a prisão de Hathall ensombre a quadra para nós. Se há alguém que merece um Natal à sombra, é ele. Vamos ter com os outros? Acho que ouvi o Mike a entrar com o meu genro.

A árvore já estava decorada. Sheila arrastava os pés pela sala com John Burden, ao som de uma cacofonia de batuques que saía do gira-discos. Depois de ter mandado para a cama, pela terceira vez, um rapazinho ensonado, Sylvia embrulhava os últimos presentes, um dos quais era um globo terrestre fabricado pela Kidd's; Wexford pôs um braço à volta da cintura da sua mulher e outro à volta da de Pat Burden, e beijou-as, sob os ramos de azevinho. Rindo-se, tocou com a mão no globo e fê-lo girar. Três vezes o globo girou no seu eixo, até Burden perceber onde ele queria chegar e disse:

— Move-se mesmo. Tinha razão. Foi ele.

— Bom, tu também tinhas razão — respondeu Wexford.
— Ele não matou a mulher.

Vendo o ar incrédulo de Burden, acrescentou:

— E agora, parece-me que vou contar a história toda outra vez.